HERDEIRO CAÍDO

erin watt

HERDEIRO CAÍDO

SÉRIE THE ROYALS – LIVRO 4

Tradução
Regiane Winarski

essência

Copyright © Erin Watt, 2017
Copyright © Editora Planeta do Brasil, 2018
Título original: *Fallen Heir*
Todos os direitos reservados.

Preparação: Laura Folgueira
Revisão: Mariane Genaro e Valquíria Della Pozza
Diagramação: Futura
Capa: Adaptada do projeto gráfico original de Meljean Brook

Dados Internacionais de Catalogação na Publicação (CIP)
Angélica Ilacqua CRB-8/7057

Watt, Erin
   Herdeiro caído / Erin Watt; tradução de Regiane Winarski. – São Paulo : Planeta, 2018.
   320 p.

ISBN: 978-85-422-1400-0

Título original: *Fallen heir*

1. Ficção norte-americana I. Título II. Winarski, Regiane

18-1238   CDD 813.6

Ao escolher este livro, você está apoiando o manejo responsável das florestas do mundo

2021
Todos os direitos desta edição reservados à
EDITORA PLANETA DO BRASIL LTDA.
Rua Bela Cintra, 986 – 4º andar
01411-000 – Consolação
São Paulo – SP
www.planetadelivros.com.br
faleconosco@editoraplaneta.com.br

Para todos que imploraram por mais Easton Royal. Este livro é para vocês.

Capítulo 1

— Lembrem que, independentemente da função que vocês escolham, a soma das diferenças é controlada pela primeira e pela última — conclui a professora Mann na hora em que o sinal toca para indicar o fim da aula. É a última do dia.

Todo mundo começa a arrumar as coisas. Todo mundo, menos eu.

Eu me encosto na cadeira e bato com o lápis na beirada do livro, escondendo um sorriso enquanto vejo a nova professora tentar segurar a atenção dos alunos, que está desaparecendo rapidamente. Ela fica bonita quando está nervosa.

— Partes 1A e 1B para amanhã! — grita ela, mas ninguém mais ouve. Todo mundo está saindo correndo pela porta.

— Você não vem, Easton? — Ella Harper para ao lado da minha mesa, os olhos azuis me observando. Está magra nos últimos tempos. Acho que o apetite a abandonou na mesma época que meu irmão.

Bom, não que Reed tenha *abandonado* Ella. Meu mano mais velho ainda é doido por ela, nossa irmã meio que adotiva. Se não a amasse, ele teria escolhido ir para alguma faculdade chique bem longe de Bayview. Mas foi para a State, que fica perto o suficiente para eles poderem se visitar nos fins de semana.

— Não — respondo. — Tenho uma pergunta pra profe.

Os ombros magros da professora Mann tremem quando minhas palavras chegam a ela. Até Ella repara.

— East... — Ella para de falar, e os lindos lábios formam uma careta.

Consigo ver que ela está elaborando um sermão para dizer que preciso me comportar melhor. Mas só tivemos uma semana de aulas e já estou morrendo de tédio. O que mais tenho para fazer além de pegar todas? Eu não preciso estudar. Mal me importo com o futebol americano. Meu pai me proibiu de voar; desse jeito, nunca vou tirar a licença de piloto. E, se Ella não me deixar logo em paz, vou esquecer que ela é a garota do meu irmão e seduzi-la só por diversão.

— Vejo você em casa — digo para ela com a voz firme. A professora Mann está flertando comigo sem parar desde o primeiro dia de aula e, depois de uma semana trocando olhares quentes, vou pra cima. É errado, claro, mas é isso que torna tudo excitante... para nós dois.

É raro que a Astor Park Prep contrate professoras jovens e gostosas. A administração sabe que tem garotos ricos e entediados demais aqui procurando desafios. O diretor Beringer já precisou acobertar mais de um relacionamento entre professores e alunos, e não estou nem contando com a indústria dos boatos para dizer isso, porque um desses relacionamentos "impróprios" foi meu. Isso se você considerar dar uns amassos na professora de nutrição atrás do ginásio como *relacionamento.*

Eu não considero.

— Não ligo de você ficar pra ver isso — digo para Ella, cujos pés teimosos estão grudados no piso —, mas acho que você vai ficar mais à vontade esperando no corredor.

Ela me lança um olhar fulminante. Muito pouco passa sem que ela perceba. Ela cresceu em lugares duvidosos e sabe das coisas. Ou só sabe como sou depravado.

— Não sei o que você está procurando, mas duvido que encontre embaixo da saia da professora Mann — murmura ela.

— Não vou saber se não olhar — respondo.

Ella suspira e cede.

— Toma cuidado — aconselha em um tom alto o suficiente para chegar à professora Mann, que fica vermelha e olha para o chão quando Ella sai.

Sufoco um sentimento de irritação. Pra que tanto julgamento? Estou tentando viver minha melhor vida aqui e, desde que não faça mal a ninguém, qual é o problema? Eu tenho dezoito anos. A professora Mann é adulta. E daí se o emprego atual dela é "professora"?

A sala é tomada por silêncio depois que a porta se fecha com a saída de Ella. A professora Mann mexe na saia azul-clara. Ah, merda. Ela está em dúvida.

Estou um pouco decepcionado, mas tudo bem. Não sou desses caras que têm que trepar com todas as garotas que conhecem, principalmente porque tem um monte por aí. Se uma garota não está interessada, é só ir atrás da próxima.

Eu me inclino para pegar a mochila, e um par de saltos bonitos aparece no meu campo de visão.

— Tem uma pergunta, senhor Royal? — questiona a professora Mann em voz baixa.

Levanto a cabeça lentamente, observando as pernas longas, a curva do quadril, o recorte na cintura onde a blusa branca recatada está enfiada na saia igualmente modesta. O peito sobe sob meu olhar, e a pulsação no pescoço dela dispara.

— Tenho. Você tem alguma solução para o meu problema de sala de aula? — Coloco a mão no quadril dela. Quando ela ofega, eu passo o dedo pela cintura da saia. — Estou tendo dificuldade de me concentrar.

Ela respira fundo.

— É mesmo?

— Aham. Acho que é porque, sempre que olho pra você, tenho a sensação de que você também está tendo dificuldade de se concentrar. — Dou um sorriso leve. — Talvez porque fique fantasiando ser debruçada por cima da mesa enquanto todo mundo da aula de cálculo fica assistindo.

A professora Mann engole em seco.

— Senhor Royal. Não tenho a menor ideia do que você quer dizer. Por favor, retire a mão da minha cintura.

— Claro. — Desço a palma da mão, e meus dedos roçam na barra da saia. — Aqui está melhor? Porque eu posso parar completamente.

Nossos olhares se encontram.

Última chance, professora Mann. Nós dois estamos intensamente cientes de que estou estragando a saia e possivelmente a reputação dela, mas os pés dela estão grudados no chão.

A voz soa rouca quando ela finalmente fala.

— Tudo bem, senhor Royal. Acredito que você vá descobrir que a solução para o seu problema de concentração está nas suas mãos.

Eu enfio a palma da mão embaixo da saia dela e abro um sorriso arrogante.

— Estou tentando eliminar as funções problemáticas.

As pálpebras dela tremem em rendição.

— Nós não devíamos estar fazendo isso — diz ela, engasgada.

— Eu sei. É por isso que é tão bom.

As coxas dela se apertam na minha mão. A ousadia dessa cena, de saber que podemos ser pegos a qualquer momento, de saber que ela é a última pessoa em quem eu deveria estar tocando, torna tudo um milhão de vezes mais excitante.

A mão dela segura meus ombros, e os dedos afundam no blazer Tom Ford de dois mil dólares feito para a escola enquanto ela tenta se equilibrar. Meus dedos fazem sua magia. Sons baixos e abafados preenchem a sala vazia até não haver nada além da respiração pesada dela.

Com um suspiro satisfeito, a professora Mann se afasta, passando a mão pela saia amassada antes de ficar de joelhos.

— Sua vez — sussurra ela.

Estico as pernas e me encosto. Cálculo avançado é a melhor aula que já tive na Astor Park.

Quando termina de me dar o crédito extra, um sorriso hesitante surge no rosto dela. O cabelo roça no alto das minhas coxas quando ela se inclina para murmurar:

— Pode ir à minha casa esta noite. Minha filha dorme às dez.

Fico paralisado. Tudo poderia ter terminado de muitas formas, mas eu tinha esperanças de evitar isso. Umas dez desculpas surgem na minha mente, mas, antes que eu consiga dizer uma, a porta da sala se abre.

— *Ah, meu Deus.*

A professora Mann e eu nos viramos para a porta. Tenho um vislumbre de cabelo preto e do blazer azul-marinho da Astor Park.

A professora Mann fica de pé e cambaleia. Eu dou um pulo e a seguro. Ela está de joelhos bambos, e eu a ajudo a se apoiar em uma carteira.

— Ah, Deus — diz ela, com voz entorpecida. — Quem era? Você acha que ela viu...?

Viu a professora Mann de joelhos, viu que minha calça está aberta e a roupa dela está amassada? Ahn, sim. Ela viu.

— Ela viu — respondo em voz alta.

A confirmação só a deixa mais nervosa. Com um gemido angustiado, ela esconde o rosto nas mãos.

— Ai, Deus. Eu vou ser demitida.

Termino de me ajeitar e pego a mochila, enfiando minhas coisas rapidamente dentro.

— Que nada. Vai ficar tudo bem.

Mas não falo com muita confiança, e ela sabe.

— Não, não vai ficar tudo bem.

Lanço um olhar preocupado para a porta.

— Shh. Alguém vai ouvir.

— Já *viram* a gente — sussurra ela, o pânico enchendo os olhos e deixando as pernas trêmulas. — Você precisa procurar aquela garota. Encontre-a e faça sua magia de Easton Royal e não deixe que ela fale nada.

Minha magia de Easton Royal?

A professora Mann continua falando com pressa antes que eu consiga perguntar que porra ela espera que eu faça.

— Eu não posso ser demitida. *Não posso*. Tenho uma filha pra sustentar! — A voz dela começa a tremer de novo. — Resolva essa situação. Por favor, saia e *resolva* isso.

— Tudo bem — falo para ela. — Vou resolver. — Não faço ideia de como o farei, mas a professora Mann está a dois segundos de um colapso nervoso.

Ela solta outro gemido baixo.

— E isto nunca mais pode acontecer, entendeu? Nunca mais.

Por mim, está ótimo. O ataque de pânico dela matou o clima, junto com qualquer interesse de repetir. Gosto que meus casos terminem de forma tão agradável quanto começam. Não tem nada de sexy em estar com uma garota arrependida, então, é bom ter certeza desde o começo de que ela está totalmente a fim. Se houver qualquer dúvida sobre o interesse dela, melhor não.

— Pode deixar — digo, assentindo.

A professora Mann me olha com expressão de súplica.

— Por que você ainda está aqui? Vai!

Certo.

Coloco a mochila no ombro e saio da sala. No corredor, faço uma avaliação rápida. Está mais cheio do que deveria. Por que todo mundo está enrolando nos corredores? As aulas acabaram, caramba. Vão pra casa, pessoas.

Meu olhar vai até Felicity Worthington, que joga o cabelo louro platinado por cima do ombro. Claire Donahue, minha ex, me perfura com um par de olhos azuis esperançosos; ela anda doida pra voltarmos desde que as aulas começaram. Evito o olhar dela e sigo para Kate e Alyssa, as irmãs Ballinger. Nenhuma delas tem cabelo preto. Observo o resto do corredor, mas não vejo nada.

Estou prestes a me virar quando Felicity se inclina para sussurrar alguma coisa no ouvido de Claire e, no espaço previamente ocupado pela cabeça de Felicity, aparece *ela*. O rosto da garota está virado para o armário, mas o cabelo é inconfundível, tão preto que fica quase azul embaixo da luz fluorescente.

Saio andando.

— Easton. — Eu ouço Claire dizer.

— Não se humilhe — aconselha Felicity.

Eu ignoro as duas e continuo andando.

— Oi — digo.

A garota ergue o olhar do armário. Olhos cinzentos assustados colidem com os meus. Um par de lábios rosados se abre. Espero o sorriso dela, a reação que obtenho de noventa e nove por cento das mulheres, independentemente da idade. Mas não aparece. Em vez disso, ganho um monte de cabelo na cara quando ela se vira e sai correndo pelo corredor.

A surpresa atrasa minha reação. Isso e o fato de eu não querer chamar a atenção da plateia. Com indiferença, fecho o armário dela antes de seguir o corpo que foge pelo corredor. Quando dobro a esquina, também saio correndo. Com minhas pernas bem mais longas, consigo alcançá-la em frente ao vestiário.

— Ei — falo, me posicionando na frente dela. — Onde é o incêndio?

Ela para de repente e quase cai. Seguro o ombro dela para que ela não vá de cabeça em direção ao piso.

— Eu não vi nada — diz ela de repente, se soltando da minha mão.

Eu olho por cima do ombro dela para ter certeza de que não temos plateia, mas o corredor está vazio. Que bom.

— Claro, não viu. Foi por isso que você saiu correndo igual a uma criança pega com a mão no pote de biscoito.

— Tecnicamente, era você que estava com a mão no pote de biscoito — responde ela. E fecha bem os lábios quando percebe o que admitiu. — Não que eu tenha visto alguma coisa.

— Aham. — O que eu faço com essa belezinha? Pena que tenho que conseguir o silêncio dela à base do medo.

Eu chego para a frente. Ela chega para o lado.

Continuo até ela estar de costas na parede. Eu me inclino até minha testa estar a dois centímetros da dela. Tão perto que sinto o aroma de hortelã do chiclete.

Resolva isso, a professora Mann disse. E ela está certa. O que aconteceu na sala de aula era para ter sido divertido. É só isso que eu quero, me divertir, e não estragar a vida das pessoas. Foi divertido fazer uma coisa safada e errada. Foi divertido brincar com a ideia de ser visto.

Mas a professora Mann perder o emprego e a filha dela ficar sem teto? Isso não entra na categoria de divertido.

— Então... — digo em voz baixa.

— Hum, Royal, né? — interrompe a garota.

— É. — Não estou surpreso de ela me conhecer. Não que eu tenha orgulho disso, mas os Royal mandam na escola há anos. Felizmente, fugi do papel de liderança. A Ella é a Royal que manda agora. Sou só o agente dela. — E você é?

— Hartley. Olha, eu juro que não vi nada. — Ela levanta a mão como se estivesse jurando.

— Se fosse verdade, você não teria corrido, Hartley. — Reviro o nome dela na cabeça. É um nome incomum, mas não o localizo. Nem o rosto dela, aliás. A Astor não recebe muitos rostos novos. Estudo com a maioria desses babacas desde que consigo lembrar.

— Falando sério. Sou um macaquinho. — Hartley continua a defesa pífia, colocando uma mão sobre os olhos e a outra na frente da boca. — Não vejo o mal, não falo o mal. Não que o que você fez seja mau. Nem o que você *podia* estar fazendo. Não que eu tenha visto nada. De mau ou de bom.

Encantado, coloco a mão sobre a boca de Hartley.

— Você está tagarelando.

— Nervosismo de escola nova. — Ela ajeita o blazer obrigatório da escola e empertiga o queixo. — Talvez eu tenha visto uma coisa, mas não é da minha conta, tá? Eu não vou dizer nada.

Cruzo os braços, o blazer vai se esticando sobre meus ombros. Ela parece querer brigar. Adorei, mas flertar com ela não vai gerar os resultados de que preciso. Insiro certa ameaça na voz, torcendo para que o medo segure a língua dela.

— A questão é que eu não conheço você. Então, como posso aceitar sua palavra?

A ameaça funciona, porque Hartley engole em seco.

— Eu... eu não vou dizer nada — repete ela.

Na mesma hora, me sinto mal. Por que estou assustando uma garota assim? Mas o rosto apavorado da professora Mann surge na minha cabeça. Mann tem uma filha, e Hartley é só mais uma garotinha rica de escola particular. Ela consegue aguentar um aviso.

— É? E se alguém, tipo o diretor Beringer, quem sabe, fizer alguma pergunta? — Inclino a cabeça em desafio, meu tom ficando mais e mais ameaçador. — E aí, *Hartley*? O que você diria?

Capítulo 2

Enquanto Hartley reflete sobre a minha pergunta, eu a catalogo mentalmente. Ela é uma coisinha miúda, deve ter uns trinta centímetros a menos do que meu corpo de um metro e oitenta e cinco. Não há muito para ela se gabar no que diz respeito a peitos e, na parte de baixo, ela está usando mocassins muito feios. Os sapatos são a única coisa não ditada pelo código de vestimenta da escola, a única expressão de individualidade que nos permitem. Os garotos andam por aí de tênis ou botas Timberland. A maioria das garotas opta por algo chique como sapatilhas Gucci ou aqueles sapatos de salto com sola vermelha. Acho que a declaração de Hartley é: "Estou pouco me fodendo". Consigo admirar isso.

Todo o resto nela é comum. O uniforme é padrão. O cabelo é liso e comprido. O rosto não é estonteante o suficiente para chamar atenção. A Ella, por exemplo, é linda de parar o trânsito. Minha ex, Claire, foi escolhida recentemente como a debutante do ano. Essa Hartley tem olhos grandes de personagens de mangá e boca larga. O nariz dá uma arrebatadinha na ponta, mas nenhuma das feições seria descrita com elogios na *Southern Living Quarterly*.

O nariz se franze quando ela finalmente responde.

— Bom, vamos pensar no que eu vi *mesmo* lá, tá? Quer dizer... Tecnicamente, eu vi uma professora pegando alguma coisa no chão. E um aluno estava, hum, segurando o cabelo dela pra ela enxergar melhor. Foi muito fofo. E gentil. Se o diretor Beringer perguntasse, eu diria que você é um cidadão exemplar e o indicaria a aluno da semana.

— É sério? É isso que você vai dizer? — A vontade de rir é forte, mas concluo que isso arruinaria a eficiência de qualquer ameaça que eu precisar fazer.

— Juro por Deus. — Ela coloca a mão pequena sobre o peito. As unhas são curtas e não apresentam o tratamento perfeito exibido pela maioria das garotas da Astor.

— Eu sou ateu — informo a ela.

Ela franze o rosto.

— Você está sendo difícil.

— Ei, não era eu que estava brincando de xeretar.

— Estamos na escola! — Ela ergue a voz pela primeira vez. — Eu devia poder olhar dentro de qualquer sala de aula que queira!

— Então, você admite que estava me observando. — Luto para segurar o sorriso.

— Tá. Agora, entendo por que você tem que pegar a professora. Nenhuma garota normal ia querer aguentar você.

Ao ouvir a explosão exasperada dela, abro mão da intimidação porque não consigo mais segurar o sorriso.

— Você só vai saber se experimentar.

Ela fica me olhando.

— Você está mesmo flertando comigo agora? Nem fodendo.

— Fodendo, é? — Eu passo a língua no lábio inferior. Sim, estou flertando, porque, por mais comum que possa parecer, ela me intriga. E eu, Easton Royal, estou condenado pelas leis do universo a perseguir tudo o que for interessante.

Há uma faísca de fascinação nos olhos dela. É breve, mas sempre consegui perceber quando uma garota me acha gato, quando está imaginando como seria ficar comigo.

Hartley está pensando exatamente nisso agora.

Vamos lá, gata, me chama pra sair. Faz o que você tem vontade. Eu adoraria ver uma garota me pegar pelas bolas, metafórica e literalmente, e me dizer que me quer. Na cara. Sem joguinhos. Mas, apesar de todo esse papo de empoderamento feminino, percebi que a maioria das garotas quer que o cara corra atrás delas. Droga.

— Eca. — Ela tenta se afastar. — Falando sério, Royal. Sai.

Coloco as duas mãos na madeira fria dos dois lados da cabeça dela, prendendo-a.

— Senão... o quê?

Os olhos cinzentos cintilam, aumentando minha curiosidade de novo.

— Eu posso ser pequena, mas tenho a capacidade pulmonar de uma baleia, então, se você não se mexer, vou ter que libertar meu kraken oral até a escola toda estar neste corredor me salvando de você.

Eu caio na gargalhada.

— Kraken oral? Parece uma safadeza.

— Estou pensando que tudo deve parecer uma safadeza pra você — diz ela secamente, mas um sorrisinho brinca nos cantos dos lábios. — Falando sério, eu só abri aquela porta porque estou tentando pedir transferência pra aula de cálculo da professora Mann. Mas vou guardar seu segredinho, tá? — Ela abriu as mãos. — E aí, o que vai ser? Kraken oral ou você vai chegar pro lado?

Ameaças não vão funcionar com Hartley, principalmente porque acho que eu não conseguiria ir em frente. Intimidar garotas não é meu estilo: sou mais do tipo que as deixa felizes. Assim, vou ter que acreditar na palavra dela. Ao menos, por enquanto. Hartley não parece ser do tipo que dedura. E, mesmo que ela saia falando, sempre posso contar com a minha carteira. Pode ser que meu pai tenha que bancar outra bolsa de estudos pra me tirar da confusão com a professora Mann, mas ele já fez isso antes pelo Reed e pela Ella. Acho que mereço um legado no meu nome.

Sorrindo, chego para o lado.

— Escuta, se você quiser ir pra turma de cálculo — indico a sala no final do corredor —, sugiro que fale com ela agora. Você sabe... — Dou uma piscadela. — É melhor falar com ela quando as defesas estão baixas.

O queixo de Hartley cai.

— Você está dizendo que eu devia chantagear a professora? Dizer que só vou ficar de boca calada se ela aprovar minha transferência?

Dou de ombros.

— Por que não? Você tem que fazer o que é bom para você, né?

Ela me observa por um longo momento. Eu daria muita coisa pra saber o que está passando naquela cabeça dela. Ela não me passa nada.

— É, acho que sim — murmura ela. — Até mais, Royal.

Hartley passa por mim. Sigo atrás dela, vejo-a bater na porta e entrar na sala de aula da professora Mann. Ela vai seguir o caminho da chantagem? Estou duvidando, mas, se seguir, a transferência vai ser aprovada imediatamente; a professora Mann faria qualquer coisa para impedir que Hartley nos dedurasse.

Apesar de ter executado minhas ordens de "resolver isso" com sucesso (ou, pelo menos, é o que eu acho), não saio do corredor. Quero ter certeza de que nada de ruim vai acontecer entre Hartley e a professora Mann. Assim, dou um tempo do lado de fora da sala, que é onde meu amigo e colega de time, Pash Bhara, me encontra.

— Ei — diz ele, revirando os olhos. — Você ia me dar carona pra casa. Estou esperando lá embaixo tem uns quinze minutos.

— Ah, merda, cara. Eu esqueci. — Dou de ombros. — Mas a gente não pode ir ainda. Estou esperando uma pessoa. Dá pra esperar mais uns minutos?

— Tudo bem, beleza. — Ele para do meu lado. — Já está sabendo do novo *quarterback* que estão querendo trazer pra cá?

— É mesmo? — Nós perdemos o primeiro jogo da temporada na sexta e, do jeito que nossa ofensiva jogou, devíamos ir nos acostumando. Kordell Young, nosso *quarterback* iniciante, arrebentou a patela na segunda jogada, nos deixando com dois alunos mais pirralhos que estão concorrendo a Debi e Loide.

— O treinador acha que, com a contusão, nós vamos precisar de alguém.

— Ele estaria certo, mas quem vai vir pra cá depois do começo da temporada?

— O boato é que é alguém da North ou da Bellfield Prep.

— Por que essas escolas? — Tento me lembrar dos *quarterbacks* das duas, mas nada me ocorre.

— Eles devem ter o mesmo tipo de ofensiva, eu acho. O cara de Bellfield é legal. Já fui a festas com ele algumas vezes. Careta, mas decente.

— Não vejo problema aí. Sobra mais bebida pra nós — brinco, mas estou começando a ficar inquieto. Hartley está lá dentro há muito tempo. Só levaria uns cinco segundos pra professora Mann escrever o nome dela na ficha de transferência.

Olho pela janelinha na porta, mas só vejo a parte de trás da cabeça de Hartley. A professora está fora do meu campo de visão.

Por que a demora? Não tem como a professora Mann não aceitar na mesma hora o pedido de Hartley.

— Concordo. — O celular dourado de Pash vibra na mão dele. Ele olha a mensagem e balança o celular para mim. — Você vai sair hoje?

— Talvez. — Mas não estou prestando atenção nele. Eu me viro para dar outra olhada na janela da professora Mann. Pash repara desta vez.

— Cara, é sério isso? A professora Mann? — diz ele, com as sobrancelhas arqueadas. — Já cansou das garotas da Astor? A gente pode pegar o avião do seu pai pra Nova York. A Semana de Moda está começando, e a cidade vai estar cheia de modelos. Ou podemos esperar o novo *quarterback* chegar e arrumar umas amigas dele pra gente. — Ele pisca para mim e me cutuca. — Se bem que não tem nada como fazer uma coisa que a gente não devia estar fazendo, né?

Irritado de ele ter acertado, minha resposta sai concisa.

— Errado. Ela é velha demais.

— Então, quem é? — Pash tenta espiar atrás de mim enquanto uso o corpo grande para bloquear a janelinha.

— Ninguém. Tem uma garota lá dentro e estou esperando que ela saia pra ter certeza se anotei o dever de casa certo.

— Os deveres de casa estão on-line — diz ele, sem colaborar.

— Ah, é verdade. — Mas eu não me mexo.

Naturalmente, Pash só fica mais intrigado.

— Quem está aí dentro? — pergunta ele, tentando me empurrar de lado para olhar.

Decido me deslocar e deixar que ele investigue, porque, senão, ele não vai parar de me perturbar.

Pash encosta o nariz na janela, olha bastante e conclui.

— Ah. Então você *veio* ver a professora Mann.

— Eu disse que vim. — Mas agora estou confuso: qual foi o motivo de ele descartar tão rapidamente Hartley como foco do meu interesse?

Ele olha o celular de novo.

— Tá, isso é chato. Encontro você lá embaixo, no estacionamento.

Quando ele começa a se afastar, a curiosidade fala mais alto.

— Por que não a outra garota? — grito para ele.

Ele se vira e, andando de costas, diz:

— Porque ela não é seu tipo.

— Qual é meu tipo?

— Gostosa. Gostosa, peituda. Gostosa — repete ele, antes de desaparecer na esquina.

— Uau — comenta uma voz seca. — Estou arrasada por seu amigo achar que sou ruim e reta.

Quase dou um pulo de um metro e meio.

— *Jesus*. Dá pra você fazer um pouco de barulho quando se mexe?

Hartley sorri para mim e ajusta a tira da mochila enquanto anda.

— É isso que você merece por ficar se esgueirando perto da porta. Por que ainda está aqui, afinal?

— Conseguiu resolver tudo? — pergunto, andando ao lado dela.

— Consegui. — Hartley faz uma careta. — Acho que ela percebeu que fui eu que vi vocês, porque ficou constrangida e disposta a fazer tudo o que eu pedi. Estou me sentindo mal.

— Não devia. A profe cometeu um erro e agora está pagando. — Era para ser em tom de sarcasmo, mas o comentário sai insensível, e percebo no momento em que Hartley franze a testa para mim.

— Ela não estava se agarrando sozinha, Royal.

— Não, mas teria sido um tesão — tento brincar de novo, mas é tarde demais.

— Imbecil. — Hartley abre a porta da escada e passa por ela. — De qualquer modo, sua missão aqui acabou. Foi bom falar com você.

Corro atrás dela, praticamente a perseguindo pela escada.

— Ah, para com isso, não fala assim. A gente estava começando a se conhecer. Estava *se conectando*.

A risada dela ecoa pelas paredes da escadaria.

— Nós não estamos nem nunca vamos *nos conectar*. — Ela acelera o passo e desce dois degraus de cada vez para se afastar de mim mais rápido.

— Nunca? Por que tanta certeza? Você devia me conhecer. Sou encantador.

Ela para, a mão no corrimão, os pés prontos para sair correndo.

— Você é encantador, Royal. Esse é o problema.

E, com isso, ela desce o resto da escada correndo.

— Se você queria me deixar menos interessado, esse não é o jeito de fazer isso — falo para as costas cada vez menores dela. A bunda está linda embaixo da saia plissada do uniforme da Astor Park.

Só quando chega do outro lado do saguão é que ela para e me lança um olhar distraído.

— Vejo você por aí, Royal. — Com um aceno leve, ela sai pelas portas enormes de carvalho.

Meu olhar permanece grudado no corpinho miúdo, e me vejo sorrindo para nada e ninguém.

É...

Acho que vou pegar essa garota.

Capítulo 3

— A Ella me disse que você ficou com uma professora hoje — diz meu irmão mais velho no telefone algumas horas depois.

Equilibro o celular no ombro enquanto tiro a sunga e deixo cair no chão do quarto. Passei a última hora na piscina, canalizando meu irmão Gideon. Gid é o nadador da família, mas não consigo parar de pensar em Hartley desde que cheguei em casa, e estava torcendo para que algumas voltas na piscina, umas trinta, fossem me ajudar a limpar a mente. Não ajudaram em nada. Ainda estou tendo pensamentos sacanas com aquela garota, só que agora também estou molhado e mal-humorado.

— Easton — rosna Reed. — Está aí?

— Estou.

— Você pegou a professora ou não?

— Aham. Peguei. E daí? — pergunto, indiferente. — Já fiquei com professoras antes.

— É, mas agora você está no último ano.

— E daí?

— E daí que está na hora de crescer. A Ella está morrendo de preocupação com você.

— Ela devia se concentrar em cuidar pra que você não pule a cerca.

Há dois segundos de silêncio mortal enquanto Reed se esforça para não gritar comigo. A garganta dele deve estar doendo.

Dou um sorrisinho para o telefone.

— De qualquer modo, obrigado por ligar, vovô. É legal saber que posso contar com Ella pra me dedurar se eu fizer alguma coisa errada.

— East. — O tom dele fica ríspido, mas depois se suaviza. — Ela gosta de você, só isso. Nós todos gostamos.

— Ah, me sinto tão amado. — Reviro os olhos, pego uma calça jeans na gaveta da cômoda e a puxo para subir pelos quadris. — Acabamos aqui, Reed? O jantar está pronto.

— Não, não acabamos — diz ele e, apesar de eu poder desligar o telefone, espero instintivamente que ele continue, porque ele é meu irmão mais velho e eu sempre o segui. — Como está indo o novo *quarterback*?

— Não está. O joelho arrebentado está pior do que pensávamos. Ele está fora por toda a temporada. E os substitutos são dois alunos do primeiro ano que não conseguiriam fazer um passe decente nem se a vida deles dependesse disso.

— Merda.

— É. Eu não fazia ideia de que qualquer pessoa que fizesse esportes na Astor pudesse ser tão ruim. Por que não fizeram Wade repetir de ano?

— Ele teria saído de qualquer modo. Val está arrasada?

— Não, ela disse que ele foi o cara que ajudou a superar o ex dela. Além do mais, acha que os homens não sabem ser fiéis quando o casal está separado. — Não posso culpar a garota. O primeiro namorado dela fez merda assim que botou o pé no campus da faculdade.

O suspiro de Reed pesa no meu ouvido.

— Eu sei. Ela teve um monte de experiências ruins. Espero que a atitude dela não passe pra Ella. Fica de olho nisso por mim, tá?

— Não vai rolar. Não tenho vontade nenhuma de ficar de olho em Val Carrington. Além do mais, é responsabilidade sua cuidar pra que Ella seja feliz. Não minha.

Eu desligo antes que ele possa dizer qualquer outra coisa. Reed sempre deu as ordens entre nós dois, mas ele não está mais aqui. Está na faculdade, jogando na defesa de um dos melhores programas de futebol americano do país. Tem uma namorada louca por ele e pôde recomeçar a vida.

Já eu estou preso aqui em Bayview. Grudado no chão. Meu pai avisou na base aérea que não tenho permissão de voar. Diz que preciso provar que estou sóbrio e sou responsável. É meu último ano de ensino médio; qual é o sentido de ficar sóbrio e ser responsável? Além disso, não vou pilotar bêbado. Sei que não devo fazer isso, mas ele não acredita em mim.

Embora eu tenha grana pra comprar um Cessna moderno, não tenho nem de perto o suficiente pra pagar os controladores de tráfego aéreo. É uma situação filha da puta que me deixa sempre de mau humor.

Estou preso fazendo a mesma merda de sempre, que inclui descer a escada para jantar com a família, uma tradição que tinha sido interrompida depois que minha mãe morreu e recomeçou quando papai trouxe Ella para morar conosco. Depois que o pai biológico dela, Steve O'Halloran, foi preso por assassinato, esses jantares de família se tornaram não negociáveis. Não podemos deixar de comparecer, mesmo quando está óbvio que ninguém está com humor para momentos familiares de qualidade.

Como hoje. Todos nós estamos com a cabeça em outro lugar. Os gêmeos, Sebastian e Sawyer, parecem exaustos, provavelmente, por causa de um treino puxado de lacrosse. A Ella parece preocupada. Papai parece exausto.

— Não conseguiu encontrar uma camisa naquele seu armário enorme? — pergunta meu pai educadamente. Desde que Ella entrou para a nossa família, Callum Royal aperfeiçoou a expressão de pai reprovador. Ele nunca ligou para o que fazíamos ou usávamos, mas, agora, fica pegando no nosso pé.

Olho para meu peito exposto e dou de ombros.

— Quer que eu suba pra pegar uma?

Ele balança a cabeça.

— Não, você já nos deixou esperando tempo demais. Senta, Easton.

Eu me sento. Estamos comendo no pátio com vista para a enorme piscina em forma de grão de feijão. A noite está quente, e a brisa está gostosa. Mas a mesa parece meio vazia só com nós cinco. É estranho agora que Gid e Reed estão longe.

— Estou achando que você está meio pálido — brinca Sawyer. Apesar de ser o gêmeo mais novo, ele sempre lidera; Seb disse uma vez que é para fazer Sawyer se sentir melhor por ter nascido depois. Seb é calado, mas tem um senso de humor cruel.

Seb dá um sorrisinho.

— É o peitoral. Ele anda faltando aos treinos de peitoral, e aí ficou pálido e pequeno.

— Seus merdinhas. Vou mostrar quem é pequeno e fraco. — Sorrindo, me levanto parcialmente da cadeira e sacudo o punho para os dois imbecis. — Já caguei bostas maiores do que vocês.

— Ah, bom, mas nós somos dois e...

— Tudo bem, já chega — Papai interfere rapidamente antes que Sawyer possa nos dar uma descrição do movimento intestinal dos gêmeos. — A comida está esfriando.

A menção de comida é suficiente para desviar nossa atenção. Nossa empregada, Sandra, preparou batata assada, cenoura no alho e uma pilha de costelas besuntadas de molho *barbecue*. Os gêmeos e eu caímos de boca como os animais que somos, enquanto papai e Ella vão devagar e conversam enquanto comem.

— ... chance de você ter que ser testemunha no julgamento de Steve.

Não estou prestando muita atenção e, quando a conversa se desvia para Steve O'Halloran, sou pego de surpresa. Atualmente, papai se esforça para não tocar no nome de Steve quando Ella está por perto.

Na cadeira, as costas da Ella ficam mais rígidas do que o mastro da bandeira no gramado na frente da Astor Park Prep.

— Eu achava que os advogados tinham dito que o testemunho de Dinah seria suficiente. — Dinah é esposa megera de Steve, o que a torna a madrasta megera da Ella.

— É provável que você não seja chamada para o banco das testemunhas — garante papai. — Mas, quando falei com o promotor ao telefone hoje de manhã, ele mencionou que essa possibilidade ainda existe. Só estou tocando no assunto porque não quero que você seja pega de surpresa se acontecer.

A tensão não some do corpo da Ella. Não a culpo por estar chateada. Os gêmeos estão com expressões idênticas de repulsa.

Steve foi acusado de assassinato meses atrás, mas não passou nem um segundo atrás das grades. Ele pagou a fiança de cinco milhões de dólares, entregou o passaporte e a licença de piloto e, infelizmente, aguarda os termos da fase preliminar do processo judicial. Dinheiro e bons advogados significam que não é preciso cumprir pena nem um dia antes de ser condenado, e talvez nem assim. O advogado do papai diz que, desde que o juiz esteja convencido de que não há risco de que ele fuja, ele fica livre como uma porra de passarinho.

Essa coisa toda de inocente até que se prove o contrário é um monte de merda, se alguém quiser a minha opinião. Todo mundo sabe que ele é culpado, e ficamos loucos por Steve não estar na prisão pelo que fez. Não só por ter matado uma mulher, mas também por não ter se entregado quando a polícia tentou culpar Reed.

É verdade que a vítima foi Brooke Davidson, a cobra do mal que estava tentando destruir minha família, mas mesmo assim. Brooke era uma vaca, mas não merecia morrer.

— Ei, pai — diz Sawyer com cautela.

Papai desvia o olhar para o filho mais novo.

— Que foi?

— Quando começar o julgamento do Steve... — Sawyer faz uma pausa curta. — Vão começar a falar daquelas coisas todas sobre Steve e, hum... — Ele para de falar e fecha a boca, decidindo não terminar a frase.

Ninguém termina a frase por ele, mas a expressão de todo mundo fica tensa, inclusive a minha. Seb estica a mão e aperta o ombro do irmão gêmeo. Meu pai pega a mão da Ella, que fecha os olhos e respira fundo algumas vezes para se acalmar.

Vejo minha família toda tentar controlar a emoção.

Odeio pensar na minha mãe atualmente. Depois que Steve matou Brooke, foi revelado que mamãe traiu papai com o pai da Ella. Essa merda toda pra mim é incesto.

O problema é que não consigo ter raiva da mamãe por ter traído o papai. Ele quase nunca estava em casa. Vivia concentrado demais na Atlantic Aviation, o negócio da família, e, enquanto passava longos períodos de tempo longe, Steve envenenou a mente dela com ideias de que papai é quem a estava traindo.

Mas sinto raiva dela por ter morrido, por ter tomado aqueles comprimidos. Reed diz que não há como terem sido os mesmos comprimidos. Eu estava guardando no meu quarto, mas ele não tem certeza. Eu estava viciado em Adderall e oxi na época. No começo, a receita era completamente legal, mas, quando precisei de mais, havia fornecimento fácil na escola. Meu fornecedor de Adderall sugeriu que eu tomasse oxi como forma de escapar. Ele estava certo. Ajudava muito, mas a onda não durava.

Quando mamãe descobriu meus comprimidos e ameaçou me mandar pra reabilitação se eu não tomasse jeito, eu prometi andar na linha. E não questionei o que ela fez com os comprimidos. Só entreguei os frascos, porque eu era um garoto de quinze anos que cortaria o braço fora se ela pedisse. Eu era louco por ela a esse ponto.

Ou seja, é possível que eu tenha matado minha mãe. Reed alega que não, mas claro que ele vai dizer isso. Ele nunca me diria na cara que eu a matei. Ou melhor, que meu vício a matou. Alguém está impressionado de eu ser um fazedor de merda autodestrutivo?

Não uso mais comprimidos. A overdose da mamãe me deixou me cagando de medo, e prometi aos meus irmãos mais velhos que não tocaria mais naquele lixo. Mas os vícios não somem. Isso só quer dizer que preciso alimentar a sede de outras formas mais seguras: álcool, sexo e sangue. Esta noite, acho que vou de sangue.

— Easton. — Encontro uma Ella preocupada observando meu rosto.

— O quê? — pergunto, esticando a mão para pegar o copo d'água. O assunto da conversa se afastou do julgamento, graças a Deus. Papai e os gêmeos agora conversam com animação, logo sobre futebol. Nós nunca fomos uma família de futebol. Às vezes, me pergunto se os gêmeos são mesmo Royal. Eles jogam lacrosse, assistem a futebol, não são fãs de luta e têm zero interesse em voo. Dito isso, eles têm as feições da mamãe e os olhos azuis dos Royal.

— Você está sorrindo — acusa Ella.

— E daí? Sorrir é ruim?

— É um dos seus sorrisos sedentos de sangue. — Ela rouba um olhar por cima da mesa para ter certeza de que papai não está prestando atenção em nós. E sussurra: — Você vai brigar hoje, não vai?

Passo a língua pelo lábio inferior.

— Ah, vou.

— Ah, East. Por favor, não faz isso. É perigoso demais. — Ela aperta os lábios com preocupação, e sei que está lembrando a vez em que Reed foi esfaqueado em uma dessas brigas.

Mas aquilo foi uma coisa horrível que não teve nada a ver com a briga em si. Daniel Delacorte, um antigo inimigo, contratou uma pessoa para acabar com Reed.

— Aquilo não vai acontecer de novo — garanto a ela.

— Você não tem como saber. — Uma determinação surge nos olhos azuis. — Eu vou com você.

— Não.

— Sim.

— Não. — Eu levanto a voz, e o olhar intenso do papai se vira para nós.

— Estamos discutindo sobre o quê? — pergunta ele, desconfiado.

A Ella dá um sorrisinho debochado e espera que eu responda. Droga. Se eu continuar discutindo, ela vai contar a ele que vou às docas, e nós dois sabemos que papai não gosta mais dessa ideia como antes, desde que Reed levou a facada lá.

— A Ella e eu não conseguimos decidir que filme vamos ver antes de irmos dormir — minto. — Ela quer uma comédia romântica. Obviamente, eu quero qualquer coisa, menos isso.

Os gêmeos reviram os olhos. Eles reconhecem uma mentira deslavada quando escutam. Mas meu pai cai. A risada dele se espalha pelo pátio.

— Desiste, filho. Você sabe que a mulher sempre consegue o que quer no final.

A Ella abre um sorriso pra mim.

— É, Easton. Eu sempre consigo o que eu quero. — Quando me levanto para encher o copo, ela vem atrás de mim. — Eu vou ficar do seu lado igual cola. E quando você for pra briga, vou fazer a maior cena do mundo. Você nunca mais vai poder dar as caras lá.

— Você não pode escolher um dos gêmeos? — reclamo.

— Não. Você tem minha atenção total e plena.

— Reed deve estar dando uma festa porque não está ouvindo ordens suas. — Ouço a respiração dela travar, e levanto o olhar e vejo as bochechas dela irem de rosa a brancas. Ah, merda. — Eu não quis dizer isso. Você sabe que ele não suporta estar longe de você.

Ela funga.

— É sério. Ele falou no telefone comigo antes do jantar, chorando pelo quanto sentia saudade de você. — Silêncio. — Desculpa — digo, e estou mesmo arrependido. — Minha boca é mais rápida do que meu cérebro. Você sabe disso.

Ella levanta uma sobrancelha.

— Você devia ficar em casa pra compensar.

Xeque-mate.

— Sim, senhora. — Docilmente, eu a sigo até a mesa.

— Vai ceder sem lutar? — murmura Sawyer quando nos sentamos.

— Ela ia começar a chorar.

— Droga.

Depois da sobremesa, empurro Ella com o pé e faço sinal na direção dos gêmeos. Ela assente e se vira para o meu pai.

— Easton e eu temos dever de cálculo, Callum. Você se importa se sairmos da mesa?

— Não, claro que não. — Ele faz sinal para irmos.

A Ella e eu fugimos para dentro de casa, deixando os gêmeos para tirarem a mesa. Nós tínhamos empregados pra fazer isso, mas papai despediu todo mundo depois que mamãe morreu. Menos Sandra, que cozinha pra nós, e Durand, o motorista. Tem empregadas que vêm duas vezes por semana, mas não são posições permanentes.

Quando Ella e eu os deixamos, Sawyer e Seb resmungam que vão se atrasar para ver Lauren, a garota que eles namoram. Não sinto solidariedade. Pelo menos, eles têm planos para hoje em vez de ficarem em casa.

No andar de cima, eu me acomodo na minha cama *king size* e ligo a televisão. A temporada de futebol americano ainda não começou, então, não tem jogo de segunda à noite. A ESPN está passando os pontos altos da temporada anterior, mas não estou prestando atenção. Estou ocupado demais olhando os contatos do meu celular. Encontro quem estou procurando e aperto o botão verde para ligar.

— E aí, Royal — diz o barítono de Larry.

— E aí, nerd — eu digo com alegria. Lawrence "Larry" Watson é um atacante de cento e trinta quilos, um bom amigo e o maior entendedor de computadores que conheço. — Preciso de um favor.

— Manda. — Larry é o cara mais tranquilo do mundo. Ele sempre está disposto a ajudar um amigo, principalmente, se puder usar seu talento de hacker.

— Você ainda consegue entrar no *mainframe* da Astor Park? Tenho um par de Tóquio vinte e três ainda na caixa.

— O Air Jordan modelo cinco que só foi lançado no Japão? — Ele fala como se estivesse prestes a chorar. Larry é fanático por tênis e sempre quis esse modelo que meu pai comprou em uma viagem de negócios a Tóquio.

— Ele mesmo.

— O que você quer? As notas ainda não saíram.

— Só informações sobre uma pessoa. Nome completo, endereço, telefone, esse tipo de coisa.

— Cara, isso é aí é informação básica de contato. Já ouviu falar no Google?

— Eu nem sei o sobrenome dela, babaca.

— *Dela*, é? — ele ri no meu ouvido. — Estou chocado. Easton Royal está atrás de uma garota.

— Você pode me ajudar ou não?

— Qual é o primeiro nome dela? Pode ser que eu conheça.

— É Hartley. Ela é do terceiro ano. Tem tipo um metro e meio. Cabelo comprido e preto. Olhos cinzentos.

— Ah, claro — diz Larry na mesma hora. — Eu conheço. Ela é da minha aula de política avançada.

Eu me empolgo todo.

— Ah, é? Você sabe o sobrenome dela?

— Wright.

Reviro os olhos para o telefone.

— Ai, o quê? Levou um choque?

— É Wright.

Fico bufando de impaciência.

— Ai, o quê?

Um estrondo de gargalhada soa na linha.

— É *Wright* — diz Larry entre risadas. — W-R-I-G-H-T. O nome dela é Hartley Wright. *Porra*, cara, como você é burro.

Ah. Tudo bem, eu sou burro.

— Desculpa, cara. Entendi. Hartley Wright. Você sabe mais alguma coisa sobre ela? Tem o número do telefone dela?

— Por que eu teria o número do telefone dela, cara? Eu estou com Alisha. — Mais uma vez, Larry usa o tom de *Você veio do Planeta dos Burros?* — Me dá cinco minutos. Já ligo pra você.

Ele desliga. Mato tempo vendo os destaques dos esportes. Quase dez minutos se passaram, não cinco, quando meu celular apita na minha mão. Eu olho para a tela, abro um sorriso e respondo para Larry por mensagem de texto.

Você é o cara
Eu sei, responde ele.
Levo os tênis amanhã
Vou logo olhar as informações que Larry me envia. Incluem um número de telefone, um endereço e um link para um artigo do *Bayview Post*. Clico no link e descubro que o pai de Hartley, John Wright, concorreu ao cargo de prefeito alguns anos atrás, mas perdeu. Além disso, de acordo com o artigo, o senhor Wright é o promotor assistente do condado de Bayview.

Reviro o cérebro pensando na última vez que entrei em um tribunal. Foi quando as acusações de assassinato contra Reed foram descartadas, e houve a citação de Steve. O nome do promotor era "Wright"? Não. Era... Dixon ou alguma coisa parecida. E tenho quase certeza de que ele era o promotor, e não o assistente.

Passo os olhos pelo artigo até chegar a uma imagem da família Wright. Na frente de uma mansão enorme em estilo fazenda antiga, John Wright está usando um terno cinza e com o braço em volta de uma gostosa que a legenda diz ser a esposa dele, Joanie. As três filhas do casal estão ao lado da mãe; todas herdaram o cabelo preto graúna e os olhos cinzentos. Hartley parece ser a filha do meio. Ela parece estar com uns catorze anos na foto, e abro um sorriso por causa de uma espinha muito proeminente na testa dela.

Estou remexendo na mochila antes mesmo de me dar conta do que estou fazendo. Pego o caderno que tem todas as minhas anotações de cálculo. Hartley perdeu uma semana de aulas, o que a deixa atrasada. Quando aparecer na aula de amanhã, vai estar perdida... a não ser que alguém seja gentil o bastante para passar para ela tudo o que ela perdeu. É o mínimo que se pode fazer, né?

Coloco uma camiseta larga e vou para o escritório no andar de baixo que divido com meus irmãos e Ella, ciente de que estou agindo como um otário desesperado. Não é que eu *precise* fazer fotocópias. Não é mais como era antigamente. Posso só tirar fotos da matéria de cálculo usando o aplicativo de scanner do celular e mandar direto a Hartley. Afinal, eu já tenho o número dela.

Mas não. Faço cópias de verdade, que grampeio e enfio em uma pasta que encontro em uma das gavetas da escrivaninha.

— Aonde você vai?

Ella me intercepta quando estou saindo do escritório. Os olhos azuis estão apertados, o tom está carregado de desconfiança.

— Vou levar o dever de casa pra uma pessoa. — Mostro a pasta e a abro, para que minha irmã postiça xereta possa ver que tem matéria da escola de verdade lá dentro.

— Às oito da noite?

Finjo um susto.

— Oito da noite? Puta merda! Como está tarde! A gente devia ir pra cama!

— Para de gritar comigo — ela murmura, mas parece estar segurando a vontade de rir. Acaba saindo como um ronco. — Tá, eu estou sendo ridícula.

— É.

Ela aperta meu braço.

— Só não vá pras docas depois, tá? Me promete isso.

— Eu prometo — digo obedientemente, e saio correndo antes de ela poder ficar me enchendo ainda mais o saco.

O trajeto até a casa de Hartley não demora; Bayview não é grande. Os Wright moram no continente, na mansão estilo fazenda da foto do artigo. É uma casa bonita. Não tão grande quanto a minha, mas os Wright não são os Royal.

Estou a uns cem metros da casa dos Wright quando um Rover preto familiar faz uma curva fechada. Desvio para o acostamento e aperto a buzina. Sawyer acena com alegria do banco do motorista e Sebastian levanta os dedos no formato dos chifres do diabo.

Esses dois babacas. No banco de trás, está Lauren, que deve morar por aqui.

Estaciono no meio-fio em frente à casa de Hartley. As palmas das minhas mãos estão estranhamente grudentas quando saio da picape, e as seco na frente da calça jeans rasgada. E penso se não devia ter trocado de roupa antes de ir até ali. Aparecer de camiseta puída e jeans com buracos não provoca uma boa impressão, principalmente porque posso dar de cara com os pais de Hartley.

Por outro lado, por que eu me preocuparia se impressiono ou não Hartley e a família dela? Quero trepar com a garota, não pedir que ela se case comigo.

É a mãe de Hartley quem abre a porta depois que toco a campainha. Eu a reconheço da foto.

— Oi — cumprimenta ela, com a voz um pouco fria. — Como posso ajudar?

— Oi. Ahn... — Troco a pasta de uma mão suada para a outra. — Estou aqui pra, ahn... — Droga. Que ideia idiota. Eu devia ter mandado uma foto do meu abdome pelo celular, algo desse tipo. Que tipo de idiota aparece na porta de alguém sem avisar...

Não. Que se dane toda essa dúvida. Sou Easton Royal, porra. Que motivo tenho pra ficar inseguro?

Limpo a garganta e falo de novo, desta vez, com voz clara e confiante.

— Vim ver Hartley.

Joanie Wright arregala os olhos.

— Ah — diz ela em tom agudo, e olha com nervosismo para trás.

Não consigo ver pra quem ela está olhando. É pra Hartley? Ela está fora do meu campo de visão dizendo pra mãe com movimentos labiais pra se livrar de mim?

A senhora Wright se vira para mim.

— Me desculpe — diz ela, com o tom gelado de novo. — Hartley não está. Quem é você?

— Easton Royal. — Mostro a pasta. — Tenho umas anotações da matemática pra ela. Posso deixar com você?

— Não.

— Não? — Eu franzo a testa. — Então, o que devo fazer com...

Não consigo terminar a frase.

A mãe de Hartley bate a porta na minha cara.

Capítulo 4

Como fui para a cama cedo e meu corpo não está dolorido porque eu não briguei, acabo acordando na hora na manhã seguinte. Pra variar, consigo tomar um café e comer um *bagel* no café da manhã. Na escola, passo pelo armário de Larry e bato com a mão ao lado da tranca. Quando se abre, enfio a caixa dos tênis dentro. Em seguida, vou para o vestiário. Estou até surpreendentemente não atrasado para o treino das seis. Meus colegas de time celebram a rara ocasião com uma explosão de aplausos quando eu entro.

— Puta merda — exclama Larry. — São dez pras seis e o Royal chegou.

Alguém dá uma risadinha.

— Acho que o inferno congelou.

— Pode ser que ele tenha perdido uma aposta — diz outra pessoa.

Reviro os olhos e vou na direção do meu armário. Vejo o treinador Lewis perto da porta da sala de equipamentos, falando com um cara alto de corte militar.

Apesar de estar dez minutos adiantado, sou o último a aparecer. O treinador bate palmas quando me vê e diz:

— Que bom. Estamos todos aqui.

Olho para Connor Babbage, que está encostado no armário, e dou um aceno discreto com a cabeça na direção do novo amigo do treinador. Connor dá de ombros como quem diz *não faço ideia de quem seja*.

O treinador dá um passo à frente.

— Homens, este é Brandon Mathis. Ele acabou de ser transferido para Astor de Bellfield Prep. Ele é nosso novo *quarterback*.

Todo mundo, inclusive eu, expira aliviado. Ninguém nem lança um olhar de consolo para os dois substitutos. Eles já provaram que são inúteis, e parecem igualmente aliviados pela notícia.

— Mathis — grita o treinador. — Tem alguma coisa a dizer para o seu time?

O novo aluno sorri para todo mundo. Alto, com aparência decente e simpático? Já estou ouvindo as calcinhas das garotas da Astor caindo no chão.

— Só que estou ansioso pra conhecer vocês e levar aquele troféu pra casa.

Vários jogadores assentem em aprovação. Eu ainda estou avaliando Mathis.

O treinador vira o olhar na minha direção.

— E você, Royal? Está de acordo com essa mudança?

Agora que Reed se formou, sou o líder tácito da defesa. Se acolher Mathis, o resto do time vai seguir meu comportamento. O treinador sabe.

— Ah, treinador, olha só você, levando meus sentimentos em consideração. — Limpo uma lágrima inexistente. — Estou emocionado.

— Estou cagando pros seus sentimentos, garoto. Só sei como vocês, Royal, podem ser difíceis. — Ele arqueia as sobrancelhas peludas. — Mas você não vai ser difícil hoje, vai,

Royal? Vai receber nosso novo *quarterback* de braços abertos, não é verdade?

Finjo pensar.

— Royal — avisa ele.

Abro um sorriso.

— Que nada, eu não vou dar trabalho. — Abro bem os braços e dou um sorriso para Mathis. — Venha me dar um abraço, garotão.

Alguns dos meus colegas dão risadinhas.

Mathis parece sobressaltado.

— Hum. Tá. É que não sou muito de abraços.

Eu solto os braços nas laterais do corpo.

— Droga, treinador, eu o recebi de braços abertos, *literalmente*, mas ele me rejeitou.

Babbage cai na gargalhada.

O treinador suspira.

— É uma figura de linguagem, garoto. Só aperta a porcaria da mão dele.

Rindo, eu dou um passo à frente e bato a mão na de Mathis.

— É bom ter você a bordo — eu digo para ele. E falo de coração. Precisamos desesperadamente de um *quarterback* que seja capaz de jogar a porra da bola.

— É bom estar aqui — responde ele.

O treinador bate palmas de novo.

— Muito bem, garotos, vão se trocar e comecem a puxar ferro.

Eu tiro o uniforme da Astor Park. Dominic Warren está ao meu lado, vestindo um short de basquete.

— Ei, Mathis — grita Dom para o outro lado do vestiário. — Qual é a situação dos rabos da Bellfield?

— Situação dos rabos? — ecoa nosso novo *quarterback*.

— É, rabos. Você sabe. Garotas. — Dom se senta no banco e se inclina para amarrar os tênis. — Estou pensando em arrumar uma garota da Bellfield. Estou cansado dessas minas da Astor.

Mathis sorri.

— Ah, pelo que vi até agora, as garotas da Astor Park são gostosas.

— É, elas são um colírio para os olhos — concorda Dom. — Mas são metidas demais. Os pais são bilionários, sabia? A maioria delas age como se estivesse fazendo um favor só de falar com você.

— Elas não são todas metidas — discordo, pensando em Ella e Val, as duas garotas mais legais que conheço.

Eu também acrescentaria Hartley à lista, só que ainda não a conheço o suficiente. Mas a mãe dela tinha sido bem metida na noite anterior. Qual foi o problema daquela mulher? Já conheci muitas vacas ricas, esnobes e arrogantes, mas até a mais esnobe de todas tem um mínimo de boas maneiras. Nós somos do sul, caramba. Você é convidado a entrar e insultado enquanto toma um copo de chá gelado e come uma fatia de bolo. Não se bate a porta na cara de ninguém.

Dom revira os olhos.

— Essa é outra coisa que você devia saber — diz ele para Mathis. — O Royal aqui já ficou com todas as garotas desta escola.

— Eu sou pegador mesmo — confirmo, enfiando os pés nos tênis. — Se você andar comigo, *quarterback*, vai pra cama com alguém rapidinho.

Rindo, Mathis se aproxima de mim.

— Nossa, valeu, Royal... Esse é seu nome?

— Easton Royal — confirmo.

— Qual dos dois você prefere?

— Qualquer um dos dois. Qual você prefere, Mathis ou Brandon?

— Bran, na verdade.

— Bran? Tipo aquele cereal de fibras que é bom pra cagar?
Mathis joga a cabeça para trás em uma gargalhada.
— É, tipo aquele cereal de fibras que é bom pra cagar. — Ele me dá um tapa no ombro. — Você é um cara engraçado, Royal.
E eu não sei?
Ele ainda está rindo quando vamos para a academia. Normalmente, eu faria dupla com Pash ou Babbage, mas, como não me importaria de conhecer melhor meu novo *quarterback*, eu me ofereço para fazer dupla com ele.
— Claro — aceita Mathis, agradecido.
Ele se deita no banco. Eu fico de pé na cabeceira, com as mãos sobre o halter pesado. Observo os braços dele: são longos, musculosos, mas não volumosos demais. Espero que ele tenha um arremesso decente.
— Então... Bellfield Prep, é? Isso quer dizer que você morava em Hunter's Point, né? — pergunto, me referindo a uma cidade uns vinte minutos a oeste de Bayview.
— Ainda moro, na verdade. Meus pais não ficaram a fim de se mudar só pra eu ficar quinze minutos mais perto da Astor. Minha mãe ama demais o jardim dela pra abrir mão dele assim.
— O que a sua família faz?
— O que você quer dizer?
— De onde veio a fortuna dos Mathis? — esclareço com voz seca. — Petróleo? Exportação? Transportes?
— Ah, hum, não tem fortuna nenhuma. Acho que a gente é classe média. Minha mãe é professora e meu pai é contador. Estou aqui com bolsa, senão, não conseguiria pagar. A mensalidade custa dez vezes mais do que em Bellfield. — Ele coloca o halter no lugar e respira fundo duas vezes. O rosto está vermelho por causa do esforço de levantar o peso.
— Ah. Entendi. — Fico me sentindo meio burro por fazer a suposição, mas Mathis é um cara legal. Nem piscou quando

ouviu minha pergunta nem pareceu ofendido pelo status social. Não que eu ande por aí me gabando que meu pai faz parte do clube dos biblionários, afinal, o que o dinheiro do meu pai tem a ver comigo?

A conversa continua fluindo mesmo quando trocamos de lugar, para eu poder erguer o peso enquanto ele me ajuda. Ele me conta que começou a jogar por Bellfield no ano passado na temporada regular, mas que um pulso quebrado o manteve fora do campo durante as eliminatórias. O substituto fez com que eles perdessem o primeiro jogo com jogadas interceptadas três vezes, e foi por isso que a Astor Park não chegou a jogar contra a Bellfield Prep. Eles não chegaram às finais, e parece que o time está puto porque Bran o abandonou para ir para a Astor.

— Mas a Astor abre portas, sabe? — diz ele. — Currículo melhor, conexões melhores.

Eu não teria como saber. Nunca saí do círculo social da Astor. Quem é parte desse mundo estudou na Escola St. Mary para Meninos e Meninas, mesmo não sendo religioso. Depois da St. Mary's, você era enviado para a Lake Lee Academy. Finalmente, acabava na Astor.

Nós somos um viveiro de privilégios com nossos fundos fiduciários, nossos carros de luxo e nossas roupas de marca. E jatos particulares se você for um Royal.

— Como é o cenário social na Bellfield? — pergunto. A julgar pelos caras com quem brigo e jogo, a única diferença entre um rebelde da Astor Park e um garoto das docas é o preço do álcool que bebemos. Nós sangramos igual, sentimos dor igual.

— Não sou muito festeiro. Eu não bebo.

— Tipo, durante a temporada de jogos?

— Nunca. Meus pais são muito rigorosos — admite ele quando eu pulo do banco ao terminar. — Meu pai é fanático por futebol americano. Tipo, futebol americano é vida. Ele monitora meu consumo de comida e bebida. Uma nutricionista vai lá em casa uma vez por semana com planejamento novo pra minha dieta. Tenho *personal trainer* desde meus sete anos.

Parece um pesadelo. Não consigo imaginar meu pai monitorando todas as toxinas que coloco no corpo. Seriam muitas para ele conseguir acompanhar. A única coisa com que ele é rigoroso é pilotar. Mas, por mais que me irrite estar banido do *cockpit*, sei que deve ter a ver com o último processo que papai teve que resolver um tempo atrás. Um dos pilotos de teste da Atlantic Aviation morreu, e a investigação pós-acidente revelou um problema com bebida. Papai anda rigoroso com a regra de *se beber, não pilote* desde que isso aconteceu.

— Que brutal — digo com solidariedade.

Bran dá de ombros.

— O futebol americano é minha porta pra uma vida melhor. Vale o sacrifício. Além do mais, o corpo é nosso templo, certo?

Pego uma toalha e a uso para secar o pescoço suado.

— Que nada, cara — respondo com um sorriso. — Meu corpo é um parquinho. Não, espera. É um parque de diversões. Eastonlândia. As gatas vêm de longe pra experimentar os brinquedos radicais da Eastonlândia.

Mathis gargalha.

— Você é sempre tão metido, Royal?

— Sempre! — confirma Pash do outro lado da sala de musculação.

— Sério, é irritante pra caralho — diz outro colega, Preston.

— Eles só estão com inveja — explico para Mathis. — Principalmente Preston. — Fingindo cochichar, acrescento: — O pobre coitado ainda é virgem. Shhh. Não conta pra ninguém.

Preston mostra o dedo do meio.

— Vai se foder, Royal. Você sabe que não é verdade.

— Não é vergonha nenhuma — garanto, apreciando o jeito como o rosto dele vai ficando cada vez mais vermelho. É tão fácil irritar Preston. — Tem que ter alguém pra trocar anéis de pureza com as debutantes.

As piadas e baixarias continuam pelo resto do treino e, apesar de ser divertido, fico decepcionado de só ficarmos malhando hoje. Eu gostaria de botar minha agressividade pra fora no gramado, mas o treinador leva a força e o condicionamento tão a sério quanto os treinos de campo.

Depois de um banho rápido, visto meu uniforme e atravesso o campus com um destino em mente: o armário de Hartley Wright.

A primeira coisa que vejo quando chego lá é a bunda dela. Bom, mais ou menos. Ela está nas pontas dos pés, se esforçando para pegar alguma coisa na prateleira mais alta do armário. A saia sobe e revela um pedaço da coxa.

Ela não fez bainha na saia, eu percebo. Todas as outras garotas da escola fazem bainha para que a saia fique a mais curta que Beringer deixa passar. Hartley deixa a dela comprida, logo acima dos joelhos.

— Deixa que eu pego pra você — ofereço.

Ela leva um susto e bate com a cabeça na parte de baixo da prateleira.

— Ai! — exclama ela. — Droga, Royal.

Dou uma risadinha enquanto ela massageia a cabeça.

— Desculpa. Eu só estava querendo ajudar. — Eu me inclino para pegar o livro que ela estava tentando alcançar. — A propósito, que tal não colocar coisas na prateleira de cima se você é baixa demais pra alcançar?

Hartley me olha com desprezo.

— Eu não sou baixa.

— É mesmo? — Arqueio a sobrancelha e olho para ela.

— É mesmo — insiste ela. — Só sou verticalmente limitada.

— Aham. Vamos chamar assim, claro. — Coloco o livro nas mãos estendidas dela, depois remexo na minha mochila. — Falando em ser incrível e atencioso...

— Ninguém disse que você era incrível *nem* atencioso — interrompe ela.

Eu ignoro isso.

— Fiz cópias das minhas anotações de cálculo pra você. Você começa as aulas hoje, né?

Hartley assente lentamente. Ela parece meio desconfiada quando aceita as anotações que entrego.

— É muita... gentileza sua.

Tenho a sensação de que ela preferia dar um soco na própria cara a me elogiar, o que gera em mim um sorriso enorme.

— De nada.

— Eu não disse obrigada.

— Você disse que eu era incrível...

— Eu também não disse isso.

— ... que é a mesma coisa que dizer obrigada. — Eu chego mais perto e dou um tapinha na cabeça dela. Ela bate na minha mão. — Então, de nada. A propósito, eu fui até sua casa ontem à noite e...

— Você fez o quê? — grita ela.

— Eu fui até a sua casa. — Eu fico olhando para ela. — É proibido?

— Quem abriu a porta? — pergunta ela. — Foi minha irmã? Como ela estava?

Como ela estava? Ela está se comportando como se não morasse lá.

— Não sei. Sua mãe atendeu e, quando perguntei se você estava em casa, ela disse não e bateu a porta na minha cara. Pra que isso?

— Minha mãe não é a pessoa mais simpática do mundo — diz ela, parecendo resignada.

— Está de sacanagem.

À nossa volta, o corredor está começando a ficar cheio. Reparo em Felicity e algumas amigas a menos de dois metros. Elas parecem bem interessadas na minha conversa com Hartley. Viro o corpo para bloquear o campo de visão delas.

— E aí. Onde você estava? — pergunto. — Em um encontro dos bons?

— Não. Eu não saio em encontros. — O tom dela é distante, e ela está roendo a lateral do polegar.

— Tipo, nunca?

— Tipo, agora. Não tenho tempo pra encontros.

Eu franzo a testa.

— Por quê?

Ela olha para mim.

— Você é muito lindinho...

Eu me animo, mas ela não terminou.

— ... e, em outra vida, eu agarraria a oportunidade de sair com você, mas não tenho tempo nem energia para estar com alguém como você.

— O que é que isso quer dizer?

— Quer dizer que estou indo pra aula. — Ela fecha a porta do armário.

— Então, nos vemos no almoço.

Não recebo resposta. Mas sou Easton Royal. Não preciso de resposta. Sei que ela vem atrás de mim. Todas vêm.

Capítulo 5

Perco dez minutos do meu almoço esperando Hartley aparecer. Quando meu estômago começa a roncar, vou para o refeitório. Qual é a dela, afinal? Ela admitiu que sou "muito lindinho" e que quer ficar comigo. Fim da história. Não faz sentido ela ficar fugindo. Não tem tempo pra mim? Como se eu fosse um namorado trabalhoso que precisa de atenção sem parar? Rá.

— Easton! Aqui! — Uma voz aguda me chama.

Faço uma careta. Claire se recusa a me deixar em paz, apesar de não sairmos juntos há um ano. Diferentemente de Hartley, sei que não é legal ignorar as pessoas, mas também sei que quando dou nem que seja um pouquinho de atenção a Claire, ela interpreta errado. Um oi no corredor, na cabeça dela, vira um convite para o baile. Se eu almoçar com ela, ela vai começar a distribuir avisos comunicando a data da nossa iminente festa de noivado.

Trinco os dentes, pego uma bandeja e a encho de comida, depois atravesso o refeitório. Bom, com as paredes cobertas de painéis de carvalho, mesas redondas e janelões, o salão parece mais um restaurante de clube chique e excluivo do que um refeitório. Mas assim é a Astor Park Prep. Riqueza e excesso é a única coisa que conhecemos.

Acho que o motivo de eu estar interessado em Hartley é porque estou entediado. Todos os rostos da Astor, eu já vejo há três anos. Alguns, como o de Felicity Worthington, conheço desde que usava fralda. Ela era tão irritante aos cinco anos quanto é agora.

A escola é chata. Eu já sei todas as coisas que a professora Mann está ensinando. Minhas notas não são excelentes, mas isso é porque a matéria é muito fácil. E não preciso de boas notas para testar aviões, desde que saiba o que estou fazendo. E sei. Só não quero ter o trabalho de mostrar agora.

Hartley é uma boa distração. Um quebra-cabeça cujas peças não encaixam todas. E, para ser justo com ela, eu sou boa companhia. Ela teria sorte de me ter. Por isso, eu não devia deixar pra lá. Pelo bem dela, e tal.

A Ella e a melhor amiga dela, Val, já estão à nossa mesa de sempre quando me aproximo. Meus irmãos gêmeos e a garota deles, Lauren, também.

É, Sawyer e Seb dividem a namorada, mas quem sou eu pra julgar? Eu fiquei com a professora de cálculo ontem.

— O que foi? — pergunta Sawyer quando sento a bunda na cadeira ao lado da Ella.

— Nada — minto.

Do outro lado da mesa, os olhos escuros de Val brilham com malícia.

— Você está mentindo.

— Não estou — minto de novo.

— Está, sim. Eu sempre sei quando você está mentindo. — Ela prende uma mecha de cabelo escuro atrás da orelha e se inclina na minha direção. — Você fica com um franzidinho bem aqui. — Val passa o indicador na minha testa. — Parece que diz "Tenho a maior dificuldade de mentir, mas a gente faz o que é preciso". Sabe o que quero dizer?

Eu seguro a mão de Val antes que ela possa puxá-la de volta.

— Sempre procurando uma desculpa pra tocar em mim, hein, Carrington?

Ela ri.

— Sonho seu, Royal.

— Sonho mesmo — respondo solenemente. — Sonho tanto. Todas as noites, quando estou sozinho na cama.

— Pobrezinho. — Val belisca o centro da palma da minha mão até eu soltar a dela. — Pode sonhar, Easton. Toda esta maravilha — ela aponta para si mesma com um floreio — não é pro seu bico.

Reviro os olhos.

— Por quê? Você está se guardando pro seu namorado invisível?

— Ai. — Mas ela está sorrindo. — E, não, eu não estou me guardando pra ninguém. Só não estou a fim de *você*.

— Ai — repito, mas nós dois sabemos que também não fiquei chateado.

— Eu realmente não consigo acreditar que vocês dois nunca ficaram — diz Ella com uma gargalhada. Ela está com um prato de penne com frango na bandeja, mas só está mexendo o macarrão com o garfo sem comer nada. — Vocês são a mesma pessoa.

— É por isso que a gente nunca ficou — responde Val.

— Não é verdade — protesto. — A gente se pegou uma vez.

O queixo da Ella cai.

— É verdade?

Val parece que vai negar, mas cai na gargalhada.

— Ah, meu Deus, é verdade. Na festa de dezesseis anos de Mara Paulson! Eu tinha me esquecido disso.

Suspiro.

— Poxa, isso magoou. Você esqueceu que a gente ficou?
A Ella está sorrindo para nós.
— Mas vocês não saíram?
Val balança a cabeça.
— A gente decidiu que era melhor ser amigos.
— Que pena — comenta Ella, a expressão se transformando. — Pensem em todos os encontros duplos que a gente poderia fazer.

Vejo minha irmã postiça mexer o garfo mais um pouco. Reed me pediu pra cuidar dela enquanto estivesse longe. Então, estou sempre de olho. Tipo agora, que estou vendo que mais uma vez ela não está comendo.

Também estou vendo que a saia sobe quando ela se inclina para a frente para apoiar os dois cotovelos na mesa. Diferentemente de Hartley, Ella fez bainha na saia. Reed sempre gostou assim. Não posso dizer que discordo.

— East... — É o mais suave dos avisos, cortesia de Sawyer. Meu irmão mais novo reparou para onde meu olhar tinha se desviado.

A Ella também repara e estica a mão para bater no meu braço.

— Easton! Para de olhar minha saia!
Finjo inocência.
— Eu não estava fazendo nada disso.
— Mentira — acusa ela.
— Mentira — ecoa Sawyer, o traidor. Seb assente silenciosamente ao lado dele. Os dois merdinhas sempre se juntam contra mim.

Paro de fingir e abro meu melhor sorriso de garotinho para Ella.

— Desculpa, mana. É hábito.
Val ri.
— Hábito?

— É, hábito. — Dou de ombros. — Eu vejo uma garota de saia curta e quero saber o que tem embaixo. Pode me processar. Além do mais... — Balanço as sobrancelhas, puxo uma mexa do cabelo louro da Ella e enrolo no dedo. — Reed pode fingir quanto quiser que não aconteceu, mas os primeiros lábios Royal que você provou foram os meus. Nós todos sabemos disso.

— Easton! — As bochechas dela ficam vermelho-beterraba.

— É verdade — provoco.

— Isso não quer dizer que a gente precise falar disso. Nunca. — Ela me olha de cara feia. — E, de qualquer modo, você sabe que eu só estava usando você pra esquecer Reed.

Coloco a mão no coração.

— Uau. E eu achava que a Val que era a má.

— Ei! — protesta Val, mas ainda está rindo.

— Ah, não enche — diz Ella, balançando a mão. — Você também disse que estava a fim de outra pessoa.

Eu franzo a testa.

— Disse?

— Disse.

Coloco umas batatas fritas na boca e mastigo devagar.

— Eu estava bêbado quando disse isso?

A Ella pensa e assente.

— Caindo de bêbado.

— Foi o que pensei. Eu digo um monte de idiotices quando estou caindo de bêbado. — E tenho certeza de que, quando meus lábios estavam nos da Ella, eu não estava fingindo que ela era outra pessoa. Ela é gata. Eu queria muito ficar com ela antes de ela ficar com meu irmão.

Agora, a sensação seria de incesto, mas ainda me divirto provocando-a com isso.

— Tem uma garota olhando pra você.

A observação vem de Sawyer, que está olhando para trás de mim e achando graça.

Eu me viro e, de repente, meu ânimo muda. Hartley está sentada a uma mesa perto da janela. Os olhos cinzentos discretos se encontram com os meus por um breve momento e se afastam.

— Quem é ela? — pergunta Lauren com curiosidade, tomando um gole de água Evian.

— Minha nova melhor amiga. — Pisco para a mesa cheia de rostos chocados antes de dar um pulo e andar até Hartley.

Sem esperar convite, eu me sento na cadeira em frente à dela e roubo um pão do prato dela.

Hartley suspira. Alto.

— Você não se cansa de me seguir por aí?

— Você não se cansa de bancar a difícil?

— Entendo por que, se eu estivesse bancando a difícil, isso poderia incomodar, mas, na verdade, coisa que você parece não entender direito, eu não estou interessada.

Batuco com os dedos na mesa. É possível. Há garotas que não se interessam por mim. Pode ser. Acho que, teoricamente, é verdade.

— Você parece confuso.

— Pra ser sincero, ninguém nunca me rejeitou. Não estou dizendo isso pra me gabar, mas é verdade. Eu tenho sensibilidade apurada pra essas coisas. Além do mais, você já admitiu que me acha gato.

— Eu usei a palavra *lindinho*, e também disse que, se estivesse caçando, não escolheria você. Você estava com a mão embaixo da saia da professora ontem.

Ignoro o comentário sobre a professora e me concentro no que é positivo.

— Lindinho. Gato. É a mesma coisa. A gente podia muito bem ficar. Estou livre hoje.

Hartley expira de novo. Mais alto.

— Easton — diz ela.

Cruzo as mãos sobre a mesa e me inclino mais pra perto.

— O quê, gata?

Os olhos prateados se enchem de exasperação.

— Quer saber? Esquece. — Ela enfia a mão na bolsa na cadeira vazia ao lado. — Tenho leitura pra aula de literatura.

Fico sentado com a boca aberta quando ela tira um livro e começa a comer com uma das mãos enquanto lê. Ela se desliga de mim. Completamente.

Estou fascinado por ela. Ela se sente atraída por mim, mas não vai fazer nada quanto a isso?

— Eu não estou saindo com ninguém.

Ela não responde.

— Você tem algum cara?

Silêncio.

Bato com os dedos na mesa. Outro cara é uma complicação e, normalmente, não encaro complicações. Mas, se tivesse namorado, ela teria mencionado isso nos primeiros cinco minutos de conversa. Pelo menos se tivesse um namorado sério. De repente, uma lâmpada se acende.

— Rompimento difícil, é? Ah. Que bom que tenho um bom ombro pra você chorar. — Eu dou uma batidinha no meu ombro.

Isso gera outro suspiro longo e pesado.

— Não estou sofrendo por nenhum rompimento difícil. Não tenho namorado, não que seja da sua conta, e ainda gostaria que você me deixasse em paz.

Tudo isso é dito como uma metralhadora. Ela nem se dá ao trabalho de tirar o olhar do livro. Mas acho que ela não está lendo. Os olhos estão fixos em um lugar só.

Decido chamar a atenção dela para a mentira.

— Seria mais fácil de acreditar se você realmente estivesse lendo.

Ela fica um pouco vermelha e vira a página. A que estava lendo havia dez minutos. Termino o pãozinho e pego uma cenoura no prato dela. Os lábios se apertam, mas ela não diz nada. Continuo destruindo o almoço dela. Se ela não vai comer, não quero que seja desperdiçado.

Quando só sobrou a água, eu penso em ir embora.

— Por que está todo mundo olhando pra gente?

O comentário irritado de Hartley me faz parar. Olho ao redor. Eu não tinha reparado que tínhamos nos tornado o centro das atenções. As hienas estão salivando, sentindo cheiro de carne nova. Felicity Worthington está a uma mesa com algumas outras garotas do terceiro ano, as cabeças próximas enquanto sussurram sobre esse último acontecimento. Easton Royal sentado com uma garota no refeitório? Não é pouca coisa.

Claire também está nos observando e não parece satisfeita. Ela está fuzilando Hartley com o olhar, mas a expressão se suaviza quando nossos olhares se encontram. Ela faz uma expressão de animalzinho ferido que uma das ex obsessivas de Reed fazia para ele depois que ele a largou. Preciso dar um jeito de acabar com essa coisa da Claire.

Hartley fica pálida, pega a garrafa de água e toma um gole nervoso.

— Falando sério, que idiotice. Por que estão olhando?

Dou de ombros.

— Eu sou um Royal.

— Sorte sua.

— Estou detectando um sarcasmo?

— Sem dúvida — diz ela com alegria.

Reviro os olhos, tiro a garrafa da mão dela e dou um grande gole. Ouço um ofego alto vindo da direção de Claire. Minha ex precisa relaxar. Correndo.

— Parece que é você quem passou por um rompimento ruim — murmura Hartley, ainda fingindo ler o livro.

— Não foi ruim, na época. Nós dois concordamos que não estávamos mais a fim.

— Então, por que ela está tão ofendida de você estar bebendo da minha garrafa d'água?

— Ela pode ter esquecido que estava cansada das minhas merdas?

Isso gera uma gargalhada engasgada de Hartley.

— O que você fez? Transou com outra?

— Não. Acho que não dei muita atenção a ela. Ela falou qualquer coisa sobre eu ser um mau namorado.

— Nada que sai da sua boca me convence de que você seria um bom namorado.

— Ai. — Devolvo a garrafa para Hartley. — Eu só devo precisar de mais prática.

— Passo.

— Você já teve namorado? — pergunto, genuinamente curioso. Hartley fica mais de bico calado sobre o passado do que uma ostra recém-tirada da água.

— Sim, eu já tive namorado. — Ela coloca o livro na mesa e toma um gole de água.

— O que aconteceu? Ele foi escroto? Você se cansou dele? Ficou ocupada demais? O quê?

Ela se inclina para a frente, com os olhos apertados.

— Que importância tem?

— Estou curioso.

Ouço o som de alguém limpando a garganta atrás de mim. Ignoro a pessoa.

— Você é interessante e eu gostaria de saber mais sobre você.

O barulho da pessoa limpando a garganta fica mais alto. Hartley arregala os olhos, e os cantos de sua boca se levantam.

— Acho que alguém quer sua atenção.

— Estou tendo uma conversa com você.

— *Easton.* — Passos se aproximam de mim, e os dedos de Claire se fecham no meu ombro. — Você não me ouviu?

Engulo um suspiro. Bons modos, lembro a mim mesmo.
— Ouvi, mas estou tendo uma conversa...
— Eu acabei. Pode se sentar no meu lugar. — Hartley se levanta e indica a cadeira.

Claire abre um sorriso.
— Obrigada.
— Espera aí. — Tento segurar o pulso de Hartley, mas ela vai para fora do meu alcance. Irritado, eu me viro para Claire. — Hartley e eu precisamos de um momento.
— Na verdade, não precisamos — diz Hartley. Um segundo depois, ela escapa.
— A gente não terminou. — Eu dou um pulo e corro atrás de Hartley.

Atrás de mim, Claire chama meu nome de novo. Eu continuo andando. Ignoro os olhares divertidos da Ella e dos outros. Estou concentrado somente em Hartley, que consigo alcançar na entrada do refeitório.

— É cruel da sua parte me deixar sozinho com a Claire — brinco. — Você não tem coração?

Hartley passa um dedo na testa, e reparo em uma linha branca fina no pulso esquerdo. Parece uma cicatriz cirúrgica. Deve ter sido uma queda horrível se ela precisou ser operada.

— A questão é a seguinte, Easton. Eu não gosto de ser o centro das atenções, mas, claramente, você gosta. — Ela indica todos os rostos virados na nossa direção. — Estou tentando ser discreta este ano. Não quero e não posso ter tanta atenção voltada para mim.

A declaração enigmática gera uma testa franzida.
— Por quê?
— Porque sim — diz ela, e só isso.

Mas não se afasta.

Eu chego mais perto.

Ela continua sem se mexer. Parece que os pés estão grudados no chão.

Baixo a cabeça até meu nariz estar a centímetros da parte mais alta da orelha linda.

Estou tão perto que sinto o calor da pele dela pelo tecido grosso da saia. Meus dedos encontram o pulso dela. Os batimentos estão disparados. Ou talvez seja eu.

Ela tem um cheiro delicioso, frutado e fresco. Quero enfiar o nariz no pescoço dela e inspirar. Talvez lamber a pele até o maxilar e seguir até os lábios carnudos. Eu também os lamberia antes de enfiar a língua na boca.

E, agora, estou de pau duro no meio do refeitório.

O olhar de Hartley desce até onde minha mão está tocando na dela.

— Royal — avisa ela.

— Humm? — Estou distraído demais vendo quanto o cabelo dela é escuro, como se curva lindamente em volta da orelha. A imagem do cabelo de Hartley caindo como uma cortina em volta do meu rosto surge na minha mente, e quase solto um gemido alto.

— Não tem como você não estar sentindo isso — digo, minha voz soando baixa e rouca aos meus ouvidos.

Ela arregala um pouco os olhos.

— Sentindo o quê?

O calor. A onda de "quero você" que percorre meu corpo no momento.

— Isto — murmuro e, antes que consiga me segurar, eu chego ainda mais perto.

Minha boca vai na direção da dela.

Ouço vários ofegos dessa vez. Uma série de sussurros. Eu os ignoro. Estou fixado em Hartley. Mais cinco centímetros e nossos lábios vão se tocar. Mais dois centímetros e minha língua vai estar na boca de Hartley. Um centímetro e...

Uma coisa fria e molhada encharca meu rosto.

Dou um pulo de surpresa, levantando uma das mãos para tocar a bochecha. Água?

Pelo amor de Deus, ela acabou de virar tudo o que havia na garrafa de água na minha cabeça.

— Mas que porra! — digo, furioso.

Hartley parece tão furiosa quanto me sinto.

— Você é tão babaca! — sibila ela.

Meu queixo cai.

— Eu? Foi você quem jogou água em mim!

— Eu *acabei* de falar que não quero chamar atenção, e você tentou me *beijar* na frente da escola toda! Mas você não liga para o que as outras pessoas querem, né, Easton? Só importa o que *você* quer, porque você é um Royal, lembra?

Ela bate na minha mão, e observo com consternação quando ela sai andando.

— Easton? — diz uma voz suplicante.

Encosto a cabeça na moldura da porta. Que ótimo pra caralho. Não consigo me livrar da minha ex e cada vez afasto mais a garota que eu quero. Meu último ano não está sendo como achei que seria.

Nem um pouco.

Capítulo 6

— Você me acha um babaca? — pergunto naquela noite. Aborrecido, cutuco uma das maçãs na bancada enquanto vejo Ella fatiar uma para mim.

— Que tipo de pergunta é essa? — Ela coloca as fatias em um prato e o empurra pela bancada.

— Então, a resposta é sim?

— Claro que não. — Ela fica na ponta dos pés e me dá um tapinha na cabeça, como se eu fosse um cachorrinho. Não gosto da sensação, a que me faz pensar se Ella acha que tenho cinco anos.

— Por que você me trata como criança mesmo eu sendo três meses mais velho do que você?

— Porque você age como criança.

— Não ajo.

— Age, sim. Você sempre age como criança.

Eu me irrito.

— Foi por isso que você nunca olhou pra mim como olha pro Reed? Porque eu sou um *garotinho*? — Eu posso ter sido o primeiro Royal da Ella, mas Reed sempre foi o primeiro no coração dela. E isso me irrita.

Todo mundo sempre me amou mais. A mamãe, as garotas da escola. Porra, até as velhas ficam com estrelas nos olhos quando entro na órbita delas. O rosto de Reed está sempre contraído, e Gideon nunca teve tempo pra ninguém que não fosse Savannah Montgomery. Eu sou o filho de ouro, mas ultimamente perco sempre.

Vejo meu reflexo no armário de vidro. Continuo tão bonito quanto sempre fui. Sou encantador e hilário. Meu corpo poderia estar na capa de uma revista, em parte graças à boa genética, mas eu me dedico a ele também, com musculação e futebol americano. Claire não para de correr atrás de mim, e tem séculos que a gente saiu.

Não, eu não perdi o charme. A Ella foi fisgada por Reed logo cedo por algum motivo inexplicável, e Hartley Wright só é muito metida. É antissocial.

— Eu não sou criança — resmungo.

A Ella suspira.

— Ei, o que está realmente acontecendo aqui? Está tudo bem?

Evito o olhar preocupado dela.

— Por que não estaria?

— Tem certeza? Porque você parece aborrecido desde que aquela garota jogou água na sua cabeça no almoço. Qual é o nome dela mesmo?

Consigo abrir um sorriso desanimado.

— Hartley, e eu não estou aborrecido por isso. Sou Easton Royal, e o mundo é a minha ostra. Além do mais, alguma hora ela vai mudar de ideia. — Eu belisco a bochecha dela. — Tenho que ir, maninha. Não fique me esperando acordada.

Ela enrijece.

— Nada de brigar.

— Nada de brigar — repito, revirando os olhos.

— Easton...

— Estou falando sério. — Eu levanto as mãos em um gesto de inocência. — É terça, de qualquer modo. Não tem luta às terças.

A Ella não parece totalmente convencida.

— Então, aonde você vai?

— Em um lugar onde boas garotas não devem ser vistas. — Eu pego o resto da maçã e saio.

— Easton! — grita ela atrás de mim.

Aceno para ela, mas não me viro. Não quero que Ella me siga hoje. Ela não aprovaria, e isso tiraria meu brilho.

No andar de cima, visto minha calça jeans favorita. Os rasgos nos joelhos estão ficando cada vez maiores, e está começando a parecer menos um item da moda e mais que eu roubei a calça de um mendigo, mas não gosto de jogar porra nenhuma fora. Além do mais, no lugar aonde eu vou, não é bom parecer que tem dinheiro. Encontro um moletom no chão e o visto por cima da minha regata preta favorita.

Pego a chave do carro e algumas centenas de dólares e vou para a escada dos fundos para fugir da Ella, do meu pai e de todos os outros olhos xeretas. Na garagem, tiro a lona de cima do pequeno luxo que espero que meu pai não repare que comprei. A moto é usada, mas eu não conseguiria comprar uma mais cara sem disparar os alarmes do contador. Qualquer compra acima de dez mil é comunicada atualmente. Fico meio que feliz por isso, de qualquer modo, porque, em alguns dos lugares aonde tenho ido, uma coisa cara demais se destacaria e provavelmente seria roubada.

Empurro a Yamaha preta e prateada por metade do caminho até o portão antes de subir e ligar o motor pelo resto do caminho. Levo trinta minutos para chegar ao meu destino.

Do lado de fora da casa caindo aos pedaços, tem umas seis pessoas fumando – cigarros, claro, porque maconha não é legalizada aqui e provavelmente não vai ser enquanto o resto do país não liberar também. Dentro, a história é outra. Não tem só erva, mas uma farmácia inteira para escolher. Mas não vim por isso. Estou tentando ficar longe das drogas, apesar de não ter sido fácil.

Só de ver um baseado, minha boca se enche de água e minha língua formiga. Afasto os olhos do grupo que está partindo o pó branco na mesa e me obrigo a descer a escada. É difícil, mas prometi aos meus irmãos e, depois de ver o que aconteceu com minha mãe, eu tentei eliminar ao menos esse vício. Não tenho desejo de morrer. Só quero me divertir. Os comprimidos me ajudavam a me acalmar, me sossegavam para aproveitar a vida, mas sei que coisa boa em excesso pode levar a desastre.

No pé da escada, um cara com a barriga grande o suficiente para ser visto do Pacífico me cumprimenta com uma saudação com o dedo.

— Royal.

O tamanho de Tony engana. Ele parece mole, mas é o único cara aqui embaixo que você não vai querer deixar puto. Um movimento da pata dele faz qualquer um apagar.

Aperto a mão do leão de chácara e me aproximo para um abraço lateral masculino. Ele me dá um tapa nas costas de sacudir os ossos antes de chegar para o lado. Na caixa de cimento mal iluminada, tem quatro mesas montadas. Não é permitido fumar aqui embaixo porque já há perigo de incêndio. Só tem uma saída, que fica no andar de cima.

Tem bastante bebida. Três das mesas já estão cheias, mas a quarta tem três cadeiras vazias. Apesar de o cara da banca ser novo para mim, jogo minha nota de cinco no meio mesmo assim.

— Há quanto tempo, Royal — diz o cara ao meu lado.

— Ei, Nate Dog. — Nós batemos as mãos. A dele é áspera do trabalho nas docas. Eu o conheci depois de uma briga, e ele me convidou para um desses jogos. Acho que é porque sabia que eu tinha dinheiro e queria arrancar um pouco de mim.

Fosse qual fosse a motivação, este lugar é um bom jeito de espairecer. Não me importo de perder e, na maior parte das vezes, eu saio como entrei.

Apesar de ter pelo menos oito centímetros a mais do que ele, ainda me sinto pequeno perto de Nate D. Não é só a idade dele, mas o jeito como se porta. Ele sabe quem é. Tenho que admirar isso.

O terceiro jogador ergue o queixo na minha direção, agindo como um sujeito durão. Ele empertiga os ombros embaixo do moletom enorme escolhido, eu acho, para dar a ele mais corpo do que tem.

— Algum problema comigo? — pergunta o garoto, projetando o queixo.

— Não. Por quê?

— Você estava encarando — informa Nate D.

— É, olha pras suas cartas. — O garoto está começando a me irritar.

— Você é tão lindo que não consigo me controlar — digo.

Nate D cobre a boca com o braço para sufocar uma gargalhada, e até o sujeito de expressão pétrea da banca abre um sorrisinho.

O garoto não me acha engraçado. Que pena que o otário não tem senso de humor. Alguém me passa uma garrafa de cerveja enquanto a banca distribui as cartas. Tomo metade da garrafa e paro para respirar.

Eu posso ter desistido de um vício, mas não consigo parar todos. Falei para Ella uma vez que era parte da minha formação genética. Eu fico obcecado com as coisas. É assim que sou, e não vou lamentar. Não faço mal a ninguém, ou, ao menos, tento evitar.

Pego as minhas cartas e começo a jogar. Além de o otário não ter senso de humor, ele é péssimo com as cartas. Não presta atenção às que já foram jogadas e faz apostas descuidadas.

Depois de cinco rodadas rápidas, ele perdeu todo o dinheiro na frente dele, enquanto a minha pilha não para de crescer.

— Você está com sorte hoje, filho — suspira Nate D, jogando os três seis na mesa com frustração.

— É seu segundo *straight* em cinco rodadas. — O garoto faz cara feia pra mim. — Você está roubando, não está?

Paro antes de terminar de reunir todo o dinheiro.

— Eu nem sei o nome do cara da banca, como posso estar roubando?

— Eu estava ganhando até você chegar. É muito suspeito — diz ele.

Reviro os olhos.

— Jogue suas cartas — diz Nate.

O otário trinca os dentes, mas recua.

Eu olho para as minhas cartas e separo duas.

— Duas, por favor — peço para a banca.

— Por favor? Como se a gente estivesse em algum *country club* — debocha o encrenqueiro, que bota as cartas na mesa.

— Eu passo. Minha mão está campeã.

Ele acaba perdendo para Nate. Nós passamos por outra série de jogadas com o encrenqueiro perdendo mais dois mil. Tiro os últimos cem dele com um grande blefe em que não tenho porra nenhuma. Nate desiste, e o encrenqueiro desiste em seguida.

— Vamos ver suas cartas — rosna ele.

— Não. — Talvez se eu estivesse com Nate e alguns outros, eu não me importasse, mas esse cara está sendo escroto a noite toda. Não estou de bom humor desde o almoço. A Ella estava certa: ser molhado por Hartley me aborreceu, *sim*.

— Eu quero ver as suas cartas! — Ele estica a mão por cima da mesa para pegá-las, mas eu as jogo para a banca, que as coloca habilmente na pilha descartada.

— Senta — ordeno.

— Isso é trapaça! — O encrenqueiro bate com o punho na mesa. — Tira a roupa. — Ele dá um pulo como se fosse arrancar meu moletom.

Eu saio da frente enquanto Nate bloqueia o encrenqueiro e o empurra de volta pra cadeira.

— Calma aí — avisa Nate, virando um dedo na minha direção.

Com irritação, o encrenqueiro cruza os braços.

— Não vou jogar mais nem dez centavos enquanto ele não tirar o moletom. Eu não sou ruim nas cartas.

Dou uma risada debochada.

— Não sou — insiste ele.

Nate puxa a parte de trás do meu moletom.

— Mostra logo, pra gente poder jogar.

Em outras palavras, cala a boca pra gente poder pegar mais do dinheiro desse alvo fácil.

Eu me solto da mão do estivador.

— Não. Eu não estou roubando e não vou tirar a roupa porque um merdinha que não sabe blefar mandou.

Nate se levanta.

— O dinheiro dele é verde. Tira a roupa, Royal.

Que sacanagem. Nate está tão desesperado por dinheiro que vai me jogar embaixo da mesa? Não mesmo.

— Tira a roupa, trapaceiro — provoca o encrenqueiro. Ele está cheio de falsa confiança agora que Nate está do lado dele.

Dou um sorriso sem humor.

— Não.

Nate puxa meu braço, e eu me solto da mão dele. Não sei bem quando as coisas começam a dar errado, mas, depois disso, só tem um borrão. A mesa vira. O dinheiro cai no chão. Mãos voam do nada e batem no meu maxilar, me fazendo girar.

Eu me levanto em um pulo com os punhos voando. Não sei com quem estou brigando e nem por que, mas é bom. Levo um chute na barriga e dois socos no tronco, mas dou bem mais do que isso. Brigo apesar de ter suor e sangue caindo nos meus olhos e enchendo minha boca. Eu brigo até um jorro de água fria cair na minha cara. Há. Mais água. Segunda vez no dia.

— Chega!

Estou caído de costas olhando para a cara irritada de Tony. Ele está com a ponta de uma mangueira na mão. Meus ouvidos estão zumbindo por causa dos gritos dele, ou talvez de um golpe no crânio. Balanço a cabeça, mas o zumbido não passa.

— Hora de ir, Royal.

Eu me levanto do chão e vejo, com a visão enevoada, as mesas viradas, o chão cheio de dinheiro e os corpos caídos em volta.

— Eu não comecei — explico com a voz arrastada.

— Não ligo. A noite está estragada graças a você. Cai fora.

Abro um sorriso, apesar de doer pra caramba.

— Você não está culpando a pessoa errada aqui? Quem era aquele cara, afinal? Eu jogo aqui há…

— Você é surdo, moleque? Eu mandei você tirar essa bunda de menino bonito do meu porão. E não volte. — Ele me empurra na direção da escada.

O zumbido persiste. Eu cambaleio para a saída e me arrasto escada acima. Cara, minha cabeça está me *matando*.

A casa está quase vazia. Do lado de fora, tem algumas pessoas na varanda. Dou um aceno rápido e desço os degraus com passos incertos.

A calçada balança na minha frente. Estico a mão para me apoiar, mas não encontro nada além de ar, e o impulso para a frente me faz tropeçar nos próprios pés. Caio de joelhos.

Ouço gargalhadas atrás de mim. Babacas.

Fico de pé e me empertigo. Minha moto está a um quarteirão. Quando chegar lá, vou ficar bem.

Sigo desajeitado pela calçada, oscilante e trôpego, mas chego até a moto. Passo uma perna por cima e a ligo. O motor ruge, mas morre depois de alguns segundos. Eu bato com a mão no tanque e ligo de novo. Desta vez, a moto ganha vida. Boa menina.

— Easton?

Eu viro a cabeça na direção da voz familiar. Que porra é essa?

O rosto de Hartley Wright aparece na minha frente, só que são três. Três Hartleys para gritarem comigo e serem cruéis comigo e me encharcarem de água por ter a coragem de querer beijá-la. Legal.

— Você está me seguindo? — murmuro.

— Vai sonhando. — As três Hartleys se viram para ir embora.

Eu tiro o descanso, e a moto rola para a frente.

— Espera. — Ela e as duas sósias voltam. — Vem cá. Vou levar você pra casa.

— Você mora por aqui? — Mesmo com a minha visão de merda, percebo que não é um lugar onde um aluno da Astor Park possa morar. Nem mesmo uma aluna com bolsa viria de um buraco daquele, certo?

— Vem. — Ela puxa a minha manga. — Se você dirigir nessas condições, vai atropelar alguma criança e estragar a vida de uma família inteira.

— Obrigado pela sua preocupação comigo — digo com sarcasmo, mas um cansaço profundo e repentino toma conta de mim. Ela não está errada. Minha cabeça está zumbindo, estou vendo duplo ou triplo e meu corpo todo dói.

Lentamente, encosto a moto no meio-fio e desço o descanso.

Ou tento. Faço quatro tentativas, mas ela se abaixa e empurra meu pé para o lado.

— Por que você está me ajudando? — murmuro.

— Não faço ideia.

— Você foi uma vaca comigo no almoço.

— Você mereceu.

Ela talvez tenha dito mais alguma coisa, mas minha visão toda fica preta.

Capítulo 7

O baixo grave de "Humble", de Kendrick Lamar, vibrando nos meus ouvidos me faz procurar o botão soneca. Odeio os treinos de manhã cedo. Com os olhos ainda fechados, procuro o celular na mesa de cabeceira, mas, em vez da superfície dura de madeira, só encontro ar.

Estico mais a mão e acabo caindo no chão. O impacto me desperta.

Quando estou me levantando do tapete, percebo que não estou em casa. Tem um tapete sujo embaixo dos meus pés e um sofá velho atrás. Duas cadeiras dobráveis estão junto a uma mesinha de madeira à direita. Logo atrás, fica um espacinho que abriga geladeira, fogão e pia.

Sinto uma vontade louca de mijar. Dois passos e abro a única porta do local. O banheiro, como o resto do apartamento, é minúsculo. Uma pia pequena, um chuveiro e uma privada ocupam o espaço.

Uso o vaso, lavo as mãos e as seco em uma toalhinha surpreendentemente macia. Dobro-a no meio e penduro no suporte onde a encontrei.

Ao voltar para o ambiente principal, começo a me lembrar dos eventos da noite anterior. Fui até o cortiço com a minha Yamaha, joguei algumas rodadas de pôquer e me meti em uma briga.

Devo ter desmaiado por causa de um soco na cabeça. Não, espera. Aconteceu alguma coisa antes disso.

Hartley.

Hartley me trouxe pra cá antes de eu desmaiar. Lembro vagamente que ela pediu para eu me mexer e subir uma quantidade absurda de degraus.

Mas, se eu dormi no sofá, onde ela dormiu? Este lugar não tem outro quarto, e no sofá não cabem dois. Ela teria que ter dormido em cima de mim, e considerando sua aversão a mim, estou supondo que ela dormiu no chão.

Merda.

Passo a mão pelo cabelo. Não, não vou sentir culpa por causa disso. Eu não pedi a ajuda dela, e também não pedi pra dormir no sofá dela, mesmo precisando de um lugar pra ficar ontem à noite.

Encontro meus sapatos e meu moletom na mesa. Dentro do moletom tem uns três mil, o que quer dizer que ela encontrou meu dinheiro e não tirou um centavo. Ela devia ter cobrado algum valor por ter me encontrado.

Separo algumas notas e as deixo na mesa. Embaixo dos meus sapatos tem um bilhete com uma chave grudada nele.

"Tranque a porta, coloque a chave neste envelope e enfie na caixa de correspondência na portaria."

Bato com o bilhete no queixo. Essa garota é um mistério. Os pais dela moram em uma mansão cara. O pai é um promotor famoso. Hartley, por sua vez, mora na pior parte de Bayview, onde as paredes são tão finas que consigo ouvir a música que o vizinho de baixo está ouvindo, mas frequenta a melhor escola do estado. Como explicar isso?

Eu achei que meu último ano seria chato à beça. Ella passa a maior parte do tempo falando com Reed ao telefone, mandando mensagens para Reed ou visitando-o na State aos fins de semana. Os gêmeos estão ocupados com a vida deles. Gideon está na faculdade e, quando volta pra casa, só quer ficar com Savannah.

Eu sou quem sobrou e sempre foi assim na vida. Antes de Gid sair de casa, eram os dois mais velhos e os dois mais novos, comigo um tanto perdido no meio.

Mamãe dizia que isso mostrava minha individualidade e autossuficiência. Eu sempre conseguia achar alguma coisa pra fazer. Não precisava dos meus irmãos. Além do mais, fazia amigos com mais facilidade do que eles. Eu tinha dezenas de amigos. Minha lista de contatos estava cheia deles.

Mas... eu não liguei para nenhuma daquelas pessoas da lista ontem à noite. Só tentei subir na moto e voltar pra casa como um imbecil que tem o cérebro menor do que o saco.

Saio do apartamento de Hartley e tranco a porta, mas guardo a chave em vez de colocar no envelope. O treino é em meia hora, o que quer dizer que vou me atrasar. Já era o precedente que abri quando cheguei cedo ontem.

Meu celular mostra um monte de mensagens da Ella.

Cadê vc?

Callum tá procurando vc

Merda. Desse jeito, eu nunca mais vou poder voar. No futuro, preciso melhorar minha capacidade de tomar decisões.

Eu dei um jeito. Falei q vc já tinha saído

Ando até a escada. O beco ao lado da casa de Hartley tem cheiro de cocô de gato e mijo de cachorro e... Bom, fede a qualquer cheiro ruim de animal que dê pra imaginar. É horrível.

Eu respondo: *Brigado por dar um jeito. A caminho*

Todo mundo ainda está no vestiário quando chego. O treino de hoje consiste de simulações, fazer a formação e correr, *bull rush* e treinos com o saco de areia. Minhas pernas parecem geleia no final.

Agora que Bran Mathis está comandando o ataque, o treinador não está mais pegando leve conosco. Acho que ele tinha desistido quando a nossa situação de *quarterback* ficou desanimadora e não quis arriscar uma contusão em nenhum dos jogadores restantes para o que prometia ser uma temporada péssima. Agora, todas as apostas estão valendo.

Pash joga uma garrafa de água para mim e toma um gole da dele.

— Caramba, estou fora de forma — diz ele, ofegante. — Bebi e fumei demais nesse verão.

— Eu também. — Bebo tudo que tem na garrafa, deixo-a de lado e me jogo de novo na grama.

Pash se deita ao meu lado. Nós dois ficamos ali, deitados olhando para o céu sem nuvens.

Bran, parecendo lindo como uma flor apesar do treino puxado, passa por nós e ri.

— Vocês precisam malhar mais. Estou me sentindo ótimo.

Consigo levantar uma mão fraca... pra mostrar o dedo do meio pra ele.

— Você só está se sentindo ótimo porque vive limpo.

Ele ri ainda mais.

— Isso é um insulto? Porque, pra mim, parece que ser limpo quer dizer que não estou ofegando deitado na grama.

Desta vez, Pash se junta a mim e também mostra o dedo do meio para Bran.

Chega uma hora em que todos conseguimos levantar do campo e ir para o vestiário, onde tomo um banho rápido. Tiro a chave do apartamento de Hartley da calça jeans e a coloco na calça do uniforme, depois vou para a secretaria.

A senhora Goldstein está lá. Os cachos crespos tingidos de azul envolvem o rosto pequeno e redondo. Óculos cor-de-rosa estão apoiados na ponta do nariz dela.

Eu apoio o cotovelo no balcão.

— Senhora G, está linda hoje.

Ela suspira.

— O que você quer, senhor Royal?

Ignorando a impaciência óbvia dela, bato no alto do monitor.

— Eu vim aqui porque tem um erro nos meus horários de aula. Fui pra primeira aula, mas parece que não estou mais inscrito na matéria. Um tal Wright pediu transferência, e, ao fazer isso, pegou meu lugar.

As sobrancelhas acima dos óculos se unem.

— Isso é altamente incomum.

Ou seja, estou falando merda. E estou mesmo.

Mas mergulho com tudo na mentira.

— Não é? Só posso dizer que o senhor Walsh falou: "Você não é mais desta turma, Royal". E eu: "Como? Isso é loucura. Como esse tal de Wright pode ter pego meu lugar?". E ele disse: "Bom, por que você não passa na secretaria e pergunta?". E...

— Tudo bem! — interrompe ela, visivelmente exasperada. — Pare de falar. Vou dar uma olhada.

Disfarço um sorriso.

— Valeu, senhora G. Sei que estou certo de que o Wright está na turma errada.

Eu faço uma careta por causa do meu trocadilho horrível. Mas a senhora G gosta. Ela aperta os lábios para não rir.

— Vamos ver o que podemos fazer. — Ela digita algumas coisas no teclado.

Eu me viro para o monitor para ver o que ela está fazendo. Ela abriu um registro com o título *Wright, H*. Ela empurra os óculos para o alto do nariz e começa a ler os horários dela.

Malandro do jeito que sou, eu me inclino por cima da bancada e aperto rapidamente o botão de imprimir tela.

— Senhor Royal — grita ela, pulando da cadeira.

Mas ela não é rápida o suficiente para mim. Pulo por cima da bancada com uma das mãos e caio na frente da impressora.

— Obrigado por imprimir isso. — Sorrindo para ela, eu pego o papel e corro pela ponta da mesa.

Ela tenta me segurar.

— Eu não imprimi pra você. Easton Royal, volte aqui!

— Seu perfume é uma delícia, senhora G — eu grito para trás.

Do lado de fora da secretaria, olho para o papel. Não temos nenhuma aula igual, só no último tempo. Na verdade, a maioria das aulas de *Wright, H.* fica do lado oposto do prédio onde ocorrem as minhas.

Isso vai mudar depois de hoje.

Subo a escada dois degraus de cada vez. A aula já começou quando entro no primeiro tempo de Hartley. Todas as cadeiras estão ocupadas. Ela está cercada de plantas em vasos, os garotos e as garotas que sugam todo o oxigênio do ar porque se sentem importantes. Ando até uma que conheço e de quem não gosto muito.

Eu me inclino sobre a mesa dela.

— Seu carro está pegando fogo.

— Ah, meu Deus! — grita Cynthia Patterson, e sai correndo da sala de aula sem nem olhar para trás.

Com um sorriso arrogante, eu puxo a cadeira abandonada e me sento.

— Senhor Royal, o que está fazendo nesta aula?

Eu não faço ideia de quem ela seja. Com base nas linhas da testa que ela está tentando esconder com botox, eu diria que tem quarenta e poucos anos. Velha demais pra mim.

— Eu vim pra aprender. Não é isso que todo mundo está fazendo aqui?

— A aula é de pensamento feminista.

Inclino a cabeça.

— Então, não sei por que você está me discriminando. Se queremos mais igualdade de gênero, esta aula não devia ser obrigatória para homens?

A professora faz uma última tentativa de me expulsar.

— Você não tem os livros necessários para esta aula.

— Não faz mal, eu compartilho com Hartley por enquanto. Somos velhos amigos. — Pego minha carteira e coloco ao lado da dela.

— O que você está fazendo? — pergunta ela baixinho.

— Você tem uma capacidade incrível de gritar sussurrando, sabia? — Eu puxo um dos livros dela para a minha mesa.

— Você tem uma capacidade incrível de me emputecer.

— Estou aperfeiçoando essa capacidade desde que fiz minha primeira aparição no mundo. — Eu estico as pernas. — Minha mãe me disse que eu saí dando socos. Valeu por me ajudar ontem à noite.

Enfio a mão no bolso, examino rapidamente a sala, estico a mão por baixo da mesa e cutuco o polegar de Hartley com a chave.

Ela leva um susto, olha para baixo e fica tensa.

— Eu mandei você deixar na caixa de correspondência — murmura.

— Achei que assim seria mais fácil.

Ela observa meu rosto.

— Você deve ter pacto com o diabo. É a única explicação pra estar com a aparência tão boa depois de uma noite bebendo e levando uma surra.

— Eu não levei uma surra.

— É mesmo? Foi por isso que você desmaiou? Você não levou uma porrada tão forte na cabeça que não conseguia ver direito?

— Isso mesmo.

Não há mais nada além de um balanço de cabeça depois disso. O maxilar dela fica contraído. Na frente da sala, a professora está falando sobre a terceira onda do feminismo. Está alheia ao fato de que quase ninguém está prestando atenção.

— Por que você está aqui? — Hartley finalmente pergunta.

— Ah, eu não falei? Estou em todas as suas aulas agora.

Ela vira a cabeça para mim.

— Ah, meu Deus.

— Bom, menos música. Tenho o ouvido péssimo pra música.

— Ah, meu Deus — diz ela de novo.

— Eu sabia que você ia ficar empolgada.

Ela geme tão alto que todo mundo se vira na nossa direção.

— O que foi isso, senhorita Wright? — pergunta a professora com tom agradável.

Hartley está visivelmente trincando os dentes.

— É que eu não consigo acreditar que, mesmo nessa sociedade moderna progressista, os testes de remédios ainda são baseados primariamente em cobaias masculinas, botando em perigo a vida das mulheres todos os dias. É chocante!

— Chocante! — concorda a professora. — Mas é verdade!

Assim que ela retoma a aula, Hartley me olha de cara feia.

— Troque seus horários para os de antes, Royal.

— Não.

Ela segura a beirada da mesa com as duas mãos, como se estivesse lutando contra a vontade de me dar um soco.

— Tudo bem — murmura ela. — Então, para de falar comigo. Estou tentando aprender.

— O que há pra aprender? As mulheres merecem os mesmos direitos que os homens. Fim da história.

— Você realmente acredita nisso?

Levanto as duas sobrancelhas.

— Todo mundo não acredita?

— Obviamente, não.

Eu pisco.

— Então, isso quer dizer que você gosta de mim agora porque sou superesclarecido?

Mas meu charme passa despercebido, porque ela aperta os olhos com desconfiança.

— Não sei por que você está me seguindo por aí, mas tem que parar. Não estou interessada em você nem vou ficar no futuro. E, pelo que escuto, há uma fila de mais de dez garotas dispostas a ser o que você quiser, então... — Ela faz um gesto de expulsão com a mão. — Vai embora.

Eu ignoro tudo o que ela disse, menos o óbvio.

— Você anda perguntando sobre mim, não é?

Ela fecha os olhos e se vira para a frente.

— O que mais você ouviu? Eu gosto das fofocas sobre mim. — Eu cutuco o braço dela. — Ela se afasta de mim e permanece em silêncio. — Meu boato favorito é de que eu tenho uma língua mágica... porque é verdade. Ficarei feliz em demonstrar a você a qualquer momento.

Hartley cruza os braços, ainda sem dizer uma palavra para mim.

Eu olho para o horário dela.

— Mal posso esperar pra irmos pra aula de literatura britânica juntos — sussurro com alegria.

O maxilar dela se contrai.

Isso é divertido. Muito divertido.

Capítulo 8

Hartley me ignora durante toda a aula de literatura britânica e na de governo, outra matéria na qual não estou matriculado, mas a que vou assistir porque ela está. Os professores nem piscam com a minha presença; simplesmente supõem que, se eu estou lá, a secretaria deve saber e está tudo bem. É meio irresponsável da parte deles, se alguém quiser saber minha opinião.

Acho que tecnicamente o que estou fazendo pode ser considerado perseguição, mas não estou machucando Hartley e nem sendo nojento falando de tirar a calcinha dela. É que é divertido encher o saco dela.

Não que eu me importasse de tirar a calcinha dela. Nem a saia, que cobre a bunda que estou admirando no momento. Está na hora do almoço, e estou atrás de Hartley na fila do refeitório. O traseiro lindo se empertiga na minha direção quando ela estica o braço para pegar uma maçã.

Eu pegaria facilmente.

— É sério isso? — Ela se vira com indignação, e percebo que falei em voz alta.

Mas não vou pedir desculpas. Sou Easton Royal. Falo merda o tempo todo. É parte do meu charme.

— O quê? Você devia ficar lisonjeada — garanto a ela. — Sou um bem disputado nesta escola.

Hartley repuxa os lábios. Consigo ver cem respostas irritadas voando pela cabeça dela, mas ela é uma garota inteligente; já entendeu que discutir comigo não adianta de nada. Eu só me divirto com o que ela diz.

Assim, ela se vira e continua colocando comida na bandeja. Ando atrás dela fazendo o mesmo. As escolhas do refeitório da Astor Park são uma merda, totalmente desnecessárias. Um chef celebridade é contratado a cada semestre para criar um cardápio cheio de peixe escaldado e frango com estragão para um bando de adolescentes que prefere comer hambúrguer e batata. O refeitório é tão exagerado quanto todo o resto nesta porcaria.

— Quer sentar comigo na aula de fotografia? — eu pergunto a ela. — Ouvi falar que vamos trabalhar em duplas hoje, pra tirar fotos dos colegas. — Eu me inclino mais para perto e murmuro no ouvido dela: — Eu mostro o meu se você mostrar o seu.

Hartley coloca a mão no meu braço e me dá um pequeno empurrão.

— Nós não vamos mostrar nada um pro outro. E você nem está nessa aula! Para de frequentar minhas aulas!

Abro um sorriso largo para ela.

— E privar você da minha maravilhosa companhia? Nunca.

Ela pisca. E pisca de novo. Em seguida, olha no fundo dos meus olhos.

— Easton. Você tem algum... problema? Aqui? — Ela bate na lateral da cabeça.

Caio na gargalhada.

— Claro que não.

— Tudo bem. Então, você é só tão convencido que não ouve uma palavra do que as outras pessoas dizem. Entendi.

— Eu ouço — protesto.

— Aham. Aposto que ouve.

— Eu ouço! — Minha expressão solene dura um segundo, mas, logo, abro um sorriso. — Tipo, quando as gatas dizem: "Por favor, Easton, mais!" e "Meu Deus, Easton, você é o melhor!". Eu estou ouvindo cem por cento.

— Uau.

— Né? Uau.

— Acho que não estamos dizendo uau pra mesma coisa. — Ela suspira profundamente, sai andando e pega uma colher de servir.

Enquanto ela bota uma montanha de batatas assadas no prato, eu olho para a bandeja e vejo que ela pegou uma quantidade absurda de comida. Claro, talvez ela tenha bom apetite de modo geral, mas ela é tão pequena que não consigo ver para onde vai toda essa comida. Ou ela se exercita loucamente, ou... é do tipo que come e vomita.

Isso seria uma pena. Odeio garotas com medo das próprias curvas. As curvas são o que faz o mundo girar. Porra, o mundo é redondo porque tem curvas. Curvas são demais. Curvas...

Eu pisco e saio do mundo dos pensamentos. Às vezes, eu viajo, só que não em voz alta, mas na minha cabeça. É nesses momentos que sinto vontade de fumar um baseado ou encher a cara, pra acalmar os pensamentos frenéticos que disparam pela minha cabeça.

Eu sempre fui uma bomba de energia, e era ainda pior quando pequeno. Vivia em picos de açúcar mesmo quando não tinha consumido nenhum, quicando por aí até finalmente apagar, para o alívio dos meus pais.

— Quer fazer alguma coisa hoje à noite? — pergunto a Hartley.

Ela para na mesma hora.

Eu quase me choco com ela e dou um passo para trás bem a tempo.

— Isso é um sim?

O tom dela é direto.

— Olha, Royal. Não sei de que forma eu poderia ser mais clara. Não estou interessada em você.

— Não acredito em você.

— Claro que não. Você não *consegue* compreender por que alguém poderia não querer estar perto de você.

Finjo uma expressão magoada.

— Por que você não quer estar perto de mim? Eu sou divertido.

— É, sim — concorda ela. — Você é divertido, Easton. Tão divertido que leva uma surra de uns valentões da rua Salem. Tão divertido que, quando está prestes a desmaiar, ainda acha que é uma boa ideia subir na moto e ir pra casa...

Meu peito formiga de vergonha.

— ... Tão divertido que passa a noite no apartamento de uma garota qualquer com um bolo de dinheiro no bolso. Eu podia ter roubado tudo de você se quisesse. — Ela dá de ombros. — Não tenho tempo pra esse tipo de coisa. É um peso grande demais.

Peso?

— Eu não pedi pra ficar lá — lembro a ela, meio tenso. — E deixei um dinheiro pelo problema que causei. — Levanto uma sobrancelha. — E você nem disse "obrigada" por isso.

— Eu saí de casa antes de você. Como poderia saber que você deixou dinheiro? E, mesmo que soubesse, por que agradeceria? Eu dormi no chão enquanto o príncipe Royal ficava na minha cama. Mereço ser recompensada por isso. Acordei com uma barata andando no meu braço, sabe.

Eu tremo de horror. Odeio insetos. Principalmente baratas. São as piores. E, mais uma vez, fico dividido entre irritação e culpa. Porque, apesar de eu não ter pedido a ajuda dela, ela me ajudou, *sim*. E abriu mão da cama, bom, do sofá, pra que meu corpinho lamentável e maltratado de porrada pudesse ter onde dormir.

— Obrigado por me dar um lugar pra ficar — digo, constrangido.

Alguém nos cutuca, e andamos novamente, seguindo na direção das sobremesas. Fico surpresa quando Hartley pega não um, mas dois pedaços de *cheesecake*.

Sinto uma pontada de preocupação. Espero mesmo que ela não tenha nenhuma disfunção alimentar. Já é bem ruim Ella ter perdido o apetite desde que Reed foi embora. Não quero passar o ano letivo todo monitorando a dieta das mulheres da minha vida.

— De nada — diz Hartley. — Mas só pra você saber: você só vai ter um favor meu. Foi esse.

Antes que eu possa informá-la de que estou ansioso para retribuir o *favor*, Felicity Worthington nos interrompe.

— Oi, Easton?

A alguns metros, estão duas amigas dela: a que tem uma faixa de cabelo permanentemente presa na cabeça e a companheira loura com salto de dez centímetros. As duas garotas sussurram por trás das mãos enquanto Felicity fica ali me olhando como uma predadora.

— E aí, Felicity? — pergunto, em tom leve.

— Vai ter um luau na minha casa na semana que vem — responde ela docemente. — Eu queria fazer o convite pessoalmente.

Eu engulo uma gargalhada. Os Worthington moram a poucas casas da minha, na praia, então, já fui a um monte de festas deles, sempre dadas pelo irmão mais velho de Felicity, Brent. Mas a última a que fui terminou com Daniel Delacorte nu e amarrado como um porco em uma fogueira, cortesia de Ella, Val e Savannah Montgomery. Elas estavam castigando o filho da puta por ter drogado Ella em outra festa. E depois, quando Daniel se soltou, ele correu pela praia e deu de cara com o punho de Reed.

Nem preciso dizer que os Royal não foram mais convidados. Mas Brent se formou no ano passado, então, parece que a encarregada das festas agora é Felicity.

— Tá, pode ser — digo de forma evasiva. — Vai depender se a minha garota vai querer ir. — Eu pisco e me viro para Hartley, mas descubro que ela já foi embora.

Droga. Ela está atravessando o piso encerado na direção das portas que levam para as mesas da área externa. Enquanto olho, Hartley vai direto para a mesa mais distante do pátio e se senta de costas para as portas do refeitório. Claro. Comendo sozinha, como a princesa antissocial que ela é.

— Que garota? — Felicity aperta os olhos. — Você está falando da Claire? Porque ela estava dizendo pra Melissa que vocês estão juntos de novo…

— Nós não estamos juntos — interrompo. Filha da puta essa Claire.

— Ah. Tudo bem. Que bom. — Felicity parece mais do que um pouco aliviada. — De qualquer modo, sobre a festa, não precisa avisar se vai nem nada. É só aparecer. Você é sempre bem-vindo na minha casa.

— Tá, pode ser — eu digo de novo.

Ela estica a mão e passa o dedo no meu braço, acariciando meus bíceps por cima da camiseta.

— Nada de "pode ser". Por favor, vá. Eu adoraria passar um tempinho de qualidade com você.

Quando ela se afasta para se juntar às amigas sorridentes, acabo me perguntando se vai ter mesmo fogueira. Talvez seja só um plano pra me fazer ir até lá, pra ela ter uma chance comigo.

Mas é sobre a festa de Felicity que Val e Ella estão conversando quando vou até nossa mesa de sempre. Bato punho com o punho em vários colegas de time antes de me sentar na cadeira ao lado da Ella.

— Eu já falei, não quero ir — Ella está dizendo para Val. — A doçura falsa de Felicity me dá dor de dente.

Val entrelaça os dedos.

— Em mim também, mas você não tem escolha. Você tem que aparecer, principalmente agora que sabemos o que elas estão tramando.

— O que quem está tramando? — pergunto, franzindo a testa.

Val olha para mim.

— Os nobres estão planejando uma revolta contra a coroa.

Minha testa fica ainda mais franzida.

— O que você quer dizer?

A Ella repara na minha expressão preocupada e estica a mão para apertar meu braço.

— Deixa pra lá. Ela só está sendo melodramática.

— Não estou — sustenta Val. — Easton, me ajuda aqui.

— Eu ajudaria, gata, mas ainda não sei de que estamos falando. — Eu enfio o garfo nas empanadas de carne e dou uma mordida grande.

Connor Babbage, que joga como *cornerback* para os Riders, diz do outro lado:

— Sabe aquela garota com quem você estava conversando, a Felicity? Ela quer a cabeça da Ella.

— Quer? — Eu me viro e abro um sorriso para minha irmã postiça. — Você vai dar uma surra nela depois da aula, maninha?

— Dificilmente — diz ela com voz seca. — Mas, de acordo com Val, é isso que Felicity quer fazer comigo.

Dou de ombros sem me importar.

— Não se preocupe. Você acaba com ela.

— Briga de gatas depois da aula? — diz Babbage, cheio de esperanças.

— Nem abre o zíper, Con. — Val balança a mão para ele antes de voltar a atenção para Ella e para mim. — Isso não é brincadeira, Easton. Eu me sento atrás de Felicity e do bando de vacas dela na aula de história da arte, e elas só ficam fofocando sobre como a Felicity vai botar Ella no lugar dela.

— E como ela vai fazer isso? — pergunto.

— Ela não vai fazer nada comigo — insiste Ella.

Val balança a cabeça.

— Gata, essas garotas não gostam de você ser a Royal no comando. Seria diferente se fosse Easton.

Cruzo os braços sobre o peito.

— Eu sou preguiçoso demais pra isso.

Val continua como se eu não tivesse falado.

— Mas você é a intrusa. A que fisgou Reed. A que domou Jordan. A que uniu Gideon e Savannah novamente.

— Não tive nada a ver com Gid e Sav — protesta Ella.

— Não importa. É tudo uma questão de percepção. Elas não gostam de ficar em segundo plano, atrás de você — diz Babbage antes de se afastar para devolver a bandeja vazia na bancada.

Eu desço mais na cadeira. Filho da puta do Reed. Não. Isso é tudo culpa de Gideon. Se ele não tivesse começado a mandar nas pessoas no último ano dele, os Royal não teriam que fazer nada pela Astor. Poderíamos fingir ser tão cegos e alheios quanto a maioria dos alunos. Mas, por causa da interferência idiota de Gideon, a escola toda acha que somos como ele: preparados para liderar.

Eu quero voar, beber, brigar, trepar com mulheres gostosas. Provavelmente, nessa ordem.

— Por que a gente está perdendo tempo falando de gente idiota? A gente não pode só aproveitar nosso último ano?

Val me chuta por baixo da mesa.

— Você não pode. Você e Ella têm que fazer alguma coisa. Deixar o pessoal com medo de vocês. É melhor ser temido do que amado. Essa baboseira toda.

— Você quer que a gente grude alguém com fita adesiva do lado de fora da escola? — provoco, fazendo referência a uma coisa que Jordan Carrington, a Rainha das Vacas, fez no ano anterior.

— Não. Só que façam presença. É por isso que eu acho que Ella tem que ir à festa de Felicity. Você também, Easton. Vocês deviam começar a convocar aliados agora.

— Nós não somos a Otan, Val. Não temos que ter aliados e inimigos.

Ela suspira.

— Deus, eu esperava que Ella fosse ingênua, mas tinha uma expectativa melhor de você, Easton.

Não me importa. Não tenho desejo nenhum de me envolver com a política social desta escola idiota. Vou apoiar Ella se ela precisar de mim, mas, pelo que parece, ela também não quer ter que lidar com essa merda. Não posso dizer que a culpo.

Como outro pedaço de empanada e meu olhar se desvia até as portas enormes para o pátio. Hartley ainda está sentada lá fora. Não consigo ver a bandeja, mas duvido que ela tenha causado algum estrago na montanha de comida.

— O que você está olhando? — O olhar curioso da Ella segue o meu. E ela ri. — Ela já aceitou sair com você?

— Claro — minto, mas as duas garotas enxergam a verdade. Elas abrem sorrisinhos debochados, e eu cedo. — Tudo bem, ela não aceitou nada. Mas sei lá. Vai rolar. É só questão de tempo. — Olho para a nuca de Hartley, reparo como o cabelo preto parece quase azul na luz do sol. — Além do mais, não estou em modo de caça. Estou tentando entender a menina.

A Ella franze a testa.

— O que tem pra entender?

— Sei lá. — Mordo o lábio com frustração. — Ela estuda na Astor, né?

Val finge surpresa.

— *É mesmo?*

— Silêncio, mulher. — Pego a garrafa de água da Ella e tomo um gole grande. — Ela estuda na Astor, e eu sei que a família dela tem dinheiro. Já vi a casa.

— Não estou acompanhando — diz Ella.

— Se ela tem dinheiro, por que mora em uma caixa de sapatos na rua Salem? — Franzo a testa enquanto penso no apartamento sufocante e velho de Hartley. Ela nem tem cama, caramba.

A Ella e a Val parecem sobressaltadas.

— Você esteve no apartamento dela? — dizem as duas ao mesmo tempo.

— Quando? — pergunta Ella.

Eu balanço a mão, descartando a pergunta.

— Não importa. Só estou dizendo que ela mora em um buraco enquanto a família mora em uma mansão. É estranho. E quando estávamos na fila mais cedo, ela pegou uma quantidade de comida pra três almoços. Parecia que estava sem comer havia dias.

Ao meu lado, Ella também começa a morder o lábio.

— Você acha que ela está com problemas?

Eu entrego a garrafa para ela.

— Pode ser. Mas vocês também acham essa merda estranha, né?

Val assente lentamente.

— É. Até que acho.

A expressão de Ella transmite preocupação.

— Definitivamente, é esquisito.

Nós três viramos a cabeça na direção de Hartley de novo, mas, em algum momento durante a nossa discussão, ela se levantou e foi embora. A mesa está vazia e a bandeja sumiu.

Capítulo 9

Não vejo Hartley pelo resto do dia.

Ela não vai à aula de fotografia, então, fico lá sozinho. E nem estou matriculado na porcaria da aula.

Ela não vai à aula de teoria da música, e me deixa sentado ao lado de Larry, que fica cantarolando que estou *apaixoooooonado*. E quando não está falando de amor, ele fica falando das porras dos tênis. Esse escroto do Larry. Além do mais, quem faz aula de teoria da música? Que tipo de aula é essa? Tem física nos sons? Eu desligo depois que uma equação matemática sobre a relação entre comprimento de onda, frequência e velocidade é colocada no quadro branco.

E ela não vai à aula de cálculo, uma aula na qual estava tão desesperada para entrar que implorou pessoalmente à professora por uma transferência.

Não vou mentir: estou preocupado.

Depois que termino a sessão de força e condicionamento com o treinador da Astor Park, decido mandar uma mensagem para ela, torcendo para ela não perguntar como consegui o número.

Matar aula é meu tipo de coisa. Cadê vc? – E

Não recebo resposta.

Em casa, como e faço o dever da escola rapidamente antes de sair. Por sorte, não tem ninguém em casa, e não tenho que responder a perguntas idiotas. Principalmente porque não tenho boas respostas.

Não sei por que estou indo até a casa de Hartley com um burrito no banco do passageiro. Não sei por que me incomoda ela não responder à minha mensagem. Não sei por que estou tão curioso pra cacete sobre ela.

Estaciono a um quarteirão para que ela não veja minha picape e subo com cautela a escada lateral externa até a porta. Os degraus de madeira estão tão detonados que tenho medo de se soltarem da lateral da casa de dois andares a qualquer momento.

— Entrega — grito depois de bater com força.

Nada.

Ligo para o celular dela e encosto o ouvido na porta. Não toca nada lá dentro. Bato mais algumas vezes.

Passos abaixo chamam minha atenção, mas, quando olho para o chão, vejo só um cara atarracado e careca balançando uma espátula no ar.

— Ela não está em casa, seu burro.

Desço a escada.

— Onde ela está?

— Deve estar trabalhando. — O homem aperta os olhos para mim. — Quem é você?

— Sou amigo da escola. Ela esqueceu um dever de casa.

— Humpf — grunhe ele. — Bom, ela não está em casa, então, você devia dar o fora.

— Não quero que ela tenha uma nota ruim. Você se importa se eu esperar?

Ele grunhe de novo.

— Desde que não faça barulho, não quero nem saber o que você vai fazer.

— Sim, senhor.

Ele resmunga baixinho sobre garotos bobos e suas tarefas bobas antes de desaparecer pela porta lateral do que deve ser o apartamento de primeiro andar. Essa casinha com a lateral de madeira e tinta descascada não parece capaz de aguentar a próxima temporada de furacões. Mais uma vez, fico perplexo com a incongruência de uma aluna da Astor Park morando neste bairro, neste tipo de casa.

Eu me sento no degrau de baixo com o saco de comida do lado e espero. E espero. E espero.

Horas se passam. A bateria do meu celular fica perigosamente baixa de tantas balinhas que estou destruindo. O sol se põe e os grilos começam a cricrilar. Eu cochilo e desperto quando o ar quente de outono fica frio. Meu celular diz que passa da meia-noite.

Aperto os braços junto ao corpo e mando outra mensagem. *Sua comida esfriou.*

— Que comida?

Quase largo o telefone de tanta surpresa.

— De onde você veio? — pergunto a Hartley.

— Eu poderia fazer a mesma pergunta.

Ela se aproxima, e sinto um cheiro de... gordura? Ela está usando uma espécie de uniforme: calça preta, uma blusa branca de mangas curtas amassada e deformada, e sapatos pretos pesados.

— Trabalhando? — tento adivinhar.

— O quê? Você não acha que essa roupa é fabulosa para sair? — Ela passa a mão ao lado do corpo.

— Muito fabulosa. — Pego a comida e faço sinal para ela subir. — Mas você parece exausta. Essa coisa incrível que você foi fazer esta tarde e noite deve ter acabado com você.

— É. — Suspirando, ela coloca um pé no primeiro degrau e olha para cima, como se a subida fosse inalcançável.

Que bom que estou aqui.

Eu a pego nos braços.

— Eu consigo andar — diz ela, mas o protesto é fraco, e ela já está passando os braços no meu pescoço para se segurar.

— Aham. — A garota não pesa quase nada. Mas subo a escada devagar. É a primeira vez que ela me deixa tocar nela assim, e estou gostando. Demais.

O interior do apartamento é tão apertado e deprimente quanto eu lembro. Está arrumado e tem cheiro de limpo, e ela colocou um vaso transparente de margaridas no parapeito estreito da janela, mas as flores não ajudam muito a deixar o lugar menos feio.

O olhar de Hartley segue o meu.

— Achei que um toque de cor podia ajudar a animar o ambiente — diz ela secamente.

— Nem sei se isso é remotamente possível. — Vou até a pequena bancada e abro a porta do micro-ondas. Uau. Eu não sabia que modelos de micro-ondas tão antigos assim ainda existiam. Demoro um segundo para entender como fazer a porcaria funcionar.

Esquento o burrito e Hartley vai usar o banheiro. Enquanto a espero, abro os armários procurando um lanche. Só encontro uma caixa de biscoitos salgados. O resto é comida enlatada.

— Acabou de xeretar? — resmunga ela da porta.

— Não. — Olho dentro do frigobar (essa cozinha lamentável não tem nem tamanho para uma geladeira normal) e observo a pequena variedade de opções. Manteiga, leite, uma caixa pequena de suco de laranja, alguns legumes e verduras, potes de plástico cheios de comida já pronta.

— Eu preparo as refeições da semana no domingo — explica Hartley, constrangida. — Assim, não tenho que me preocupar com o que comer.

Pego um dos potes transparentes, observo o que tem dentro e coloco no lugar.

— Só tem coisa para o jantar — eu comento.

Hartley dá de ombros.

— Bom, é. O café da manhã costuma ser uma barrinha de cereal ou alguma fruta e o almoço, eu como na escola. Nos fins de semana, eu trabalho e, normalmente, não tenho tempo de almoçar.

De repente, entendo por que ela sempre enche a bandeja na Astor com o que poderiam ser quatro refeições. Obviamente, o dinheiro está apertado para a garota. Ela está com dificuldades. Sou tomado de culpa quando lembro que comi todo o almoço dela outro dia.

Olho o mostrador do micro-ondas. Faltam vinte segundos. Tempo suficiente para eu enfrentar a situação e perguntar:

— Por que você não mora com sua família?

O corpo dela enrijece.

— Nós... não nos entendemos sobre certas coisas — responde ela, e fico surpreso de ter conseguido tirar ao menos isso dela.

Quero que ela fale mais, mas claro que ela fica em um silêncio teimoso. Não sou burro o suficiente para insistir em detalhes. O micro-ondas apita. Sai vapor do burrito quando abro a portinha, e uso uma toalha de papel para pegar a beirada do prato e não queimar a mão.

— Vamos esperar um minuto para isso esfriar — sugiro.

Ela parece meio irritada, como se o atraso fosse inaceitável para ela porque quer dizer que ela tem que passar mais tempo comigo. Eu nunca conheci uma garota menos interessada em passar tempo comigo.

Hartley anda até o sofá e se senta para desamarrar os sapatos. Em seguida, os chuta longe, como se tivessem cometido algum crime hediondo. Ela fica alguns segundos em silêncio. Quando fala novamente, seu tom está carregado de derrota.

— Por que você me trouxe comida, Easton?

— Fiquei preocupado com você. — Eu pego uma faca e um garfo na gaveta de talheres. Não que ela precise de uma gaveta *inteira*; ela tem dois garfos, duas facas e duas colheres. Só isso. — Por que você sumiu da escola no meio do dia?

— Meu chefe mandou uma mensagem — admite ela. — Um turno ficou sem ninguém, e eu não podia dizer não.

— Quanto tempo têm esses turnos? — pergunto, porque ela saiu da Astor por volta do meio-dia e só chegou em casa à meia-noite. Ficou doze horas fora. Parece um turno longo demais para uma garçonete de meio período.

— Foi dobrado — diz ela. — Dobrar é horrível, mas, para mim, é difícil conseguir horas. Tem outras duas garçonetes com filhos pequenos, e elas precisam de mais horas do que eu.

Penso nos armários vazios e reflito sobre a verdade dessa declaração. Ela *precisa* das horas. Muito.

Ou talvez não. Eu tenho dinheiro. Não sei bem quanto este buraco custa, mas não pode ser um décimo da minha mesada. Eu não perderia um segundo de sono se abrisse mão de uma parte desse dinheiro.

Coloco o jantar dela na mesa de centro, junto com um guardanapo e um copo de água, e tento pensar em um jeito de oferecer dinheiro a ela sem irritá-la. Ao ver que Hartley não se mexe para pegar a comida, eu me sento na outra ponta do sofá e cruzo os braços.

— Coma — ordeno.

Ela hesita.

— Pelo amor de Deus, eu não envenenei nada, sua besta. Você está com fome. Coma.

Não preciso falar mais nada depois disso. Hartley ataca o burrito com o entusiasmo de uma criança na manhã de Natal. Devora quase metade do troço antes de ir mais devagar, provando que devia estar morrendo de fome.

Ela tem dificuldade em aceitar um burrito de dez dólares que eu trouxe. Como vou convencê-la a aceitar alguns milhares?

— Por que você não conta pra ninguém que trabalha?

— Porque não é da conta de ninguém. Pois é, eu sou garçonete no jantar. E daí? Por que uma coisa assim precisa ser espalhada pela escola? Não é nada de mais.

A frustração me faz me inclinar para a frente. Eu apoio os antebraços nos joelhos e a observo com atenção.

— Quem é você, Hartley?

O garfo para no meio do caminho até a boca.

— O que você quer dizer?

— Eu quero dizer que pesquisei você...

Num piscar de olhos, os ombros dela se contraem em uma linha reta e furiosa.

— Ah, relaxa — eu digo. — Não descobri nenhum segredo profundo e sinistro. Só sei que seu pai concorreu a prefeito e perdeu.

A menção ao pai gera uma sombra no rosto dela, e me vejo procurando hematomas em seus braços. O pai bateu nela e ela fugiu?

Tento arrancar mais informações dizendo:

— E encontrei um artigo que diz que você tem duas irmãs.

Em vez de confirmar ou negar, ela só me olha com a expressão mais cansada que eu já vi.

— Easton. — Ela faz uma pausa. — Por que você está me pesquisando? — Outra pausa. — Por que comprou jantar pra mim? — E outra. — Por que está *aqui*? Por que sairia da sua casa grande e chique e passaria a noite me esperando? Estou surpresa de você não ter sido assaltado lá fora.

Tenho que rir.

— Eu sei me cuidar, gata. E, respondendo à sua pergunta, eu estou aqui porque gosto de você.

— Você nem me conhece — diz ela com frustração.

— Estou tentando conhecer! — Sentindo a mesma frustração, eu bato com a mão na coxa.

Hartley se encolhe ao ouvir o som alto. Um medo surge no rosto dela, como em um coelho assustado.

Levanto as duas mãos rapidamente em sinal de rendição.

— Desculpa. Eu não queria assustar.

Puta merda, talvez ela *tenha* sido agredida em casa. Ou esteja sendo agora, por outra pessoa. Será que eu devia ligar para o meu pai?

— Tem alguém... machucando você? — pergunto com cautela.

— Não — responde ela. — Ninguém está me machucando. Eu moro aqui sozinha e não preciso de ajuda. Estou me virando bem sozinha.

— Isto aqui não me parece bem. — Eu indico o apartamento com a mão.

— É mesmo? E você ainda quer saber por que eu não conto para as pessoas da Astor onde eu trabalho? Nem onde moro? Eu gosto da minha casinha aqui. — Ela balança a cabeça com irritação. — Não é chique, mas é minha. Eu me sustento e sinto muito orgulho disso.

— Você está certa.

Minha concordância a pega desprevenida.

— O quê?

— Ei, eu sei admitir que cometi um erro. Eu a admiro pra caramba. Se não admirasse, não estaria seguindo você por aí, trazendo comida.

Ela relaxa, mas a expressão não perde a cautela completamente.

— Você não é o tipo de pessoa com quem eu quero andar, Easton.

Alguma coisa entra pelo meu peito e perfura meu coração.

— Sei que parece forte. — Ela está totalmente alheia ao efeito das palavras dela em mim. — Mas fico tentando dizer, você é confusão demais. Não tenho tempo pra isso.

Apesar do calor da indignação no meu sangue, eu sei que ela está certa. Eu *sou* confusão. Sou o Royal ferrado que se mete em brigas e bebe demais e irrita todo mundo o tempo todo.

Mas apesar de doer descobrir que ela me vê claramente como insubstancial, eu aprecio a sinceridade. Ela não é como Claire e as outras garotas com quem fiquei, que babam por mim e me perdoam independentemente do que eu faça, pois Easton Royal nunca erra aos olhos delas.

Hartley não tem medo de dizer tudo de que não gosta em mim. E nem posso ficar com raiva dela, porque todas essas coisas ruins que ela vê em mim são as mesmas coisas que odeio em mim.

— Só quero saber de ter onde dormir à noite, o que quer dizer ganhar dinheiro — diz ela com sinceridade.

— Se você precisa de dinheiro, eu te dou dinheiro.

O garfo dela bate no prato.

— Você falou isso *mesmo*? Você acha que, se me der uma grana, não vou ter que trabalhar tanto e vou ter mais tempo pra passar com você? — Ela parece incrédula.

— Me desculpe. Foi uma coisa idiota que eu disse. — A vergonha coça na minha garganta, porque é assim que os Royal consertam os problemas: jogando dinheiro neles.

Mas, ao mesmo tempo, a crítica nos olhos cinza-tempestade me incomodam. Hartley não é como Ella, que cresceu pobre. Nem como Valerie, que vem de um lado menos abastado dos Carrington e é obrigada a aceitar caridade da tia e do tio para frequentar uma boa escola.

A família de Hartley é rica. Ela pode não estar morando com eles agora, mas sem dúvida já morou antes.

— Eu já estive na sua casa, lembra? — eu me vejo dizendo. — Você pode não ter um fluxo regular de dinheiro agora, mas sua família tem grana. Então, não me olhe como se eu fosse um pestinha mimado e você fosse a pobretona calejada que luta a vida toda. Puta que pariu. Você estava em um colégio interno chique até alguns meses atrás.

Aqueles olhos cinzentos, em vez de arderem de raiva como achei que fariam, mais uma vez, demonstram exaustão.

— É, eu já tive dinheiro. Mas não tenho mais. E estou neste apartamento desde que as aulas terminaram, em maio. São só quatro meses, tempo suficiente para perceber que eu não dava valor a nada. A vida não é um colégio interno e roupas chiques e mansões. Aprendi uma lição difícil quando voltei pra Bayview. — Ela olha para mim. — Acho que você ainda não aprendeu essa lição.

— Qual? — Eu faço um ruído debochado. — Como ser pobre? Vou precisar disso pra você ser mais legal comigo? Se eu trocar meu carro por uma passagem de ônibus e ver como o outro lado vive por um tempo?

— Não estou pedindo isso. Não faz diferença o que você faz, Easton. Não estou aqui pra ajudar você nem pra segurar sua mão enquanto você aprende várias lições de vida. Só estou tentando cuidar da minha vida. — Ela toma um gole rápido de água. — Noventa e nove por cento do tempo, você nem aparece nos meus pensamentos.

Ai.

Isso doeu pra cacete.

Mas a sensação dolorosa passa quando me dou conta de uma coisa: o tom falso na voz dela. A forma como ela está evitando meus olhos.

— Não acredito em você — declaro. — Eu *apareço* nos seus pensamentos.

Ela coloca o copo na mesa e fica de pé, oscilando um pouco.

— Está na hora de você ir, Easton.

— Por quê? Porque estou afetando você? — Com expressão de desafio, eu também me levanto.

— Você está me irritando, é isso que você está fazendo.

— Não. Eu estou afetando você — repito.

Dou um passo mais para perto e, apesar de ficar tensa, ela não se move. Não deixo de notar a forma como a respiração dela acelera, e juro que vejo os batimentos latejando na base da garganta. E a necessidade nos olhos dela. Ela me quer ou, ao menos, quer o que posso dar a ela, mas é orgulhosa demais ou teimosa demais para pedir. Porque ela acha que não precisa de afeto, proximidade ou ligação com alguém.

Estou começando a entendê-la. Não o passado dela. Não os problemas com a família, mas o que mexe com ela.

Quando está com medo e magoada, ela ataca. Uma pessoa menos teimosa do que eu já teria ido embora. Mas é por isto que ela está sozinha: porque não tem ninguém na vida disposto a ficar ao lado dela.

Eu sei como é ficar sozinho. Sei como é querer e não ter. Não quero que Hartley sinta isso. Não mais. Não comigo por perto.

— É agora — digo baixinho.

O olhar dela sobe até o meu.

— Agora o quê?

— Que vou beijar você.

A respiração dela para. O ar fica rarefeito entre nós, como quando se está nas nuvens com alguns centímetros de metal entre você e o céu azul. Uma empolgação se espalha pelas minhas veias quando a encaro. Vejo a mesma expectativa em resposta.

— Easton... — diz ela, mas não sei se é um aviso ou uma súplica.

E é tarde demais. Minha boca já está na dela.

Ela ofega de surpresa, mas os lábios suavizam embaixo dos meus. Puta merda, ela está me beijando.

Minha cabeça gira e meu estômago está na garganta e tem tudo a ver com essa garota. Os lábios dela são incrivelmente macios. A pele da nuca, que estou acariciando com o polegar, também. Eu a puxo para mais perto, querendo sentir o peso todo dela. Minha língua mergulha pelos lábios entreabertos e toca na dela, e é nessa hora que ela se solta de mim.

Acaba tão rápido que nem tenho tempo de piscar. Sou tomado de decepção, o que gera um palavrão baixo do fundo da minha garganta.

— Por que você parou? — Eu praticamente solto um gemido.

— Porque não quero isso — diz ela com voz rouca, se afastando de mim. — Já falei, não tenho tempo pra sair com ninguém. *Não* estou interessada.

— Você retribuiu meu beijo — observo. Minha pulsação ainda está disparada por causa do beijo provocador de ereção.

— Um momento de fraqueza. — A respiração dela sai com dificuldade. — Não sei de quantas formas diferentes eu posso dizer isso, Easton. Eu não quero sair com você.

Engulo minha frustração. Não entendo essa garota. Por que me beijar, então? Momento de fraqueza? Que mentira. Ela gosta de mim. Está atraída por mim. Então, por que a gente não pode fazer isso?

Fazer o quê?, uma voz na minha cabeça provoca.

Isso me faz parar, porque... o que eu *quero* aqui? Transar com Hartley ou realmente sair com ela? Eu estava planejando ciscar por aí no meu último ano, não queria ficar amarrado em uma namorada. Tem muitas garotas com quem posso transar, mas estou atraído por Hartley de um jeito como nunca fiquei por ninguém. Tem alguma coisa nela que me deixa feliz quando estamos juntos.

Uma ideia maluca passa pela minha cabeça.

— Que tal nós sermos amigos? — pergunto lentamente.

Ela parece sobressaltada.

— O quê?

— Amigos. Uma palavra de seis letras que quer dizer indivíduos que têm uma conexão mútua.

— Eu sei o que quer dizer. Só não entendi o que você está dizendo.

— Estou dizendo que devíamos ser amigos. Porque você não está interessada em mim e tal. — Eu pisco. — Ou vai ser assim, ou vou ficar dando em cima de você e tentando beijar você.

Hartley faz um som exasperado.

— Por que tem que ser uma dessas duas coisas? Não há uma terceira opção?

— Não. — Eu abro um sorriso torto. — Vamos lá, Hartley Davidson...

— Hartley Davidson?

— Estou elaborando apelidos pra você. Melhores amigos usam apelidos. — Enfio as mãos nos bolsos de trás da calça jeans. — Sinceramente, gostei da ideia. Se não vamos ficar juntos, podemos embarcar nessa de amizade. Eu nunca tive uma amiga próxima, então, seria uma experiência legal pra mim.

Hartley afunda no sofá.

— Pelo que pude perceber, você tem toneladas de amigos.

— Não tenho — digo.

Quase na mesma hora, sinto uma onda de culpa, porque o que Ella e a Val são? Meus irmãos não contam, eles *têm* que estar na minha vida. Eu os considero amigos, mas o sangue acaba unindo as pessoas e tira a sua escolha na questão. Eu escolhi ser amigo da Ella e da Val.

Então, eu me corrijo e digo:

— Eu tenho *alguns* amigos. Mas quero mais uma. Quero uma Hartley Wright.

Ela revira os olhos.

— É nesta parte em que digo que eu quero um Easton Royal?

— É. — Eu fico entusiasmado. — Nós vamos nos encontrar depois do treino. Vamos fazer o dever de cálculo juntos.

Não quero me gabar, mas sou bom com as coisas da escola quando eu quero.

— Coisas da escola — responde ela secamente.

— É. O fato é que... — Hesito, mas acabo confessando. — Eu sou meio inteligente.

— Eu sei. — Ela estica as pernas e flexiona os dedos dos pés.

— Sabe?

— Sei. Suas anotações são incríveis. Só uma pessoa que realmente entendeu a matéria poderia explicar daquele jeito.

— Ah.

— Mas você gosta de bancar o burro, então, não vou estragar pra você.

— Não estou bancando o burro, é só que... eu não estou interessado. A escola é um saco.

— Se eu concordar com isso...

Eu abro um sorriso.

— *Se* eu concordar — diz ela, séria desta vez —, vai haver regras.

— Não vai rolar. Eu não sigo regras.

Ela abre um sorriso doce.

— Então, não vai rolar essa amizade.

Resmungo baixinho.

— Tudo bem. Tanto faz. Vamos ouvir as regras.

— Você não tem permissão de tentar se meter comigo.

— Tudo bem — concordo, porque eu já tinha dito que não faria isso.

— Você não tem permissão de flertar.

— Negativo. Isso acontece naturalmente, não tenho como controlar. — Levanto a mão em comprometimento. — Mas, se eu fizer, você pode me mandar parar.

— Tudo bem.

— O que mais?

Ela pensa bem.

— Sem insinuação sexual.

— Impossível. Também é natural... é o que elas dizem.

— Eu suspiro. — Sabe, você está pedindo demais de mim. Minha contraproposta é que você ignore toda insinuação. Meu pai sempre diz que, se você não dá sua atenção a alguma coisa, essa coisa não aconteceu.

Consigo vê-la segurando uma gargalhada.

— Seu pai diz isso. Sério — diz ela. A voz está cheia de dúvida.

— Aham. Ou talvez tenha sido Gandhi. Alguém inteligente, de toda forma. A gente devia ter um aperto de mãos — digo pra ela.

Ela arqueia uma sobrancelha.

— Um aperto de mão.

— É. LeBron James tem um aperto de mão especial com cada companheiro de time. É assim que sabemos que eles têm uma ligação. Vamos fazer um.

— Eu nunca vou lembrar um aperto de mão complicado. Prefiro uma música. Você pode cantar uma música sempre que a gente se encontrar. — Ela fecha os olhos.

A pobrezinha está tão cansada. Eu pego um cobertor e coloco nas costas do sofá.

— Eu já falei que sou desafinado — lembro a ela enquanto cubro as pernas dela com o cobertor. — Mas que música você sugere?

Ela puxa o cobertor até o queixo.

— Eu estava brincando.

— Eu topo qualquer desafio.

— Estou descobrindo isso.

— Se músicas e apertos de mão estão de fora, só sobra uma batida na porta secreta.

Ela não responde. Vejo seu peito subir e descer em um ritmo lento e regular. Saio do sofá e coloco as pernas dela na almofada de onde saí. Ela não acorda nem quando coloco o travesseiro embaixo da cabeça dela e a cubro com uma colcha bonita que encontro dobrada no chão ao lado do sofá.

Por mais que eu queira ficar, sei que Hartley preferiria acordar sozinha. Então, vou embora.

Não sei por que fiquei com essa ideia de sermos amigos, mas me parece certa. Quero Hartley na minha vida, e, se sermos amigos for o caminho, a amizade é o que vamos ter.

É diferente, mas talvez não seja uma coisa ruim.

Capítulo 10

Eu: *Cadê vc, BFF?*
Ela: *Nós não somos melhores amigos.*
Eu: *Vc topou!*
Ela: *Sermos AMIGOS. Não MELHORES.*

Abro um sorriso para o celular enquanto desço o corredor do prédio de artes, que fica no lado leste do campus. Eu nunca tive aulas ali. Não sou muito criativo.

Afinal, eu respondo por mensagem, *cadê vc?*

Não é da sua conta, responde Hartley, pontuando a mensagem com uma carinha sorridente.

— Que bom que eu sei seus horários — digo em voz alta. — Bom dia, luz do dia.

Hartley dá um pulo de surpresa quando me aproximo dela por trás. Ela estava quase entrando em uma das salas de música, mas agora se vira.

— Que droga! — Ela faz um som fofo de rosnado. — Não mesmo, Easton. Só tenho três horas de ensaio solo por semana e não vou deixar que você estrague! Vá embora.

Eu faço um beicinho.

— Mas eu estava tão empolgado pra ouvir você tocar... — Eu inclino a cabeça. — O que você toca, mesmo?

— Violino — diz ela contrariada.

— Legal. — Eu estico a mão e abro a porta. — Vamos.

— Você vai mesmo me ouvir ensaiar?

— Por que não? — Dou um empurrãozinho nela. — Não tenho nada melhor pra fazer.

Ela hesita, mas entra na sala. Enquanto tira o instrumento do estojo preto, eu avalio o pequeno local de ensaio. Não é muito maior do que o piano encostado na parede. Fora o banco embaixo do piano, que Hartley pega, e um suporte de metal para botar a partitura, o espaço está vazio.

— Você vai me matar se eu me sentar no piano?

— Vou — diz ela, sem tirar os olhos do violino.

— Foi o que pensei. — Eu me sento no chão. — Prefiro mesmo esfregar a bunda no piso sujo. Melhora meu sistema imunológico e tal.

— Que bom.

— Não estou sentindo muita solidariedade no seu canto da sala.

— Ajudar você a ser saudável não é o tipo de coisa que uma melhor amiga faria? — diz ela enquanto arruma algumas folhas de papel no suporte.

— A-há! Você admite que somos melhores amigos. — Fecho os olhos, me encosto na parede e cruzo os braços sobre o peito. Espero alguma resposta, mas só ouço o choro triste da música.

As notas soam baixas no começo, só sons lentos pairando no ar seguidos de alguns outros, mas ela constrói o som em camadas, até as cordas serem tocadas quase umas em cima das outras e a música ficar tão intensa que não consigo acreditar que é só um instrumento.

Eu abro os olhos e vejo que Hartley fechou os dela. Nem está olhando para as partituras. E não está tocando o violino só com os dedos; o corpo todo está envolvido na atividade. É por isso que parece que tem uma orquestra inteira na sala.

A música me preenche, acalma todo o barulho da minha vida, faz meu coração inchar cada vez mais, até não restar nada de mim além de ouvidos e uma alma.

E isso me deixa apavorado.

Eu fico de pé.

— Vou esperar lá fora — murmuro.

Hartley mal presta atenção enquanto saio.

Do lado de fora da sala, eu esfrego as mãos nos braços expostos. Estão arrepiados. Agora que meus pulmões não estão tomados pela melodia, consigo respirar de novo.

Deslizo pela parede até minha bunda bater no chão. Os sons que ela cria com o violino atravessam os vãos da porta que não tive coragem de fechar completamente.

É como se, a cada toque do arco nas cordas, ela estivesse tentando me esfolar e me expor. Eu não sou profundo. A música não me afeta. Sou Easton Royal, superficial e só interessado em me divertir.

Não quero olhar para as profundezas do meu ser e ver a poça negra, maçante e sem fundo de nada. Quero viver em alegre negação.

Eu devia ir embora agora. Me levantar e procurar alguém com quem brigar ou com quem... na verdade, se quiser a segunda coisa, tenho Hartley.

Não preciso ir a lugar nenhum. Só preciso convencê-la de que essa história de amizade seria bem melhor se ficássemos nus durante o tempo que passamos sozinhos.

E tenho o jeito certo de conseguir isso.

Volto para a sala apertada e me preparo para enfrentar Hartley e o violino mágico. Por sorte, consigo ficar pelo resto do ensaio sem surtar.

Não sou afetado pela forma como os dedos dela voam nas costas. Não reparo na camada fina de suor que surge na testa dela. Não ligo que todas as feições dela, que antes considerei comuns, a façam parecer um tipo de deusa quando ela está no transe musical.

Nada disso me incomoda. Nem um pouco.

— Já terminou? — pergunto quando ela coloca o violino no colo.

Ela aponta com o arco para uma luz acima da porta.

— A hora acabou. — A luz está piscando em vermelho para ela. — Só temos permissão de ficar uma hora.

Uma hora já passou? Não pareceram nem dez minutos.

— Não consigo acreditar que já tem uma hora — comento, franzindo a testa.

— Você não precisava ter entrado nem ficado.

Franzo mais ainda a testa enquanto a vejo guardar o instrumento, com uma expressão inabalada no rosto. Ela realmente não liga de eu estar presente ou não.

A sensação de formigamento entre minhas omoplatas é porque vai ser mais difícil de levá-la pra cama, não por eu estar decepcionado de ela não procurar por minha aprovação ou meus elogios.

Pego o estojo da mão dela e penduro a bolsa dela no ombro.

— E por que violino? — pergunto, enquanto saímos da sala. Cumprimento alguns colegas, que me olham com surpresa enquanto ando pelo corredor ao lado de Hartley.

Ela, claro, ignora.

— A música era obrigação na minha casa. Minha irmã mais velha escolheu piano, a minha mais nova toca flauta e eu escolhi violino. Pareceu uma ideia legal quando eu tinha cinco anos. — Ela hesita só por um segundo, e talvez alguém que não estivesse prestando tanta atenção nem teria reparado. — Meu pai tocava. Eu achava incrível.

Um curioso sorriso triste surge nos lábios dela. Eu me pergunto o que quer dizer.

— Entendo isso. Eu quis pilotar aviões depois que meu...
— É minha vez de parar de falar. — Que um cara que eu conhecia me levou pra passear de avião.

Hartley percebe minha hesitação.

— Um cara que você conhecia?

Eu coço a nuca.

— Você sabe sobre a minha família? — O drama dos Royal saiu em todos os jornais na primavera, mas ela não estava aqui na época. A fofoca já morreu um pouco.

— A parte dos problemas legais?

Faço que sim.

— Li algumas coisas on-line, mas acredito que muita coisa não seja verdade.

— Se a história que você leu dizia que o sócio do meu pai matou a namorada do meu pai e tentou botar a culpa no meu irmão, é bem verdade.

— E o cara que você conhecia é esse sócio.

— É.

— Então, agora você está tentando não amar mais pilotar aviões porque tem medo de que faça você ficar muito parecido com ele?

O resumo dela chega bem perto do alvo.

— Eu não sou nem um pouco como aquele babaca — digo com voz tensa.

Só que... eu sou.

Sou mais parecido com Steve do que com meu pai. O resto dos Royal se parece com Callum, mas eu sou imprudente e despreocupado, e essas são características clássicas de Steve O'Halloran.

— Você pode ter as mesmas paixões que uma pessoa de quem não gosta — diz Hartley baixinho. — Não é porque eu toco violino que vou encher a cara até morrer como outros músicos famosos. Pilotar aviões não quer dizer que você vai roubar a namorada do seu melhor amigo.

— Ele não roubou a namorada do amigo. Ele matou uma pessoa — retruco, com os dentes trincados. Minhas palavras saem mais altas do que eu pretendo e chamam a atenção de alguns alunos que estão passando.

Hartley descarta a menção às ações de Steve.

— Tem muitas coisas das quais acho que você é capaz, Easton, mas matar uma pessoa não é uma delas. Nem mesmo se você pilotar um avião.

— Eu também achava isso do Steve — murmuro baixinho.

Hartley não diz mais nada até chegarmos ao armário dela.

— Obrigada por ir ao ensaio comigo, mesmo não tendo gostado. — Ela puxa a mochila do meu ombro.

Eu me encosto no armário ao lado e a vejo guardar o instrumento e pegar os livros para a aula seguinte.

— Quem disse que eu não gostei?

— Você saiu depois da primeira passagem.

— Você reparou? — Ela não moveu um músculo quando saí da sala nem quando voltei.

— Claro.

— Bom, eu gostei. — Até demais. — Gostei tanto que talvez faça aulas. — Estico a mão por cima da cabeça dela e tiro o estojo do armário dela, depois o prendo embaixo do queixo. — O que você acha? Fica bem pra mim?

Eu faço uma pose. Como ela não responde, eu guardo o estojo do violino de volta.

— Deixa pra lá — declaro com indiferença. — Violino é meio chato. Acho que vou escolher guitarra. Fica mais fácil de pegar meninas.

— Você está sendo babaca, agora.

Outra vez, sinto um formigar entre os ombros. A sensação de que preciso da aprovação dela e quanto odeio quando não tenho me faz revidar.

— Isso quer dizer que não somos mais amigos? — debocho.

Ela inclina a cabeça.

— Eu quase gosto mais quando você está assim. Pelo menos, sei que tem uma emoção genuína por trás do seu desdém. É melhor do que seu bom humor falso.

O formigar vira um calor.

— Bom humor falso? Do que você está falando?

— Estou falando sobre você passar o tempo todo se achando e sobre ser mais interessante quando está com raiva, como agora. Ou quando está sendo genuíno, falando sobre estar com medo de pilotar por ter medo de ser parecido demais com o cara que você admirava, mas que acabou sendo um ser humano péssimo. Eu sei exatamente como é isso.

Abro a boca pra soltar uma torrente de insultos, começando pelo motivo de ela não poder saber o que eu sinto porque ela não é ninguém e eu sou Easton Royal, mas sou salvo da minha própria burrice por Pash, que bate nas minhas costas quando passa correndo para sua aula seguinte.

— Que dia é hoje, filho? — grita ele.

— Dia de jogo! — grita Dominic em resposta.

Hartley se vira para olhar os dois jogadores passarem correndo.

— Você tem jogo hoje?

Puxo a camisa do time para longe do corpo.

— Você acha que eu uso isto só por usar?

— Como vou saber? Eu estudei numa escola de garotas nos últimos três anos.

— Hum.

— Hum, o quê? — pergunta ela, desconfiada. — Aff. Você está pensando em alguma coisa pervertida?

— Não, eu estava pensando que essa foi a maior quantidade de informação que você compartilhou por vontade própria.

— Eu deixei você escutar enquanto eu ensaiava — protesta ela.

Está na hora de botar meu plano em ação. Quero muito que ela vá a um jogo para poder ver que sou bom em uma coisa, igual a ela. Que tem muito mais em mim do que meus comentários espertinhos e minha aparência. Além do mais, apesar de eu ter prometido não dar em cima dela, acho que, se ela me vir com o uniforme de futebol americano, vai ficar como todas as outras mulheres do planeta, que amam um homem de uniforme.

Estou apostando tudo aqui. Não existe amizade platônica entre homens e mulheres. Chega uma hora em que é preciso tirar a roupa. Então, eu só tenho que ser paciente.

— Bom, como eu ouvi seu ensaio — falo —, isso quer dizer que você tem que ir ao jogo hoje. Você me deve.

Eu me preparo para um bando de desculpas, mas ela me surpreende.

— Se vai ser *quid pro quo*, então, eu devia ir a um treino, não a um jogo.

— Olha você e seu latim difícil. Claro, então, vá me ver levantar peso. Já entendi, você quer me ver sem camisa. Quer saber? Pode dar uma espiada. É incrível, viu. Talvez seja melhor fechar um dos olhos pra aliviar o efeito.

Com um sorriso largo, eu levanto a camisa e exponho o abdome.

— Royal! Abaixa essa camisa! — grita o diretor Beringer, que escolhe aquele momento para passar por nós.

Puxo a camisa de volta timidamente.

As bochechas de Hartley estão rosadas, mas ela banca a fria e diz as palavras que eu quero ouvir.

— Tudo bem. Um jogo.

Dou um jeito de Hartley sentar com Val e Ella, então, fica fácil vê-la quando saio correndo do túnel. Não quero me gabar, mas jogo muito. O resto do time também. Bran brilha muito.

Ele é uma excelente aquisição, e não tenho problema nenhum em dizer isso a ele no vestiário depois do jogo.

— Você jogou demais, cara. — Dou um tapa nas costas dele quando estamos indo para o chuveiro.

— Valeu. A defesa facilitou as coisas pra mim. — Ele sorri. — Acho que não precisei correr mais de sessenta metros pra conseguir um *touchdown* hoje.

Todo mundo está feliz da vida. Há muitas toalhas molhadas e tapas em bundas enquanto tomamos banho e nos preparamos pra farra pós-jogo.

— A festa vai ser na casa do Dom — grita Pash.

Um grito alto se espalha pelo vestiário.

— Você vai? — pergunta Connor Babbage quando saímos da área do chuveiro ocupada pelo time.

— Provavelmente. Mas tenho que ver com minha galera. — Apoio a bunda enrolada na toalha no banco e pego o celular.

Ainda tá aqui?, pergunto a Hartley por mensagem.

Estou.

Q bom. Me encontra no estacionamento?

OK.

O estacionamento está lotado de alunos. Com tantos faróis acesos, está quase tão claro quanto de dia.

Bran acompanha meu passo na direção das garotas.

— Você vai pra casa do Dom?

— Talvez. — Para falar a verdade, a última coisa que quero é ir a outra festa de escola onde vejo as mesmas pessoas e faço as mesmas coisas há anos. Não é nada além de música, bebidas e pegação com garotas de quem não gosto de verdade.

— Mas que sim entusiasmado. — Ele revira os olhos. — Eu vou. Parece que vai ser um bom lugar pra conhecer meus colegas.

— Por quê? São todos uns babacas — respondo em tom azedo.

Bran inclina a cabeça.

— Inclusive você?

— Eu sou o pior de todos. — Não sei por que estou tão de mau humor. Nós ganhamos, caramba. Solto o ar. — Desculpa. Acho que não dei porrada suficiente durante o jogo. Você passou tempo demais no campo.

— Vai se acostumando — diz ele com alegria, sem se afetar pelo meu comportamento ruim. — Eu planejo passar muito tempo lá.

— Que jogo bom! — grita Ella quando nos aproximamos, me poupando de ter que responder.

Olho para Hartley, que ecoa o elogio com um sinal de positivo. Vai cair a mão se ela demonstrar um pouco mais de admiração? Dois sinais de positivo, talvez? Caramba.

— Oi — diz Ella, cumprimentando Bran. — Sou a Ella.

— Bran. — Ele estica a mão. — Acho que temos aula de espanhol juntos.

Ella assente com entusiasmo.

— É. Você se senta na primeira fila.

— Na primeira fila? Nerd — provoca Val, balançando as sobrancelhas para Bran.

— Essa é Val — apresento, indicando a melhor amiga da Ella. — E Hartley. — Indico com a cabeça a garota que acha que um sinalzinho de positivo resume a qualidade do meu jogo hoje.

— Momento da confissão. — Bran faz um sinal com o dedo, e as três garotas se inclinam para a frente. — A escola não me incomoda.

Hartley finge surpresa.

— Bom, já que estamos expondo nossa alma e tal... A mim, também não.

Os dois trocam um sorriso que me dá ânsia de vômito.

— A escola é a forma dos que estão no poder treinarem mentes jovens e maleáveis para manterem o *status quo* — afirmo.

Todos fazem expressões variadas de surpresa. Bran franze a testa. As sobrancelhas da Val e da Ella se chocam. Hartley parece estupefata.

— Hum, certo — diz ela.

A Ella me dá um tapinha nas costas.

— Não deem bola pra ele. Ele está com raiva porque só deu porrada no *quarterback* uma vez.

Bran assente.

— Era o que ele estava dizendo antes. Foi mal, cara. Da próxima vez, vou marcar mais rápido pra você ter mais oportunidades de defesa.

— Bran! — alguém grita. — Você vem?

Nosso celebrado *quarterback* levanta a mão.

— Estou indo. Vejo vocês na festa, pessoal.

As garotas acenam para ele quando ele sai correndo na direção de um Nissan GT-R todo equipado. É o carro de Dom. Bran não está tendo problema em se enturmar, pelo visto. Eu devia ficar feliz com isso, mas a perspectiva de ir à festa e ver Hartley, que mal olha na minha cara, flertando com ele me dá vontade de dar uns socos por aí.

— O que houve? — pergunta Hartley com cautela.

Enfio as mãos nos bolsos para esconder os punhos. Pelo canto do olho, vejo Ella também me observando, mas, em vez de desconfiada, a expressão dela é resignada. Ela me conhece bem o suficiente para saber o que está acontecendo.

— Easton? — insiste Hartley.

Dou de ombros algumas vezes, porque meus ombros estão com vontade de se mexer.

— Sei lá, eu só fico assim às vezes. Como se tivesse um monte de energia correndo no meu sangue. — Dou de ombros mais umas cinco vezes. — Tudo bem. Vai melhorar.

— Como?

— Eu só preciso gastar um pouco de energia.

Ella franze a testa.

— O que foi? — falo na defensiva. — Ela perguntou.

Hartley se encosta na porta do passageiro da minha picape.

— Tá. E como você faz isso?

Olho para ela com lascívia evidente, incluindo um monte de movimentos de sobrancelha.

— De jeito nenhum, Royal. Lembre-se das regras.

Val ri com deboche.

— Que regras?

— A Har-Har aqui…

— Har-Har? — rosna Hartley.

— Apelido novo — explico, balançando a mão antes de me virar para Val. — Então, a Har-Har me deu uma lista de regras de amizade. É o único jeito de ela me agraciar com a presença dela.

— E uma dessas regras é que ele não pode dar em cima de mim — explica Hartley.

— Como eu me inscrevo nisso? — pergunta Val com ansiedade.

— Ei, eu não estava dando em cima de ninguém — protesto. — Você me perguntou como eu gosto de me acalmar, e essa é a resposta — Bom, tem outra resposta, mas não vou dizer em voz alta, não com Ella me observando como um falcão. Ela sabe exatamente o que quero fazer hoje e não gosta da ideia.

— Por que a gente não vai pra casa do Dom na sua picape? — O tom da Ella está alegre demais. — Posso deixar meu carro aqui e pegar depois.

É, ela entrou no modo babá.

— Foi mal, mana. É uma ideia idiota — respondo com a mesma alegria. — Você não vai deixar um conversível no estacionamento da Astor Park, onde aqueles cuzões da Gatwick podem botar as mãos nele. Eles foram massacrados hoje e estão putos.

— Ele tem razão — diz Val, me apoiando. — Quando vencemos esses caras no ano passado, eles picharam o gramado sul de amarelo néon. Vamos levar seu carro, por segurança.

A Ella sabe quando é vencida.

— Tudo bem. Val e eu vamos encontrar vocês lá. — Ela olha para mim. — Certo?

— Claro — garanto a ela.

Só estou dizendo mentiras.

Assim que nós quatro nos separamos e Hartley e eu estamos sozinhos na minha picape, eu me viro para a minha passageira e digo:

— Se importa se fizermos um desvio?

Capítulo 11

Percebo que Hartley fica confusa e meio nervosa, mas está reagindo bem. Ela pula a cerca nos arredores do estaleiro sem reclamar nenhuma vez e não diz nada quando corremos pelo labirinto de contêineres. Só quando chegamos ao nosso destino é que ela se vira para mim com preocupação nos olhos.

— O que é isso?

— Noite de briga — explico com alegria. A adrenalina pulsa nas minhas veias, e meus punhos ainda nem acertaram ninguém.

Só que olho ao redor nessa hora e fico meio decepcionado. Não tem muita gente hoje à noite, o que é estranho, porque é sexta, e as brigas de fim de semana costumam ficar lotadas. Acho que as pessoas ainda estão com medo de aparecer depois da batida que aconteceu um tempo atrás.

Mas fazer o quê? Vou ter que superar a frequência pequena. Não preciso dar porrada em trinta caras. Um só basta.

— Você pretende brigar? — pergunta Hartley com ansiedade.

Seguro o braço dela e a levo na direção de uma pilha de caixas longe da ação. No meio de um círculo, dois caras grandes já estão brigando, com socos e insultos voando pra todo lado. Não quero que Hartley seja empurrada acidentalmente por nenhum dos espectadores torcendo.

— Por que você não se senta? — sugiro. — Tenho que cuidar de uma coisa.

Hartley se senta, mesmo parecendo relutante.

Tiro a camisa e jogo na caixa ao lado dela. Não deixo de reparar na forma como ela arregala um pouco os olhos. Ela está olhando meu peito? Acho que meu abdome mais cedo não foi suficiente. Estico a mão acima da cabeça e exagero no alongamento. Hartley vira a cabeça para não me olhar. Abro um sorriso. A garota está caidinha.

— Ei, Royal! Cadê a grana?

Enfio a mão no bolso de trás.

— Aqui — respondo para Wilson, o sujeito de cabeça raspada que supervisiona a troca de dinheiro.

Coloco uma pilha de notas na mão enorme dele. Custa caro para brigar, mas sou um Royal. Tenho dinheiro. Há potencial para ganhar muito, mas, agora que Reed não está brigando, não tenho em quem apostar. Não posso apostar em mim mesmo; não é divertido, principalmente porque já sei o resultado.

— O lourinho ali disse que seria o primeiro assim que você chegou — diz Wilson, abrindo um sorriso largo.

Espio atrás do ombro enorme dele e vejo o rato de academia alto e louro de pé com um grupo de três ou quatro outros caras. Ah, sim. Eu os reconheço como os universitários babacas da festa a que fui na semana passada. Acho que posso ter trepado com a namorada de um deles.

— Royal! — grita um deles. O rosto está vermelho, e os olhos, apertados. — Se você chegar perto da minha garota de novo, acabo com você.

Acho que a namorada era dele. Dou um aceno rápido para o cara de tomate.

— Que tal você tentar acabar comigo agora? — Faço sinal para o centro do círculo que está cercado para as lutas.

— Vou deixar Mike fazer isso por mim — diz ele com desprezo, batendo nas costas do amigo.

Covarde. Ele está contando que o amigo fortão vá me castigar por ficar com a garota *dele*? O que aconteceu com lutar pela honra da sua garota?

Hartley observa a conversa com preocupação crescente.

— Você deu em cima da namorada daquele cara?

Pisco para ela.

— Quem, eu?

— Easton. — Ela baixa a voz para um sussurro. — Não estou gostando.

— O que, de eu ter flertado com a namorada dele ou de ir brigar com ele?

— Da briga.

É difícil perceber nas sombras, mas acho que o rosto dela está ficando pálido. Será que ela está com medo por mim? Tudo bem. Ela vai perceber logo que não tem nada de que ter medo. Eu sei me cuidar.

— Você pode tomar cuidado? — pede ela.

Não. Tomar cuidado não é divertido. Tomar cuidado é chato.

— Claro — minto, e ela parece aliviada ao ouvir isso.

Mas, assim que entro no ringue, ataco sem cautela o musculoso Mike, porque estou ansiando pelo golpe dele no meu queixo. Quero a dor que se espalha pelo meu maxilar e sacode meus dentes. Quero o sangue que cuspo no asfalto. Outra coisa que meu irmão e eu temos em comum, além do nosso gosto por garotas, é nossa sede por violência.

Deixo Mike me bater até eu ficar entediado. Então, eu o derrubo com dois golpes rápidos que o jogam sentado no chão e ando preguiçosamente até Hartley, que está me olhando horrorizada.

— Você está coberto de sangue!

Ela tem razão. Está pingando pelo meu queixo e peito, e sinto o sabor metálico na boca. Mas não ligo. Estou me sentindo bem pra caralho agora. Estou pilhado. Vivo.

— Wilson — grito, ignorando Hartley. — Quero mais.

— Easton — diz ela com infelicidade. — Podemos ir embora agora? Por favor?

— Mais alguém quer uma chance com o Royal? — Wilson pergunta ao grupo, sorrindo de orelha a orelha.

Tem uns catorze caras presentes. Quase todos se oferecem para brigar comigo.

Acho que tem mais gente com ressentimento de mim do que eu pensava.

— Fica sentadinha — falo para Hartley. — Quero só dar porrada em mais alguns.

— *Não.* — A palavra sai rápida e intensa.

Ela pula da caixa e para na minha frente. Agora que está perto da luz, vejo que a pele dela *está* pálida.

— Qual é a sua? — pergunto. — É só diversão inofensiva.

— De que forma isso é divertido? Um bando de caras tentando se matar? Não é divertido!

A veemência dela me faz revirar os olhos.

— Tudo bem, relaxa. Ninguém está tentando matar ninguém. Nós só estamos botando a violência pra fora, só isso.

— Bom, eu não quero ver! — Ela cruza os braços com força. — Me leva pra casa.

Levanto uma sobrancelha.

— Eu nunca achei que você fosse tão nervosinha.

— Eu não gosto de ver gente se machucar, e isso me faz ser nervosinha? — A voz dela soa aguda e trêmula, mas os olhos cinzentos estão ardendo. — Por que você me trouxe aqui? Por que achou que eu ia gostar disso?

Minha testa se franze. Nunca levei uma garota para uma briga. A Ella, sim, mas isso porque ela seguiu Reed quando eu estava com ele, sem a gente saber. Fora isso, essas visitas tardias ao estaleiro são só para mim. Só minhas. O mundo de Easton.

Então, por que convidei Hartley para meu mundo particular?

— Eu achei que você ia gostar — respondo, mas as palavras não soam certas. Não foi por isso que eu a trouxe. Eu... não sei por que fiz isso.

Hartley é rápida em me chamar atenção.

— Não achou, não. Nada que você faz é pelos outros. É sempre por você. — Ela faz cara feia para mim. — Você fica excitado de eu estar olhando, por acaso?

— Não. Isso é idiotice.

— *Isso* é idiotice? — A voz dela sobe mais uma oitava. — Você e esses idiotas...

— Ei! — alguém protesta, e é nessa hora que percebo que temos plateia.

— ... vêm aqui à noite e gastam centenas de dólares pra brincar de uma versão idiota de *Clube da luta*. Se isso não é idiotice, eu não sei o que é.

— Então, vai embora, gatinha! — um dos homens do grupo do musculoso Mike grita com irritação.

— É! Para de guinchar que nem uma demônia e cai fora!

— Royal, bota focinheira na sua cadela!

Eu me viro, procurando o babaca que fez esse último comentário. Assim que ele vê minha expressão, dá vários passos nervosos para trás.

— Você — digo para ele, apontando o dedo no ar. — Você vai pagar por esse comentário escroto.

Ele dá outro passo para trás.

— Por acaso, você vai bater nele também? — diz Hartley, repugnada. — É assim que você resolve seus problemas, Easton? Com violência?

— Não vou deixar uma matraca acéfala falar mal de você.

— Não ligo. Ele pode dizer todas as coisas ruins que quiser sobre mim. Não estou nem aí.

— Bom, eu ligo.

— Então, você vai brigar por você, não por mim. Eu quero ir embora — diz ela rigidamente. — E quero ir embora agora. Então, vai ser assim: você vai botar a camisa — ela estica a mão para trás e bate com a camisa no meu peitoral nu — e me levar pra casa. Ou — ela levanta o celular — eu vou chamar a polícia e acabar com esta festinha.

— Dedo-duro!

— Ei, vaca, já ouviu falar que "quem dedura leva atadura"?

— Sua namorada é ridícula, Royal.

Hartley e eu ignoramos as merdas sendo ditas para nós. Só ficamos nos olhando. Os olhos dela estão pegando fogo, um cinza-escuro tempestuoso que gera um arrepio na minha espinha. Ela está furiosa comigo.

Parece que fiz merda. Mas, sinceramente, não achei que umas briguinhas a deixariam tão chateada. A Ella ficava meio nervosa quando vinha com a gente, mas acho que ela gostava de ver Reed virar um animal na frente dela.

— Easton — diz Hartley, com voz baixa e ameaçadora.

Eu me vejo engolindo em seco.

— O quê?

— Me... leva... pra... casa. — Ela me olha de um jeito tão frio que o suor no meu peito exposto fica congelado. — *Agora*.

Capítulo 12

Mil, mil, mil desculpas. Três vezes mil! É assim que vc sabe q eu tô falando sério

Depois que mando a mensagem, fico deitado na cama por uns trinta minutos, olhando para o celular e desejando que Hartley responda. Ela não responde. Assim como não respondeu a nenhuma das outras mensagens que mandei entre as nove e meia e o meio-dia de hoje. Um total de oito mensagens de texto não respondidas ocupa nosso histórico de conversas.

Tem um peso estranho no meu peito que não passa. Acho que estou me sentindo mal. A expressão no rosto de Hartley durante as brigas? Aquela expressão magoada? Não consigo tirar da cabeça. Pior, não sei o que fazer para consertar. Ela não disse nem uma palavra no caminho para casa quando saímos das docas ontem, até chegarmos ao apartamento dela. Quando tentei sair da picape para levá-la até a porta, ela me olhou de cara feia e disse:

— De que forma me levar até lá em cima beneficia Easton Royal? Não beneficia. Então, nem vem.

Ela pulou da picape e bateu a porta com força suficiente para sacudir o carro.

Me incomoda ela achar que sou um babaca egoísta.

Eu mordo o lábio, pego o telefone e digito outra mensagem.

Pfv, H, só fala comigo. Senão, vou aí pedir desculpas pessoalmente

Não sei se é efeito da ameaça ou se ela de repente decidiu que está com vontade de responder. De qualquer modo, consigo um resultado: vejo os pontinhos cinza que indicam que ela está digitando alguma coisa.

Ainda bem, porra.

Não ouse vir aqui, Easton

Eu vou se vc não parar de me ignorar. Não estou gostando.

Vc? Bom, não gosto de ser arrastada pra um clube da luta ilegal e ouvir que sou nervosinha

Sou tomado de culpa. E meu estômago parece embrulhado, mas isso pode ser graças à garrafa de tequila que bebi depois que cheguei em casa após deixar Hartley. Discussões assim sempre me enviam direto para o armário de bebidas.

Quantas vezes mais preciso pedir desculpas pra vc me perdoar?

Não há resposta.

Frustrado, me sento na cama e bato com a cabeça na cabeceira acolchoada algumas vezes. E digito uma resposta.

Pq eu ESTOU arrependido, Hartley. Me sinto um merda por ter levado vc lá e depois tentar obrigar vc a ficar depois q vc pediu pra ir pra casa. Vc tem todo direito de ficar com raiva de mim

Mais silêncio.

O q vc quer de mim?

Realidade é a resposta que finalmente recebo.

Realidade? Que porra é essa? Passo a mão pelo queixo enquanto olho o celular. Eu *estou* arrependido. Isso é real. O fato de eu sentir arrependimento é uma coisa nova para mim. Por que ela não consegue ver isso?

Meu dedo paira sobre a tela. O que eu digo? O que vai ser convincente?

Sou o mais real de todos, gata

Leio novamente antes de enviar. E depois, leio de novo. Na terceira vez, me ocorre que é a pior resposta na história da humanidade. Não sou bom nessa coisa de mandar mensagens. Se ela estivesse aqui em pessoa, poderia ver quanto estou arrependido.

Vem aqui, vc vai poder ver que eu tô falando sério

Agora está

Que porra isso quer dizer? Ela parece uma fórmula avançada de voo e, infelizmente, não tem cola nem aplicativo para me ajudar a decifrar.

Não posso ser sério o tempo todo. Seria chato

Às vezes chato é bom. É no silêncio que se ouve o coração batendo

Ela está citando uma letra de música? Eu nem sei quando se trata dessa garota.

Bato com os dedos nas laterais do celular, tentando pensar na melhor resposta curta que conseguir. As de sempre não vão funcionar, então...

Seja real, ela diz. O motivo para eu não conseguir pensar em nada de bom para escrever é porque são frases vazias. Ser real. Deixo meus dedos digitarem na tela.

Não quero perder sua amizade. Eu gosto de vc

Quando aperto o botão de enviar, percebo que talvez seja a primeira vez que digo isso para uma garota.

Eu gosto de você.

Já falei, eu quero você. Acho você sexy, gostosa, de parar o trânsito, maravilhosa. Já elogiei garotas. Já as encorajei. Já dei mais do que alguns gritinhos de felicidade, mas não sei se realmente já gostei de alguma.

Mas gosto de Hartley.

Fico olhando para a tela e desejando que ela responda. Quando o balão verde de mensagem aparece, solto o ar com alívio.

Você tem um jeito estranho de demonstrar

Não é a resposta que eu esperava, mas, pelo menos, ela não desistiu de mim.

Eu amo voar, né? Mas meu pai me botou de castigo. Às vezes, tenho que aliviar os nervos. As brigas são a única coisa que não fazem mal a mais ninguém. As pessoas estão lá pq querem.

Sinto que estou abrindo o peito e deixando que ela veja dentro. Não é bonito, mas não quero que ela se vá.

Me dá outra chance, H

Ah. Certo. Não entendo, mas, ao mesmo tempo, entendo. Você está perdoado, mas não posso este fim de semana

Eu franzo o nariz. Não estou gostando disso. Quer dizer que ela vai ficar pensando o fim de semana todo sobre a briga.

O que vai rolar? Estou livre e posso ajudar

Se você realmente se arrependeu, me dê o fim de semana

Por quê? Posso mostrar meu arrependimento pessoalmente

Ou pode me mostrar que se arrependeu respeitando meu pedido

Isso é ser adulto? Não estou gostando muito

De nada. Isso, seguido de: *Obrigada por ser real.*

Envio uma carinha sorridente, mas ela não responde. E, depois de dez minutos olhando para meu *emoji* solitário, entendo a mensagem. Ela não vai mais falar comigo hoje.

O tempo se arrasta quando se está entediado. Cada minuto parece uma hora. Cada hora parece um dia. No meio da tarde, estou convencido de que um mês inteiro passou.

— Que dia é hoje? — eu pergunto. Como meu quarto está vazio, ninguém responde.

Preciso sair desta maldita casa. Esse é meu problema. Eu sou do tipo que age, não que pensa, e agora preciso fazer alguma coisa. Então, mando uma mensagem para Pash. E para Dom. E para Babbage.

Ninguém responde.

Acho que só sobrou a família.

Procuro Ella e a encontro do lado de fora, perto da piscina, com papéis espalhados em volta. Pego duas garrafas de água na geladeira e me sento na espreguiçadeira em frente, encostando uma das garrafas na perna dela.

— Você parece estar com sede — anuncio.

Ela levanta o rosto.

— Ah, é?

— É. — Eu me deito na espreguiçadeira. — E também parece que está precisando de uma pausa.

Ela ri.

— Na verdade, eu acabei de me sentar aqui.

— Perfeito. Então, ainda não estou interrompendo nada. Vamos fofocar, amiguinha.

A gargalhada dela vira uma onda de risadinhas.

— Ah, Deus, Easton, *por favor*, nunca mais diga isso.

— Por quê? Achei que você ia gostar da minha proposta de fofocar. Você e Val só fazem isso.

— Não fazemos!

Coloco os pés para o alto e sorrio para o céu azul. O dia está lindo, e meu humor está melhorando. Ainda estou de ressaca, mas minhas têmporas não estão latejando tanto e meu coração parece mais leve. Hartley não está mais furiosa comigo, o sentimento foi rebaixado para apenas "com raiva". Eu aceito raiva.

— Mas tudo bem. Se você quer *fofocar*, amiguinha, vamos fofocar. O que você quer com Hartley Wright? Além do óbvio — diz ela quando levanto uma sobrancelha.

— Não sei. Ela é nova. Eu estou entediado.

— Ela não é um brinquedo — repreende Ella.

— Eu sei disso. — Giro a tampa da garrafa e tomo alguns goles de água. — Ela é minha amiga, tá?

— Você não tem amigas, East.

— Claro que tenho. Você e Val.

— É, mas só porque nenhuma de nós transaria com você. Se nós estivéssemos interessadas e você soubesse que ir mais longe estragaria nossa amizade, você ainda escolheria o sexo sem nem piscar.

— Se você e Val estivessem interessadas em fazer um *ménage a trois* comigo? Ah, *claro* que eu escolheria o sexo.

— Eu não falei de *ménage* — diz Ella. — Aff. Você é terrível. — Ela se inclina e bate no meu braço com a garrafa de água. — Mas você sabe o que eu quis dizer. Você só é amigo de Hartley porque ela não quer ficar com você. Se quisesse, você seria mais do que amigo.

Dou de ombros de novo.

— Não sei. Talvez.

— Você devia deixar ela em paz.

— E por que isso?

— Porque ela deixou bem claro que não está interessada. E ontem à noite, no jogo, ela contou pra mim e pra Val que está procurando um segundo emprego porque o atual não paga o suficiente. Ela disse que trabalho e a escola são as únicas coisas em que está se concentrando agora.

— É, foi o que ela disse pra mim também. — Eu me sento. — Você não está nem remotamente curiosa pra saber por que uma garota da Astor Park mora em uma quitinete velha na rua Salem?

— Claro que estou, mas ela não quer a nossa preocupação, e entendo o motivo. Eu odiava como todo mundo da Astor me olhava de cima. Se ela está frequentando a escola e está se alimentando, nós temos que deixar a garota em paz. É isso que eu ia querer.

Decido não observar que ela está mentindo para si mesma. A Ella se meteu na nossa vida assim que entrou em casa. Ela é intrometida. Fico meio surpreso de ela não admitir.

Mudo de assunto, então.

— O que você está estudando? — Aponto para os papéis dela.

— Funções contínuas. Não estou entendendo isso.

— Basicamente, quer dizer que você pode botar o lápis no gráfico e continuar desenhando com ele em direções negativas e positivas sem tirar a ponta do papel. — Desenho uma curva sinuosa. — Certo?

Ela assente.

— Para determinar se a função é contínua, você tem que satisfazer três condições. — Faço anotações rápidas e devolvo o papel. Enquanto ela lê, eu olho meu celular. Pash me respondeu. Finalmente.

Foi mal. Almoço com a família hj. Parentes visitando de Atlanta.

Droga. Eu largo o celular.

— Quantos problemas ainda faltam?

— Vinte.

— Quanto tempo isso vai demorar?

— Muito. — Ela se levanta. — Preciso de um lanche.

Vou para a cozinha atrás dela.

— Legal. Vamos ao French Twist. Por minha conta.

— Não posso ir com você, Easton. Tenho que terminar todo o meu dever hoje porque Val e eu vamos à State amanhã. Vou fazer surpresa pro Reed, pra compensar que não pude ir ao jogo dele hoje.

Ah, droga. Eu tinha esquecido que tinha planejado ir até lá para isso. A Ella normalmente me chuta da cama e me arrasta até o carro. Mas Reed não vai ligar se eu perder o jogo dele em casa. Ele prefere ver Ella a me ver, e posso ir de avião ver o jogo dele contra a Louisiana State sábado que vem.

— Espera — digo quando uma coisa surge na minha cabeça —, por que você não vai ao jogo?

Ela fica de costas para mim enquanto se inclina para olhar a geladeira.

— Porque Callum e eu temos uma reunião com o promotor hoje. Era o único horário em que os dois podiam.

Que droga.

— Que horas vocês vão?

— Só à noite, acho.

— Faltam horas ainda. Nós temos tempo à beça pra sair. Que tal fazermos assim: eu faço sua tarefa de matemática e...

— Não — interrompe ela. — Eu mesma tenho que fazer. Se não conseguir aprender esses conceitos, só vai ficar mais difícil.

Pressiono os pés no piso.

— Então, vou continuar fazendo seu dever de casa. Para com isso, você nem vai usar metade dessa merda na vida real.

— Nem todo mundo consegue fazer problemas complexos de matemática de cabeça, Easton. Você é inteligente demais para o seu próprio bem.

— É mesmo? Porque você sempre fica me dizendo como sou burro — provoco.

— Eu só quero dizer que você faz burrices. Eu sei que você não é burro. Você é muito inteligente. Você sabe disso, não sabe?

— Algumas coisas são fáceis pra mim — admito. — Mas minhas notas são horríveis.

— Porque você não gosta de fazer prova. Porque se concentrar em qualquer coisa por mais de dez minutos é chato pra você.

— Eu gosto de pilotar, e isso demora mais do que dez minutos — eu observo.

Ela coloca um prato de frutas na bancada.

— Tem alguma coisa de interessante lá em cima que não existe na aula.

Verdade. Em um avião pequeno, você tem que estar alerta, mas, na verdade, a gente se sente vivo lá em cima. Consigo chegar perto dessa sensação em uma moto a cento e sessenta em uma estrada aberta, mas é só uma cópia sem graça. Não há substituto para a sensação real.

— Porra. Eu preciso voar de novo. — Pego um pedaço de melão e enfio na boca.

— Já conversou com Callum sobre isso?

Respondo com a boca cheia.

— Não. Eu já sei o que ele vai dizer.

— O quê?

— Melhore as notas. Pare de beber. Seja mais responsável.

Ella inclina a cabeça.

— Acho que você não quer voar tanto assim, se essas coisas são desafiadoras demais.

Faço cara feia pra ela.

— Pegou pesado.

Sem se deixar perturbar, ela responde erguendo uma sobrancelha.

— Não quero brigar, Ella Bella. Venha — eu chamo. — Vamos brincar.

— Não.

Desisto. Sei por experiência que ela não vai ceder. Ella é mais teimosa do que um bando de mulas. Só sobraram os gêmeos, então.

— Sawyer e Seb estão em casa?

— Estão na sala de vídeo com Lauren.

Não impeço meu lábio de se curvar. Lauren tem vindo aqui mais do que nunca ultimamente, e estou ficando cansado disso. Ela está começando a agir como se fosse dona dos gêmeos, ditando aonde eles podem ir e quando. E eles estão comprando coisas pra ela. Coisas caras que eles podem pagar, mas me parece errado.

— Divirta-se hoje. Tenho certeza de que você vai encontrar alguma coisa pra ocupar seu tempo. — Ella me dá um tapinha nas costas antes de voltar para o pátio.

Na sala de vídeo, encontro Lauren sentada sozinha, pintando as unhas.

— Onde estão os gêmeos?

A ruiva miúda levanta a cabeça quando eu chego.

— Seb foi comprar sorvete pra mim no mercado e Sawyer esqueceu alguma coisa no quarto.

— Tem sorvete aqui.

Lauren faz uma linha branca na unha.

— Não era da marca que eu gosto. — Ela levanta a mão e sopra.

Credo. Lauren está com os garotos comendo na mão dela. Mas eu mordo a língua e vou atrás do meu irmão.

Pego Sawyer carregando uma sacola da Gucci. Eu aperto minha nuca. *Não diga nada*, aconselho a mim mesmo. *Isso não é da sua conta.*

— Quer dar uma volta?

— Pra fazer o quê?

— Sei lá. Só sair de casa.

— Vou ver primeiro o que Lauren quer fazer. — Ele empurra a porta para entrar, mas sei qual vai ser a resposta. Lauren não gosta de ser vista com os gêmeos fora de casa. Na escola, ela costuma agir como se estivesse namorando só um deles. Os gêmeos acham engraçado. Mas, em algum momento, isso vai começar a irritar um ou os dois.

Sawyer sai em menos de um minuto.

— Lauren não quer.

— E Sawyer? — Em outras palavras, o que *você* quer fazer em vez do que Lauren quer fazer?

Meu irmão faz uma careta.

— Eu também não quero.

— Para com isso — eu tento convencê-lo. — Você pode sair uma tarde. Ou, quer saber, tudo bem, vamos ficar aqui um tempo e planejar alguma coisa épica pra de noite.

— Lauren também não quer sair à noite. Na última vez que nós saímos, pegaram no nosso pé, e ela não gostou.

— Você devia namorar alguém menos sensível — sugiro.

Sawyer cruza os braços sobre o peito e faz cara feia.

— Por que você não vai procurar alguém que se importe com a sua opinião?

— Por que você não vai procurar alguém com quem possa sair de casa?

— Vai se foder. — Ele recua e bate a porta na minha cara.

Bom trabalho, Easton. Você afastou todo mundo da sua casa.

Ella prefere o dever de casa a mim. Os gêmeos preferem a namorada mimada. Hartley me fez prometer não incomodar este fim de semana.

Então, apesar de ser ainda meio da tarde, só restou uma coisa pra fazer.

Uma visita ao armário de bebidas.

Capítulo 13

Estou bêbado, bêbado, bêbado. E, de alguma forma, ninguém na minha família idiota percebeu. Ella e meu pai saíram para a reunião com o promotor sem nem me darem uma porrada. Quer dizer, olhada. Só acenaram e saíram. Os gêmeos, não sei onde estão. Talvez lá em cima com Lauren. Tenho certeza de que um está abanando a garota enquanto o outro dá uvas na boquinha dela.

Eu nunca vou deixar uma garota mandar em mim assim. Principalmente Hartley Wright. Ela que se dane. Está com raiva de mim porque eu gosto de brigar? E daí? Homens brigam. Nós fazemos coisas idiotas. Ela não tem direito de me julgar.

Não consigo acreditar que ela não quer me ver este fim de semana. Eu achava que éramos amigos.

Ela é horrível.

Eu pulo do sofá e saio da sala de vídeo. Ando até o escritório do meu pai, onde tiro a vodca da prateleira de bebidas. Já acabei com todo o uísque dele. Mas duvido que ele repare.

Tomo um gole no gargalo e me sento na poltrona de couro do meu pai. Na mesa, há alguns documentos. Mexo neles sem atenção. Parece um relatório investigativo dos movimentos de Steve nos últimos meses. Steve buscando roupas na tinturaria. Steve em um bar de hotel. Steve, Steve, Steve. Muitas fotos do velho tio Steve, o assassino.

Eu sei que devia me sentir mal por Steve ter matado Brooke, mas não sinto. Ela era uma vaca tóxica. O que não gosto é que ele tentou fazer mal a Ella no processo. E não se entregou quando meu irmão foi preso.

Não foi Steve que tentou atribuir a confusão de Brooke a Reed, isso foi Dinah. Ela queria vingança contra os Royal, então, sussurrou no ouvido do promotor e até contratou uma garçonete para mentir e dizer que Reed ameaçou Brooke antes de ela morrer. Dinah fez tudo que pôde para destruir nossa família. E Steve deixou. Só ficou lá parado quando Reed foi jogado na prisão, e não confessou que era o verdadeiro assassino.

Isso é imperdoável.

E me deixa puto porque eu gosto de Steve. *Gostava.* Eu me corrijo. Passado. Não posso mais gostar dele. Não posso mais admirá-lo. Não posso desejar ser ele quando eu crescer.

E isso é fácil, porque planejo não crescer nunca. Ser adulto é um saco. Ser adulto exige que você finja se importar com alguém que não seja você. E isso quer dizer fazer merdas que você não quer fazer para deixar outra pessoa feliz.

E se eu não estiver feliz? Quem vai cuidar desse problema? Ninguém. Ninguém além de mim.

Viro mais vodca e ligo para Reed. O jogo dele já acabou. Queria saber se ele venceu. Provavelmente. O time dele é bom.

— O que tem de bom? — atende ele.

— Meu pau — brinco.

— Meu Deus, East.

— Desculpa. Ficar perto da Ella me deixa doido, sabe?

Reed inspira no telefone. Dou um sorriso e bebo mais um pouco.

— Quando você vai crescer?

— Por que eu ia querer isso?

— Porque você vai acabar irritando todo mundo que ama — diz ele secamente. — Pare com essa merda sobre a Ella. É desrespeitoso.

— E nós não queremos fazer nada que incomode a preciosa princesa, né?

— Qual é o seu problema? Por que você está em casa no sábado à noite?

— Ninguém quer brincar comigo. — Bom, não é verdade. Tem duas festas hoje, e três garotas mandaram *nudes* na última hora, mas estou bêbado demais e com preguiça demais para me mexer.

— E você está morrendo de tédio — avalia ele.

— Ah, olha como você ficou inteligente desde que foi pra faculdade.

— Você está com um humor do cão hoje. — Há uma pausa curta. — Quanto você bebeu?

Levanto a garrafa na direção da luz. Está pela metade.

— Não o suficiente. Qual é o plano pra semana que vem? Onde é seu jogo?

— Na Louisiana. A Ella vai assistir. Vai chegar lá na sexta à noite.

— Claro que vai. — Nem tento esconder a amargura da voz. *A Ella me beijou primeiro*, tenho vontade de gritar para ele. *Eu dei espaço pra você.*

— Nós não estamos tentando deixar você de fora. Por que você não vem depois do seu jogo? Ou sábado de manhã?

Odeio a gentileza no tom dele. Está tão óbvio que ele me acha patético.

— Foi mal, mano. Não vai rolar. Estou cheio de planos.

Eu desligo e jogo o celular na mesa. Começa a tocar dois segundos depois. O nome de Reed pisca na tela. Eu ignoro.

A garrafa chama meu nome. Tomo outro gole grande e espero o efeito chegar. Ultimamente, preciso de mais e mais goles para chegar ao ponto do entorpecimento confortável. As paredes do escritório do meu pai parecem estar se fechando. O ar lá dentro está pesado. Pego a garrafa e saio para o pátio.

Está escuro lá fora, mas nossa piscina tem luzes que deixam a água azul e sinistra. Olho por um tempo antes de seguir pelo caminho até o mar.

Ando pela praia e jogo algumas pedrinhas no mar. A amplidão me afeta. É silencioso demais e grande demais aqui, e sufocante demais dentro de casa.

Começo a andar e bebo enquanto ando.

Hartley burra. Ela me quer, eu sei que quer. Se não quisesse, não teria enfiado a língua na minha boca quando eu a beijei. Teria só dado um tapa na minha cara e me mandado nunca mais dar um beijo nela.

Ela está fingindo que não gosta de mim, e isso me intriga. E agora, tenho que fingir que somos só amigos, o que é idiota pra caralho. A Ella está certa: eu abriria mão da amizade de Hartley se fosse pra ficar com ela.

Não que eu queira ficar *junto*. Acho que seria divertido ficar com ela, só isso.

Mas estou cansado de correr atrás de uma pessoa que fica me mandando embora. Não é divertido.

— Oi, Easton.

Dou um pulo e vejo Felicity Worthington aparecendo como um gênio não requisitado. Eu me pergunto como posso enfiá-la de volta na lâmpada mágica cravejada de diamantes.

Ela acena balançando os dedos. Eu sufoco um tremor e a ignoro. Levo a garrafa aos lábios, mas só saem algumas gotas.

— É noite de sábado e você está sozinho?

— Estrelinha dourada pra você — digo com deboche. — Você é muito observadora.

Meu sarcasmo não a incomoda. Ela chega mais perto e tira a garrafa vazia da minha mão. Em seguida, segura meu pulso e me leva pelo caminho até a casa da piscina dela.

Vou com ela porque estou curioso para saber o que ela quer. Felicity flerta comigo, mas nunca passou a ideia de que quer ficar pelada. A bunda dela está coberta por uma saia cáqui lisa, e ela está usando uma camisa de gola branca imaculada com um colete rosa. A roupa não é muito diferente do uniforme da escola. Abotoada e sem graça foi como sempre a classifiquei.

— Você veio de uma reunião de simulação da ONU ou algo desse tipo? — pergunto.

Ela franze a testa.

— Não. Minha família e eu fomos jantar no *country club*. Por quê?

Essa gente faz o sem-graça parecer engraçado.

— Por nada.

— Senta aqui. — Ela aponta para uma cadeira azul acolchoada. — Espere. Não se mexa. Você está imundo.

Ela vai até um armário e pega uma toalha. Depois de colocar a toalha em cima de uma cadeira, ela faz sinal para eu sentar.

Olho para minha camiseta e minha calça jeans. Devo ter a camiseta desde meus quinze anos. Está meio apertada, meio gasta em algumas partes, mas é confortável e está limpa. Temos empregada, caramba. Minhas roupas são lavadas.

— Qual é o problema das minhas roupas? — rosno.

— Parece que você tirou a calça jeans do lixo.

— Do lixo? Sério? Essa calça me custou mil dólares. — É, eu gasto isso tudo com uma calça. Por que não? Eu posso.

— Isso não faz com que seja menos feia.

— Calças rasgadas estão na moda. Todo mundo usa.

— Isso aí não é calça rasgada. Está suja e velha. Falando sério, você parece um mendigo.

Não há bebida suficiente no mundo que pudesse me ajudar a aguentar isso, então me levanto e sigo para a porta.

— Obrigada pela crítica de moda que não pedi.

— Espera — diz ela com irritação. — Você não pode ir ainda. Tenho uma proposta pra você.

Como Felicity ainda não tirou a roupa, acho que não é uma proposta que vá fazer diferença pra mim.

— Você está com roupas demais para eu estar interessado.

— Que tal isso? — ela abre outro armário e pega uma garrafa de vodca.

— *Agora* estamos conversando. — Tento pegar a garrafa, mas ela tira do meu alcance. — Provocadora — eu acuso.

— Senta e lhe dou a garrafa.

Minhas opções incluem ir para casa e morrer de tédio ou tomar a bebida de Felicity e quem sabe transar.

Eu me sento.

Com um sorriso triunfante, ela me entrega a garrafa, que abro rapidamente e levo aos lábios.

Uma expressão de nojo surge no rosto dela.

— Não consigo acreditar que você é um Royal.

— Pode acreditar, gata.

— Está pronto pra ouvir minha proposta?

— Não sou muito bom ouvinte. — Abro um sorriso. — Por que você não me mostra logo o que tem e eu digo se estou interessado?

— Não vou mostrar nada — diz ela friamente. — A questão é a seguinte, Easton. Andei observando você a semana toda...

— Agora você me persegue?

— Olha quem fala — responde ela, revirando os olhos. — Você está atrás de Hartley Wright, apesar de estar óbvio que ela é desperdício do seu tempo.

— É? — Hartley é um monte de coisas. Irritante. Fresca. Gostosa pra cacete. Mas eu não a chamaria de desperdício de tempo.

— Claro que é. Ela é bonita e vem de uma família moderadamente boa, mas não é uma Royal. Se formos avaliá-la em uma escala de um a dez de importância, ela cairia em algum ponto entre o dois e o três.

— Minha escala de avaliação para pessoas costuma ser baseada no quanto quero trepar com elas.

Felicity me ignora.

— Sabe onde *você* fica na escala de importância?

— Não, mas tenho certeza de que você vai me dizer.

— Dez.

— Não acredito! — exclamo, fingindo surpresa.

Ela também ignora isso.

— Claro que sua história é escandalosa, mas você é atraente e tem dinheiro e a família do seu pai está aqui desde que este lugar era uma colônia, então, seu passado é perdoável.

— Obrigado pelo *feedback* positivo.

— De nada.

Ela não está sendo sarcástica. O que quer dizer que não entendeu o *meu* sarcasmo. Essa garota é esquisita.

Eu olho ao redor com inquietação e me pergunto pela milésima vez o que Hartley está fazendo que eu não podia fazer junto. Acho que está na hora de ir. Até a solidão do escritório do meu pai é mais atraente do que ouvir Felicity falar sobre ranking social. Talvez eu só passe pela casa de Hartley. Pra ver se ela está lá e precisa de ajuda.

— Agradeço sua avaliação de mim, Felicity, mas vou pra casa agora.

— Ainda não acabei.

— Você já gastou muito tempo avaliando meu status. — Dou um sorriso debochado para ela. — Quando você tem tempo de fazer dever de casa?

Ela funga.

— Eu não preciso fazer dever de casa. Crescer na vida não tem nada a ver com notas. Você, entre todas as pessoas, devia saber disso. — O tom dela é totalmente condescendente. — Crescer na vida tem a ver com contatos. A pessoa com os melhores contatos vai mais longe do que a pessoa com as melhores notas.

Infelizmente, ela está certa.

Tomo outro gole de vodca. Acho que, se eu beber esta garrafa inteira, não vai importar o que Felicity está dizendo. Não vou conseguir ouvir. Além do mais, ela parece saber mais sobre Hartley do que qualquer outra pessoa que encontrei, e isso mantém minha bunda na cadeira.

— O que mais você sabe sobre Hartley?

Os olhos de Felicity brilham. Se eu estivesse menos bêbado, talvez conseguisse interpretar a expressão dela, mas o rosto dela está ficando borrado. E a voz dela também está borrada. Vozes podem ficar borradas? Devem poder, porque a dela está.

— Ela saiu da escola três anos atrás e voltou este verão. Ela não anda nos nossos círculos.

— Você quer dizer que ela não é uma babaca metida como o resto de nós?

Mais uma vez, meu deboche passa despercebido. Felicity está cagando para mim e minha opinião. Ela acena com a mão de unhas feitas e diz:

— Vamos voltar para Hartley, tá? Primeiro, me diga o que você quer.

Estou começando a achar que o que ela quer *não* é que eu fique pelado. Droga. Um desperdício de noite, bem aqui.

— Sei lá. Mas seja rápida.

— Eu quero ficar no topo da Astor — diz ela secamente.

— Tem algumas maneiras de fazer isso. Opção número um: eu posso derrubar a Ella.

Eu me empertigo e meus ombros se contraem.

— Não vai rolar.

— Eu conseguiria facilmente, amorzinho. Por sorte, tem um jeito mais fácil. — Ela sorri e, desta vez, mesmo em meu estado embriagado, interpreto corretamente como um aviso.

— Por que estou com a sensação de que vou ser devorado vivo? — murmuro.

— Opção dois: se não dá para derrubar os Royal, você se junta a eles. O jeito mais fácil de eu chegar ao topo é estando com você.

— Eu não sou o único Royal por aí — digo enquanto me levanto. A ideia de ficar com Felicity me deixa com o estômago embrulhado.

— Não, obrigada. Não estou interessada nos joguinhos doentios que seus irmãos fazem.

— Opa — reajo rapidamente. Ninguém fala mal da minha família. — Não são doentios e não são jogos.

Felicity recua sabiamente.

— Desculpa. Você tem razão. Como parte da família Royal, eu não devia insultar os irmãos do meu namorado.

Dou uma risada debochada.

— Namorado?

— Sim. Eu quero sair com você.

— Por quê? Qual é seu problema? — Dou uma gargalhada bêbada da minha própria piada. Mas franzo a testa, porque acho que debochei de mim mesmo.

Ela aperta os lábios.

— Estamos no nosso último ano e quero ter alguns dos benefícios de sair com um Royal. Tipo voar para Washington para jantar ou passear de iate. Quero essas coisas. Quero que as garotas olhem para mim e sintam inveja. Quero estar na capa da *Southern Woman* com uma imagem de nós dois nos jardins da sua família.

— Garota gananciosa. Você quer muitas coisas. — Eu largo a garrafa de vodca na mesa. — Desculpa. Não estou interessado em ajudar.

— Espera! — Ela corre até a minha frente e segura meu braço antes de eu conseguir chegar à porta. — Você nem quer saber o que vou te dar em troca?

Eu me solto dela.

— Não quero nada de você, gata.

— Não, mas quer de Hartley Wright, não quer?

Isso prende minha atenção. Mais ou menos. Meus olhos estão com dificuldade de focar no rosto de Felicity. Ou em qualquer outra coisa, na verdade.

— O que isso tem a ver com Hartley?

— Depende. Você quer ficar com ela ou quer que ela seja sua namorada?

Eu dou uma risadinha.

— Eu não tenho namoradas.

Não, espera, eu já tive namorada.

Tive Claire, não é?

Mas deixei de gostar de Claire depois de um tempo.

Só que Hartley não é Claire.

Será que eu *quero* uma namorada?

Droga, minha cabeça está girando. Não consigo seguir um único fio de pensamento. Todos passam pela minha cabeça como filetes de fumaça.

Parecendo um pouco aliviada, Felicity assente.

— Foi o que pensei. Tudo bem, então você quer dormir com Hartley. Mas ela não quer você.

— Ei — protesto. — Isso é uma coisa horrível de dizer. Você é uma vaca.

Felicity revira os olhos.

— Desculpa, mas é verdade. Já falei que ando de olho em você. Aquela garota não quer nada com você. Mas…

Meus ouvidos ficam alertas. *Mas.* Eu gosto de mas.

— Se você sair comigo, fica indisponível na mesma hora, e as garotas sempre querem o que não podem ter. Hartley vai ficar com tanto ciúme de ver você com outra pessoa que vai começar a se jogar em cima de você. Confia em mim.

Não sei se posso associar a palavra *confiar* com Felicity, mas ela não está totalmente errada. Nós todos queremos o inatingível. O proibido. Não foi por isso que me meti com a professora Mann?

— Além do mais — continua Felicity —, há outros benefícios. Ao sair comigo, você pode ir aos bailes e eventos do *country club*, mas sem expectativas. Se você convidar outra garota, ela vai achar que você gosta dela. Mas eu não quero transar com você, e você pode transar com qualquer pessoa que queira desde que não seja da Astor. — Ela vê minha testa franzida e acrescenta rapidamente: — Menos Hartley. Você pode transar com ela, uma vez ou alguma coisa do tipo. Você disse que vai ser só um caso. Então, pode fazer isso, de preferência, secretamente. Mas, se alguém descobrir, vou admitir que você me traiu com Hartley, mas que eu perdoei e nosso relacionamento está mais forte do que nunca.

— Você está dizendo que quer um relacionamento falso e que posso deixar Hartley com ciúme e ficar com ela, mas só se for escondido. — Acho que estou bêbado demais para esta conversa. Mas gosto da ideia de deixar Hartley com ciúme. De fazer com que ela corra atrás de *mim*.

— É um relacionamento de negócios. Eu faço uma coisa pra você e você faz uma coisa pra mim. Ninguém sai prejudicado.

Ninguém sai prejudicado. Gosto disso. É praticamente meu lema. Viva sua melhor vida sem prejudicar ninguém. Eu aperto os olhos, porque o rosto dela está enevoado de novo.

— Tá.

— Tá? — A voz dela carrega um tom de surpresa.

— É, tá — eu digo com voz arrastada. — Vamos deixar Hartley com ciúme. Adorei essa ideia.

Felicity parece meio frustrada.

— Esse não é o único propósito de...

— Boa noite — digo quando abro a porta. Ou, pelo menos, quando *tento* abrir a porta. Preciso de três tentativas para que se mova. — Obrigado pela vodca! — grito por cima do ombro, depois cambaleio para fora da casa da piscina.

Capítulo 14

Apesar de uma ressaca absurda que me deixou prostrado o domingo todo, não me atraso para o treino na manhã de segunda. Viva eu. A maior parte do tempo é usada tentando fazer Bran correr rapidamente em direção ao nosso ataque espalhado. Ele aprende rápido e tem bons instintos de campo. Só consigo pegá-lo uma vez durante o exercício completo de fim de treino. Como não posso derrubá-lo sem todos os treinadores nas laterais me darem esporro, dou um abraço de aviso e o empurro para o lado.

— Até que não foi ruim, Mathis — digo para ele.

— Só estou feliz de não ter que enfrentar você este ano — diz ele, batendo no colete vermelho que o designa como intocável. Os jogadores da defesa não podem tocar no *quarterback* quando ele está usando vermelho.

— Ainda tem Carson Dunn da North e TJ Price da Gibson High — eu aviso.

— Ah, eu sei. Mas você é o melhor da defesa na liga neste ano. Você faz os *quarterbacks* terem pesadelo, sabe. — Ele me dá um tapa no ombro. — Quando me contundi no ano passado, a primeira coisa que meus colegas disseram foi que fiz de propósito; assim não precisaria fugir dos irmãos Royal.

A melancolia na voz quando ele fala da antiga escola é óbvia.

— Está sentindo falta dos caras de lá, né? — digo, solidário.

— É. — Ele inclina a cabeça para trás como faz um homem que está tentando esconder as emoções. — Tinha uns caras legais lá. Mas a gente faz sacrifícios pelo futuro, certo?

— Eu, não — comento secamente.

Ele baixa o queixo, e um sorriso pesaroso curva os cantos de sua boca.

— É, eu ouvi isso sobre você. Imagino que, quando estiver na faculdade, possa tentar parar de me preocupar com o que meus pais pensam.

Ele me dá outro tapa no ombro e corre para o vestiário. Vou atrás, mas em um ritmo bem mais devagar. Não estou com pressa de ir à aula hoje. Principalmente porque não consigo decidir que aulas fazer, as minhas ou as de Hartley. Acho que vou assistir às minhas hoje. Tenho sala de estudos no primeiro tempo, enquanto Hartley tem pensamento feminista. Ter sala de estudos quer dizer que posso dormir.

E, não, não esqueço que dormi o dia todo ontem. Sei que, se Ella não tivesse ido até a State visitar Reed, teria me dado um sermão enorme sobre minha bebedeira estar fugindo ao meu controle.

Ela estaria certa. Não consigo me lembrar de nada sobre a noite de sábado além de que bebi metade de uma loja de bebidas e andei bêbado pela praia. Mas tenho a impressão de que transei... Talvez? Não deve ter sido muito bom se não lembro.

Depois de tomar banho, vou para a sala de estudo. Na minha frente, Bran está correndo para algum lugar, chamando a atenção faminta de mais de uma garota. As meninas da Astor não são muito melhores do que os meninos. Estão comendo o novato com os olhos. Bran pode sentir falta da antiga escola, mas vai haver muitas formas de ele encontrar consolo aqui na Astor Park Prep.

Como está correndo, acaba esbarrando em uma pobre aluna. Ela cai para trás e o cabelo preto voa.

Ah, merda. É Hartley.

Eu corro, mas é Bran quem a pega antes que ela bata no chão. Ele a ajuda a ficar de pé, e Hartley, a garota com cara feia o tempo todo, sorri para ele. E eles começam a conversar.

Por que ela é sempre tão legal com ele?

— Ei, East, aonde você vai? — grita Pash para mim da porta da sala.

— Vou pra aula.

— Aqui é sua aula — ele aponta. — A gente tem sala de estudo.

— Que nada. — Mudança de planos.

Quando chego à sala de aula de Hartley, está cheia. Vou até o cara sentado ao lado dela e digo:

— Sai.

Ele se levanta. Hartley finge não reparar em nada disso. O olhar dela está grudado na frente.

— Sobre o que você e Bran estavam conversando? — pergunto.

— Como isso é da sua conta? — responde ela sem olhar para mim.

Eu trinco os dentes.

— Ué, você virou caçadora de atletas agora?

— É sério? — Ela parece estupefata. — Você tem problemas, Easton.

Sim, tenho. Muitos. E um deles é que não quero ser *amigo* dela.

— Você ainda está com raiva de mim? — digo de repente.

Alguma coisa na linguagem corporal dela relaxa. Ela olha para mim, vê minha expressão e suspira baixinho.

— Argh. Você parece uma criancinha, sabia?

Estou quase fazendo um comentário espertinho sobre ser todo homem, mas ela continua antes de mim.

— Você fica com uma expressão de garotinho culpado quando sabe que irritou alguém.

— Então, você ainda está com raiva de mim — concluo, chateado.

Ela não responde.

— Mas você disse que a gente ia conversar na segunda — eu lembro a ela.

Hartley levanta uma sobrancelha escura.

— Nós não estamos conversando?

— Estamos. Mas… — Estou estranhamente enrolado. — É que…

Antes que eu possa dizer mais uma palavra, Felicity Worthington aparece na frente da minha mesa. Em seguida, para minha total surpresa, se inclina e me beija nos lábios.

— Bom dia, querido.

Olho para ela, boquiaberto.

— O quê? — digo estupidamente. Por que essa garota está me beijando?

— Bom dia — repete Felicity, e olha para Hartley. — Bom dia. É Hartley, né?

Hartley parece tão confusa quanto me sinto.

— Bom dia — diz ela, distraída.

— Senhorita Worthington — diz a professora na frente da sala. — Tem algum motivo para você estar na minha sala de aula? De acordo com minha lista, você não está nesta turma. Na verdade, nem você, senhor Royal.

— Claro que estou — respondo, e ela cala a boca, porque nós dois sabemos que não vou sair.

Enquanto isso, Felicity abre um sorriso largo para a mulher.

— Eu sei, professora Ratcliff. Só vim dizer bom-dia pro meu namorado.

Um ruído coletivo de surpresa vem das garotas da sala.

— Já estou de saída! — Felicity me dá outro beijo rápido nos lábios e sai.

Caramba. O que está acontecendo?

— Você e Felicity estão juntos?! — Nora Hernandez está praticamente salivando quando se vira na cadeira na minha frente.

Estou a meio segundo de dizer *porra, não*, quando reparo os lábios de Hartley ligeiramente franzidos. Isso me faz parar. Ela está com ciúme de eu estar com Felicity?

Espera. Jesus. Eu não estou com Felicity. Só de pensar fico com vontade de vomitar.

— De jeito nenhum — respondo para Nora, e escondo um sorriso quando vejo os ombros de Hartley relaxarem. A ideia de eu estar com Felicity a incomodou, *sim*. Rá.

Durante a aula, ela só presta atenção à professora, e depois sai sem dizer nada. Corro atrás dela, mas sou parado quando uma mão segura meu blazer.

É Felicity.

— Vamos ao Basil's hoje. — O tom de ordem dela me irrita.

Eu a encaro.

— Por quê?

— Porque é um bom restaurante e eu quero ir.

Eu continuo encarando-a.

— Felicity.

— O quê, querido?

— O que você acha que está acontecendo agora?

A expressão dela é tomada por confusão.

— O que você quer dizer?

— Porra, por que eu sairia com você hoje e por que você está me chamando de namorado... — Eu paro abruptamente.

As lembranças de sábado desabam em cima de mim como uma onda gigante.

Eu andando pela areia, mais bêbado do que qualquer bêbado pode estar. Felicity aparecendo na minha frente e me arrastando até a casa da piscina. Fiquei um tempo lá e, apesar de não conseguir me recordar de todos os detalhes da conversa, me lembro dos importantes.

Que aceitei fingir um relacionamento para poder deixar Hartley com ciúme.

Merda.

Merda, merda, *merda*.

— Nós fizemos um acordo — diz Felicity em voz baixa, alheia ao meu pânico crescente. — E fiz questão de beijar você com Hartley olhando.

Cristo. Eu preciso parar de beber. *Preciso*.

— Hum. — Engulo em seco. — Olha, Felicity.

Ela aperta os olhos azuis.

— Esse acordo... — Droga, isso é estupidamente desconfortável. Reparo em vários garotos nos olhando enquanto levo Felicity na direção de uma fileira de armários, para longe do movimento do corredor. — Eu estava bêbado quando aceitei.

— Ah, jura? — O tom dela vem carregado de sarcasmo.

— Tipo, muito, muito bêbado. De ter amnésia — acrescento, porque é verdade. Eu acordei na manhã de domingo sem lembrança nenhuma de ter visto Felicity, e menos ainda de ter dito que seria namorado dela. — Então, há, pois é... o que eu disse que faria... vou ter que dar pra trás.

Ela repuxa os lábios e observa meu rosto arrependido.

— Não — responde.

Eu contraio os ombros.

— O que você quer dizer com não?

— Eu quero dizer que não. Você não vai dar pra trás. — Ela fecha os dedos no meu antebraço e me olha com fogo no olhar. — Nós fizemos um acordo, e já mandei minhas meninas espalharem o boato de que estamos juntos. É tarde demais.

A raiva sobe pela minha coluna.

— Então, desespalhe — ordeno. — Porque nós não estamos juntos.

— Estamos, sim — argumenta ela, como uma menina de cinco anos. As unhas afundam na manga da minha camisa. — Não me deixe irritada, Easton. Você não quer *mesmo* me ver com raiva.

Por quê? Ela vira o Hulk e abre buraco na parede com soco? Não tenho oportunidade de perguntar, porque Felicity sai andando e me deixa só olhando com consternação.

O boato se espalha rápido. Felicity e as "meninas" dela não perdem tempo em contar para todo mundo na Astor Park que estamos namorando. Cada vez que tento corrigir algum idiota ignorante que toca no assunto, ele sorri ou dá um tapinha nas minhas costas e diz: "Claro, Royal". Não sei o que Felicity está dizendo, mas ninguém acredita em mim quando insisto que não estamos juntos.

Por sorte, as únicas pessoas que importam são Ella, os gêmeos, Val e Hartley. Os primeiros quatro morrem de rir quando me junto a eles no almoço. Mas Hartley desaparece de novo. Fica ausente por todas as nossas aulas da tarde. E digo *nossas* porque desisti de assistir às minhas próprias.

Na verdade, depois do último sinal, vou à secretaria e faço um pedido oficial para mudar meu horário.

— Vou passar isso para o diretor — diz o senhor Miller, meu orientador.

— Obrigado.

Ele dá um sorriso seco.

— E se o diretor Beringer negar o pedido?

Eu dou de ombros.

— Vou continuar indo às aulas mesmo assim. Nenhum dos professores se importa de eu estar lá.

O senhor Miller balança a cabeça para si mesmo enquanto eu vou até a porta.

— Esta escola — murmura ele baixinho.

É. Esta escola. É um lugar ferrado onde os alunos dão o show e os professores relaxam e assistem, completamente impotentes. Alunos ricos são uns babacas.

Mando uma mensagem de texto para Hartley na saída. *Vc faltou às aulas da tarde. Foi chamada pra trabalhar?*

Para minha surpresa, ela responde na mesma hora. *É. Pode me fazer um favor?*

Dou um sorriso para a tela.

Claro que topo fazer sexo com vc

Há uma breve pausa.

Esquece

Merda. *Foi mal! Já falei, é natural. De que vc precisa, Har-Har?*

Anotações de lit britânica, se vc tiver

Fiz um monte. Nem pisco enquanto digito a mentira, mas me lembro da aula e vou ter o caderno pronto para ela quando ela terminar. *Que horas vc sai? Posso ir levar na sua casa quando vc terminar*

Vc se importa de deixar aqui? Assim posso fazer o dever nos intervalos

Aparece um mapinha; ela me mandou a localização dela. HUNGRY SPOON DINER, na East 14th Street.

Tudo bem, digito, e sinto um orgulho imenso de mim por ser um amigo tão bom e útil. *Passo aí em uma hora. Tenho que deixar Pash em casa primeiro*

Valeu, E

Legal. Ela me chamou de "E". Progresso!

Guardo o celular no bolso e atravesso o estacionamento na direção da minha picape, onde Pash já está esperando. Estou bancando o chofer porque o carro dele está na oficina há duas semanas; ele deu perda total apostando corrida na estrada sinuosa e apavorante pra caralho que acompanha o litoral. Por sorte, não caiu do penhasco, mas quem sou eu pra julgar. Pash tem um vício: rachas ilegais. Eu tenho um milhão.

— E aí — diz ele.

— E aí. — Eu destranco as portas da picape e nós nos sentamos. Jogo o celular no porta-copos e ligo o motor.

Durante o trajeto de quinze minutos, meu celular apita umas dez vezes, o que faz Pash finalmente pegá-lo.

— Cara. Felicity Worthington mandou umas cinco bilhões de mensagens. — Ele ri de alguma coisa na tela. — Ela quer que você use gravata pra jantar hoje. Você vai jantar com ela?

Ele fala isso do jeito que perguntaria se o amigo fosse se sentar com uma cobra.

— Porra. Não. — Eu trinco os dentes e me concentro na rua. — Pode escrever uma mensagem pra mim?

— Claro. O que você quer que eu escreva?

— Diga *Nós NÃO vamos sair*. O *não* em maiúsculas.

Pash ri alto.

— Pesado, mano.

— Ser legal não funciona com essa garota. — Boto a seta e viro o carro para a esquerda, na direção da rua arborizada de Pash.

— Por que ela acha que vocês vão sair? — pergunta ele, digitando distraidamente no meu celular.

— Porque ela pediu, e eu disse sim quando estava bêbado.

Ele ri de novo.

— Você está ferrado.

— Valeu pelo apoio.

— Só estou dizendo a verdade. Pronto. Enviada. — O celular apita na mão dele antes que ele possa guardá-lo. — Ela respondeu com *acordo é acordo*.

Dou um gemido de frustração.

— Não responde.

— E como você vai sair desse enrosco?

Olho e o vejo segurando outra gargalhada.

— Não faço ideia — admito. Felicity é uma força da natureza. E meio psicopata, estou começando a pensar. — Vou pensar em alguma coisa.

Chego ao final da longa entrada até a casa dele e paro o carro em frente à mansão Bhara.

— Vejo você no treino amanhã. — Não ofereço para buscá-lo, pois nunca sou pontual. Mas o pai o leva antes do trabalho, então, tudo bem.

Nós batemos os punhos e Pash sai do carro.

— Até mais, East.

— Até.

Dou meia-volta e saio pelo caminho por onde entrei, só que, em vez de pegar o caminho da rua de casa, pego a que leva à cidade. Paro em um estacionamento vazio, pego minha caneta, meu celular e um caderno e começo a trabalhar. Um ano atrás, comecei a gravar as aulas no celular. Ajuda na hora da prova se eu conseguir me convencer de que vale a pena estudar para aquela matéria. Admito que só faço o mínimo. C é nota suficiente para passar, como já falei para o meu pai um milhão de vezes.

Mas tomo cuidado especial com essas anotações. Porque, para Hartley, C provavelmente é uma nota ruim. Quando termino, guardo tudo e vou procurar minha garota.

O Hungry Spoon Diner fica em um pequeno centro comercial, ao lado de um Goodwill e de um mercado. O letreiro de néon declara que está aberto.

Pego o caderno e entro. O lugar tem algumas fileiras de mesas no estilo anos 1950: com laterais cromadas e tampos brilhantes e coloridos. No centro, fica um balcão grande em forma de U. Não tem muita gente, mas isso não é surpresa, considerando que não são nem cinco horas de um dia de semana. Procuro Hartley, mas só vejo uma garçonete, usando o mesmo uniforme preto e branco que Hartley estava usando na noite em que levei jantar pra ela.

Eu franzo a testa e olho para os compartimentos quase vazios, e é nessa hora que a vejo. Bem, vejo a parte de trás da cabeça dela. Ela está sentada no compartimento mais distante, de costas para mim. E não está sozinha.

— Pode se sentar onde quiser — diz a outra garçonete depois de me cumprimentar.

— Ah. Tudo bem. Obrigada.

— Já levo o cardápio.

Eu faço que sim e ando na direção dos compartimentos de trás. Não me sento ao lado de Hartley, mas dois compartimentos depois. Longe o bastante para a outra pessoa não poder me ver, mas perto o bastante para ouvir o que Hartley está dizendo.

E o que ela diz tira todo o ar dos meus pulmões.

Com voz trêmula de desespero, Hartley suplica:

— Eu quero ir pra casa.

Capítulo 15

— Você sabe que não depende de mim.

Aperto bem os lábios para não interromper. A mulher é irmã de Hartley, eu acho. Eu a reconheço do artigo, mas não lembro o nome. Ela é muito parecida com Hartley, só que o cabelo preto está cortado acima dos ombros com franja, enquanto o de Hartley parece uma cortina de seda até o meio das costas.

— Não, mas você é a mais velha — diz Hartley com voz trêmula. — Você é a favorita deles, Parker. O papai escuta você.

— Não mais — responde Parker. A voz dela parece tensa. — Agora, ele anda por aí como se fosse o rei Lear, esperando que todas as filhas o traiam. Deus, eu nem devia estar aqui, Hart. Estou arriscando muita coisa.

— É mesmo? — Não consigo ver o rosto de Hartley, mas, pela forma como o tom dela fica frio, imagino que a expressão esteja igualmente gélida. — O que exatamente você está arriscando, Parker? Você nem mora mais lá. Tem marido e dois filhos e…

— E um fundo fiduciário que paga a escola particular dos meus filhos e a casa onde minha família mora. Se papai descobrir que vi você…

Hartley faz um ruído de consternação no fundo da garganta.

— Ninguém vai descobrir.

— Você não sabe se vai. Ele tem espiões em toda parte.

Eu franzo a testa. O pai de Hartley é só um assistente de promotor público, mas a irmã dela está fazendo parecer que é um chefe da máfia ou alguma outra merda assim. Cara. O que aconteceu entre Hartley e o pai? Está cada vez mais parecendo que ela foi expulsa de casa, mas por quê?

— Quer beber alguma coisa? Café? Água? — A garçonete interrompe minha xeretice.

— Ah, claro — resmungo, mantendo a voz o mais baixo possível. — Água está ótimo. Obrigado.

— Já teve tempo de olhar o cardápio? — pergunta ela.

— Sinto tanta saudade de vocês — diz Hartley, parecendo arrasada.

A frustração cresce enquanto tento me concentrar nas duas conversas ao mesmo tempo.

— Ainda não. Preciso de mais tempo.

— Tudo bem. Já volto com sua água e para anotar seu pedido.

Ela sai andando, e consigo pegar o final da frase de Parker.

— ... poderia mudar sua situação a qualquer momento. Só peça desculpas para ele e diga que exagerou, implore pelo perdão dele.

— Eu *não* exagerei — diz Hartley com rispidez. — O que ele faz é errado e vai acabar sendo descoberto um dia. Esse tipo de coisa sempre é. Encobrir assim vai acabar sendo pior para nós.

— Você acha que nossa família é a única suja? — sibila Parker. — O dinheiro de todo mundo é sujo. Você devia ter ficado de boca calada.

— Então, o que você acha disto?

Não tenho ideia do que é "isto", porque não consigo ver Hartley, mas os olhos cinzentos de Parker se enchem de dor.

— Não sei mais no que acreditar.

— Você está de brincadeira? Você *viu* o que... — Hartley para. A cabeça pende para a frente e ela respira fundo. — Quer saber? Não ligo de ser expulsa de casa e de não ter dinheiro. Não ligo pra nada disso. Só me importo com a mamãe e a nossa irmã. Quero que fiquemos juntas.

— Então, você precisa perdoar e seguir em frente — implora Parker. — Ficar insistindo nisso, transformando em espetáculo, só está magoando a família. Faça a coisa certa.

— Estou tentando! — grita Hartley, e rapidamente baixa a voz. — Por que você acha que eu voltei? Estou tentando fazer o certo, mas você não pode ser vista comigo. Mamãe não quer falar comigo. Não falo com... — A voz dela falha e ela para.

Minhas entranhas estão se revirando. Ela está muito chateada. Parker se levanta.

— Me desculpa, Hart. Eu tenho que ir.

A mão de Hartley agarra o pulso da irmã.

— Você pode pelo menos falar com a mamãe por mim?

— Já falei, incontáveis vezes. Ela não me escuta — diz Parker com frustração.

— Então, por favor, você *tem* que falar com o papai.

— Não posso.

— Por quê? — Hartley parece com raiva agora. — Miles ganha um bom dinheiro. Você precisa mesmo do outro dinheiro?

Parker solta o pulso.

— Eu achei que você amasse sua sobrinha e seu sobrinho. Você sabe quanto eles são caros? São dois mil por mês para o pônei da Macy ser cuidado, e cinco mil pelas aulas de violino do Dawson. Não posso sacrificar o futuro deles por você, Hartley. Não me peça isso. Não seja egoísta. Se você não liga para sua sobrinha e seu sobrinho, então, pelo menos, pense na nossa irmãzinha. Ela não sobreviveria em um colégio interno. É frágil demais.

Hartley faz um som engasgado que perfura minhas entranhas, mas Parker não se deixa afetar. Sai andando da lanchonete sem nem olhar para trás.

Quero ir até Hartley e colocar o braço em volta dela, mas acho que isso seria tão bem recebido quanto derramar lava quente na cabeça dela. Além do mais, ela encheria meu saco por xeretar. Então, eu me encolho no compartimento e baixo a cabeça o máximo possível. Eu a escuto se levantar atrás de mim.

— Jess, tudo bem se eu tirar mais cinco minutos? Preciso de ar.

— Tudo bem, querida. Está um deserto aqui. Leve o tempo que precisar.

Passos soam a caminho não da porta, mas dos fundos da lanchonete. Acho que tem outra saída por lá.

— Aqui está. — Minha garçonete volta com um copo d'água. — Está pronto para pedir?

— Na verdade, eu tenho que ir. — Eu mostro o celular e o caderno, como se os dois objetos oferecessem respostas para o problema misterioso que me obriga a ir embora.

Ela só dá de ombros, provavelmente, porque recebe pagamento se me servir ou não. Ela não está trabalhando à base de comissão por cada torta de maçã.

— Fique à vontade, querido.

Jogo uma nota de vinte na mesa e saio do compartimento.

— Fica com o troco — digo, virando a cabeça para trás.

Do lado de fora, espero uns vinte segundos e vou até a lateral do prédio, na direção do que suponho que seja o beco dos fundos.

É lá que encontro Hartley, sentada em uma caixa de leite, a cabeça escura abaixada, os ombros tremendo.

Ela está chorando.

Porra. O que eu devo fazer?

Sair correndo antes de ela me ver não parece certo, mas não sou bom nessa coisa de consolar pessoas. Além do mais, Hartley não vai me deixar consolá-la. Eu a irrito muito.

Na verdade... essa é a resposta. Posso não conseguir passar o braço em volta dela e acariciar o cabelo dela e prometer a ela que tudo vai ficar bem (como posso saber se vai ficar?), mas tem um jeito certo de fazer as lágrimas desaparecerem.

Com um sorriso, eu me aproximo, fazendo meus passos soarem bem altos para ela saber que estou chegando.

— Não tema, com Easton não há problema!

Ela vira a cabeça na minha direção.

Tenho só um vislumbre dos olhos brilhando antes de as mãos subirem rapidamente para secá-los. Ela projeta o queixo e lança uma resposta ácida.

— Não tema? É a coisa mais apavorante que já ouvi.

Chego nela e mostro o caderno.

— Ora, não vá morder a mão que alimenta você com as anotações de literatura britânica — aviso, o tempo todo fingindo não ter visto as lágrimas.

Mas ela se recuperou. Os olhos estão vermelhos, mas estão secos agora.

— Obrigada. — A voz está carregada de sinceridade quando ela aceita meu caderno.

Puxo outra caixa de leite e me sento.

— Ainda tem tempo nesse intervalo? Tenho uma parada muito louca pra contar.

Ela prende uma mecha de cabelo atrás da orelha.

— A gente tem tempo, sim. Não tem ninguém na lanchonete.

— É por isso que você parece desanimada? — digo com leveza na voz. — Porque está sentindo falta das gorjetas?

— Eu não estou desanimada.

Nós dois sabemos que ela está mentindo, mas fico de boca calada. Não quero forçar a barra para que ela me conte sobre a cena com a irmã. Quero que ela tenha confiança de me contar as coisas porque quer.

Finjo que estou pensando.

— Ah, merda. Já sei o que é. Você estava pensando que gosta de mim e que está arrasada por ter estragado sua chance comigo.

Uma gargalhada escapa pelos lábios dela.

— Eu estraguei minha chance com *você*? Hum, tenho quase certeza de que foi o contrário.

— Gata, eu não estraguei nada. — Pisco para ela. — Você está a fim de mim. Só preciso estalar os dedos e a gente já vai estar se pegando no seu sofá hoje à noite.

— Rá. Eu prefiro me pegar com aquele poste ali. — Ela aponta para o poste na entrada do beco.

— Que nojento. Sabe quantas mãos sujas tocaram naquele poste?

— Provavelmente a mesma quantidade que tocou no seu. — Ela abre um sorriso largo, com orgulho da resposta.

— Boa. — Rindo, eu levanto a mão para um *high five*.

Depois de um momento, ela se inclina e bate a palma da mão na minha.

Os olhos dela não estão mais brilhando, e os ombros estão quase totalmente relaxados. Dou uma espiada no perfil dela. O ângulo suave da maçã do rosto, o lábio inferior carnudo, a orelha. É uma orelha muito fofa.

— E qual é a história maluca que você tem pra me contar? — pergunta ela.

Eu solto um gemido alto.

— Ah, Deus, você nem vai querer saber. É horrível.

Ela parece achar graça.

— Oh-oh. O que você fez?

— Quem disse que eu fiz alguma coisa? — protesto.

— Hum, eu. — Ela levanta uma sobrancelha em desafio. — E aí, o que você fez?

Solto um suspiro grande.

— Bebi a ponto de ter amnésia e falei pra Felicity que topava ser o namorado falso dela.

Um silêncio cresce entre nós.

E Hartley cai na gargalhada.

— O quê? *Por quê?*

— Por que eu aceitei ou por que ela quer um namorado de mentira?

— Por que qualquer uma dessas coisas!

— Bom, ela quer andar pendurada num Royal pra poder subir a escada social e me exibir nas festas.

— Claro — diz Hartley, assentindo como se fizesse sentido. — E você aceitou porque…?

— Você não ouviu a parte em que bebi de ter amnésia? Eu faço coisas burras quando encho a cara, Har-Har.

Ela se encolhe, ainda rindo.

— Ah, Deus, Easton. Você é impagável.

— Eu poderia ter dito isso.

— E o que você vai fazer? — pergunta ela entre risadinhas, e fico feliz de ver todos os traços de tristeza sumirem do rosto bonito. — Não vai bancar o namorado dela, vai?

— Ah, não. Já avisei que não vai rolar. — Eu mordo o lábio. — Mas ela não quer me deixar recuar. Disse que acordo é acordo.

Hartley ri.

Eu balanço a mão.

— Não importa. Vou dar um jeito de dar o pé na bunda dela. Não se pode *obrigar* alguém a namorar, né?

— Era de se pensar que não — diz Hartley com alegria. — Mas Felicity Worthington parece… tenaz.

— Acho que a palavra que você está procurando é *maluca*.

— Que nada. Maluca, não. Só uma vaca rica que sabe o que quer.

E o que ela quer sou eu. Cristo.

— Estou com medo, Har-Har. Me abraça.

Isso gera outra risada.

Ficamos em silêncio por um momento. É estranhamente confortável; normalmente, eu odeio silêncio. Me deixa agitado e ansioso e eu acabo falando sem parar. Mas agora, só fico sentado do lado de Hartley e admiro o perfil dela de novo.

Estou doido pra perguntar sobre a irmã dela, mas não posso. Não é porque estou curioso pra cacete sobre a conversa na lanchonete que posso enfiar o nariz onde não sou chamado. Tenho força de vontade...

— Eu vi você com a sua irmã — digo de repente.

Isso é que é força de vontade.

A linguagem corporal de Hartley volta a ficar rígida e distante.

— O quê?

— Eu cheguei quando vocês estavam sentadas no compartimento — confesso. — Fiquei sentado lá perto escutando.

— Você... escutou? — Lentamente, a fúria surge nas duas palavras. E ela explode. — O que você tem na cabeça, Easton?!

— Desculpa. Não foi de propósito — respondo na defensiva. — Eu só não queria interromper.

Hartley contrai o maxilar.

— Você devia ter deixado claro que estava ali.

— Desculpa — repito.

Desta vez, o silêncio que se espalha está *carregado* de constrangimento.

— Então, você foi expulsa por seus pais?

Ela vira a cabeça para mim, com um olhar fuzilante que me faz tremer.

— Pelo menos, foi essa a impressão que tive pelo que ouvi. O que aconteceu? Você foi pega cheirando coca, por acaso? Tentaram mandá-la pra reabilitação? — Puta merda, por que eu ainda estou falando? Ela não quer conversar comigo sobre isso. Mas o filtro do cérebro até a boca não está funcionando. Raramente funciona.

— Nenhuma das anteriores — murmura ela.

— Tudo bem. Então... o quê?

— Meu pai e eu tivemos um desentendimento — responde ela, enigmática.

Eu quero saber mais. *Preciso* saber. Mas Hartley é muito defensiva. Não posso perguntar mais nada sem que ela fique apavorada.

Na verdade, ela até que me lembra Ella. Quando chegou à cidade, arrancar detalhes dela era quase impossível. Ela acabou baixando as defesas quando percebeu que não queríamos nada dela. Ou melhor, que *eu* não queria.

Essa foi outra coisa que consegui antes de Reed: que Ella conversasse comigo sobre seus dias de *stripper* antes de conversar com Reed. Não sei por que ela fez isso. Será... que foi porque Ella nunca me viu como ameaça?

Batuco com os dedos nos joelhos quando a ficha cai. Mal tenho tempo de analisá-la e já tenho outra.

Hartley me vê como ameaça. É por isso que está sempre na defensiva.

De repente, penso no jeito como ela falou com Bran Mathis, toda sorrisos e sem hostilidade. Por quê? Acho que foi porque... porque ele não fez piada sobre querer ir pra cama como eu fiz? Não, como *ainda* faço. Eu prometi que ia parar de dar em cima dela, que seria um bom amigo platônico, mas, história da minha vida, não cumpri minha promessa.

Eu sou um babaca.

— Olha, se você quiser, eu posso entrar e relaxar em uma das mesas enquanto você trabalha, fazer perguntas sobre literatura britânica sempre que o movimento diminuir — eu ofereço.

Hartley parece sobressaltada.

— Espera, o quê?

— Eu perguntei se você quer que eu faça perguntas...

— Não, eu ouvi — interrompe ela. — Só não entendi... Você não vai perguntar sobre meu pai?

— Não.

Ela arregala os olhos, mas os aperta quase imediatamente.

— Por quê?

— Porque não é da minha conta. Se você quiser me contar sobre seu desentendimento com seu pai ou o que quer que tenha sido, vai me contar. — Dou de ombros. — Amigos não obrigam o outro a falar. — Não tem nenhum tom falso nessas sete palavras, porque cheguei a algumas outras conclusões durante esta breve conversa.

Hartley não vai dormir comigo. Ela sente atração por mim, eu sei que sente, mas não vai fazer nada. Ela tem uma coisa que todo mundo diz que eu devia aprender: autocontrole. Ela não vai subir na cama comigo nem entrar no banco de trás da minha picape, nem vai pra debaixo da arquibancada, e está na hora de eu aceitar isso.

Mas eu gosto dela. Não quero parar de falar com ela. Não quero que ela se sinta ameaçada por mim.

Então... para Hartley parar de me ver como ameaça, eu tenho que começar a tratá-la como uma coisa diferente de alguém que eu quero pegar.

Preciso tratá-la como *amiga*. Uma amiga de verdade, do tipo que se importa com o outro e do tipo com quem não preciso ficar pelado.

— Estou falando sério — digo com voz rouca. — Estou aqui se e quando você estiver pronta pra conversar. Até lá, podemos falar sobre outras coisas. Combinado?

A expressão pensativa fica no rosto dela por bastante tempo. Finalmente, ela abre a boca e murmura:

— Combinado.

Capítulo 16

— Você mudou mesmo seu horário *todo*? — pergunta Ella na manhã seguinte.

Eu fecho o armário e me viro para sorrir para ela.

— Não. Ainda estou na aula de cálculo.

Ela me olha, boquiaberta.

— Mas todas as suas outras aulas estão diferentes?

— Praticamente.

— E Beringer *aprovou* isso?

— Aprovou.

— Ele estava usando crack?

— Provavelmente.

Ela arranca o papel com meu novo horário da minha mão. A senhora G imprimiu para mim quando passei na secretaria depois do treino.

— Isso é ridículo! — bufa Ella. — Você precisa fazer certas aulas pra se formar, Easton. Só tem uma aula de línguas aqui, você precisa de duas este semestre. E está fazendo aula de governo! Você já fez essa matéria no ano passado! Por que estão deixando que você faça de novo?

— Estou acreditando na sua teoria do crack.

Ela empurra o papel contra meu peito.

— Esse é o horário de Hartley Wright, não é?

— É, e daí? Não é um grande segredo. Eu já contei pra todo mundo na semana passada porque estava indo a aulas diferentes.

— Mas você não acha que devia deixá-la em paz?

— A resposta é: negativo.

— Mas... ela deixou bem claro que não quer sair com você.

— Eu sei, e já aceitei isso. Nós somos melhores amigos agora, Ella. Não se preocupe com nada.

Ella não cai no que digo.

— O que você está tramando?

— Só coisas muito boas, maninha. — Passo um braço pelos ombros dela.

Ela suspira.

— Estou com um pressentimento ruim sobre isso.

A dúvida dela começa a me irritar.

— Por quê? É tão difícil acreditar que eu poderia ser bom pra Hartley?

— É, sim. Você sabe que eu morro de amores por você, mas para com isso, Easton. Você toma decisões baseado no que as pessoas fazem você sentir, não o contrário.

— Não fala assim. Eu não sou tão ruim — brinco.

Mas Ella não para.

— Você está negando? Negando que transou com as namoradas dos seus irmãos? Que me contou uma vez que...

Magoado, removo o braço e me afasto um pouco.

— Eu cuspi no seu cereal hoje de manhã? Por que você está jogando essa merda toda na minha cara?

— Porque eu gosto de você. Quando você magoa pessoas, seu coração acaba ficando ferido. — A expressão dela se suaviza. — Eu quero que você seja feliz. Não acho que isso vá fazer você feliz.

— Que tal você ficar na sua e só se preocupar se Reed está sendo fiel na State sem você? — digo com rispidez.

Quando a mágoa surge no rosto dela, o arrependimento substitui minha raiva.

— Porra, desculpa. Foi uma coisa merda de se dizer. Reed venera o chão em que seus pezinhos caminham. — Bagunço o cabelo dela. — Mas, olha, estou falando sério, tá? Hartley e eu chegamos a um acordo. Ela precisa de um amigo, e, por algum motivo, eu quero ser esse amigo. Não vou magoá-la e ela não vai me magoar.

Ella não parece convencida.

— Se você diz.

— Digo. Estamos em paz?

Ela assente rapidamente e passa os braços pela minha cintura.

— Quero que você seja feliz — sussurra ela no meu peito.

— Eu sou — garanto, e fujo para minha sala de aula.

Não gosto de passar muito tempo pensando. Reed e Gideon vivem meditabundos. Eu ajo e não penso muito em como vão ser as coisas. Provavelmente, porque quase sempre corre tudo bem. Nas vezes que não foi assim? Bom...

Se eu passar tempo demais refletindo sobre as merdas que deram errado, vou acabar engolindo comprimidos como fazia quando tinha quinze anos e a depressão da minha mãe a agarrou e não queria soltar.

Se andar com Hartley me fizesse mergulhar de cabeça em um poço emocional que me engoliria inteiro, eu pularia fora. Mas estar com ela me faz bem. Ela é engraçada, não engole minhas merdas e... sinto que ela precisa de mim.

Ninguém nunca precisou de mim. Ella precisava de Reed. Minha mãe precisava de comprimidos e bebida. Os gêmeos têm um ao outro.

Hartley é sozinha. E alguma coisa na solidão dela me afeta.

Mas não quero ficar pensando nisso, então, de forma nada característica, eu me dedico às próximas quatro aulas. Respondo a perguntas. Ofereço teorias. Participo e deixo meus colegas e meus professores em estado de choque.

— Você bebeu? — sussurra Hartley durante a aula de governo.

Eu reviro os olhos.

— Não. E você?

Ela só franze a testa, ainda parecendo confusa.

E ela não é a única.

— O que deu em você? — pergunta Pash quando saímos da aula de literatura britânica para irmos almoçar. — Seu pai está no seu pé?

— Não, aposto que ele tem alguma coisa grandiosa em mente e quer disfarçar, né? — palpita Owen, outro jogador do time.

— Um cara não pode responder a uma pergunta na sala de aula sem ter alguma segunda intenção?

Pash e Owen balançam a cabeça.

— Seja o que for que você planejou, pode contar comigo — anuncia Pash. Os dois rapazes batem mãos em um acordo e saem correndo, supostamente para espalhar o boato de que vou aprontar alguma.

Deixo que especulem, porque a resposta na minha cabeça, que estou tentando esquecer como uma garota me faz sentir, pareceria bem pior se eu a expressasse em voz alta.

Naturalmente, a primeira pessoa que encontro quando chego ao refeitório é Hartley. Ela passa com a bandeja tão cheia que me pergunto se ela está levando comida para outra pessoa também. Observo o salão com desconfiança, mas não vejo ninguém se esgueirando. Exceto eu. Sou o único *stalker* de Hartley Wright. E é assim que devia ser.

— Precisa de ajuda?

Ela levanta a cabeça de repente, e a bandeja balança perigosamente nas mãos dela. Eu seguro antes que o macarrão, o sanduíche e as três bananas caiam no chão.

— Tudo bem, eu mesma levo. — Ela se move para pegar a bandeja de volta, mas eu tiro do alcance dela.

Vejo Pash na fila e grito para ele:

— Pega pra mim o prato de curry, tá?

Ele faz sinal de positivo. Com isso resolvido, procuro um lugar pra sentar. Normalmente, me sento com Ella, Val e alguns outros amigos, mas estou tentando evitar Ella, com seus olhos xeretas e suas perguntas curiosas.

Vejo uma mesa vazia perto do canto, que todo mundo evita porque a administração teve a ideia brilhante de plantar árvores com esperança de dar vida ao ambiente. O problema é que houve uma infestação de insetos no semestre passado, e o canto ficou tomado. Agora, todo mundo tem medo de sentar lá. Hartley não estava na escola no ano passado e não vai saber disso.

— Eu consigo mesmo carregar — insiste ela.

— Eu sei. — Só paro quando chego à mesa. Coloco a bandeja em cima e puxo a cadeira para ela. — Mas somos melhores amigos agora, e melhores amigos comem juntos. É a lei. Olha em volta. — Balanço a mão pelo salão, onde todos os nossos colegas estão agrupados em duas, três ou mais pessoas. — Nós somos animais que andam em bando. Gostamos de ficar juntos.

Ela coça o pescoço e me olha com cautela.

— Acho que estou mais pra solitária.

— Ótimo. Vamos ficar solitários juntos. — Eu solto a gravata. Não me incomodo com a calça nem com o blazer, mas a gravata que temos que usar me irrita.

— Toma seu almoço. — Pash aparece ao lado de Hartley e coloca a bandeja na mesa. — Por que não estamos sentados? Tem alguma coisa errada? — Ele me olha com expressão alarmada. — Espera, os insetos voltaram?

— Que insetos? — pergunta Hartley.

Passo a mão na frente do pescoço para Pash fechar a matraca sobre a história dos insetos, mas ele não está prestando atenção.

— Eu odiava aquelas porcarias. Se o que você está planejando envolve insetos, não conte comigo.

Ele sai correndo antes que eu possa corrigir todos os erros que ele citou. É melhor assim.

— Que história é essa de insetos? — repete Hartley.

— Você tem medo? Eu mato pra você.

— Posso matar meus próprios insetos, obrigada.

— Que bom. Eu odeio. Declaro que você é a matadora oficial de insetos. Mas não se preocupe, esta região é livre de insetos. — Ou, pelo menos, eu espero que seja.

Nossas bundas mal tocam nas cadeiras quando uma voz alegre grita meu nome do outro lado do salão.

— Aí está você, Easton!

Todas as cabeças por perto se viram para olhar Felicity se aproximar de mim.

— Obrigada por guardar meu lugar — diz ela, melosa.

Quando ela se inclina para beijar minha bochecha, um ofego coletivo silencia o salão, seguido de uma explosão de conversa quando a máquina de fofocas dispara. Droga. Isso de novo, não. Ela me mandou mais de dez mensagens na noite anterior, mas ignorei todas. Eu tinha esperanças de ela sumir se eu a ignorasse.

Obviamente, tive esperanças demais.

Do outro lado da mesa, a boca de Hartley treme, como se ela estivesse tentando não rir. De repente, fico feliz de ter contado para ela sobre a ideia maluca de relacionamento falso de Felicity, senão o show que Felicity deu poderia ter sido assustador.

— Eu não guardei seu lugar. — Cruzo os braços e tento parecer o mais ameaçador possível.

Mas a carapaça de Felicity é mais dura do que a de um tatu. Ela dá uma gargalhada irritante e se senta ao meu lado.

— Claro que guardou. — Ela se vira para Hartley. — Não fomos apresentadas oficialmente. Sou Felicity Worthington.

Hartley assente.

— Hartley Wright. — Ela estica a mão e a oferece a Felicity, que, sendo a vaca que é, ignora completamente o gesto.

— Eu sou namorada de Easton. Nós começamos a sair este fim de semana, não foi?

— Felicity — eu rosno.

— O quê? — Ela pisca com expressão inocente. — Eu não sabia que era pra ser segredo.

Mordo o lábio inferior e lanço um olhar de súplica para Hartley. *Pelo amor de Deus, me ajuda! Me tira disso!*

Mas a bruxinha faz o oposto.

— Uau, estou tão feliz por vocês! — exclama Hartley. — Relacionamentos novos são tão divertidos, não são? Aquelas primeiras semanas em que tudo é tão lindo e perfeito e não dá pra ficar longe um do outro? Não é maravilhoso?

Eu nunca a vi tão animada. Pena que é de mentira.

Ela abre um sorriso para mim. Tento transmitir com os olhos que vou matá-la depois do almoço.

— É maravilhoso mesmo — concorda Felicity e, para enfatizar, chega mais perto e apoia a cabeça no meu ombro.

Eu vou uns dez centímetros para a direita, sem cerimônia. Felicity cai e quase bate a cabeça na lateral da mesa antes de recuperar o equilíbrio.

— Vocês dois ficam lindos juntos. Deviam participar de algum comercial. Ah, espera, tive uma ideia. — Hartley se vira e finge procurar alguém. — Quem faz as fotos do anuário? O primeiro almoço de vocês juntos devia ser comemorado.

Ninguém responde. Ela dá de ombros e pega o celular.

— Que tal eu tirar uma foto e enviar pra pessoa quando descobrir quem é?

Ela vira a câmera para nós.

Se fosse aceitável estrangular uma garota no refeitório, minhas mãos estariam no pescoço de Hartley. Mas Felicity decide se sentar no meu colo, e tenho que usar as mãos para empurrá-la.

— Nada de fotos — rosno.

Hartley finge pensar no assunto.

— Você tem razão. É melhor um fotógrafo profissional tirar sua primeira foto. Só existe uma primeira vez.

— Você quer morrer, não quer? — aviso.

Felicity abre um sorriso condescendente para Hartley.

— Admiro você estar tentando esconder seu ciúme com essa felicidade falsa, mas fique avisada. Easton e eu somos um casal agora. Você vai ter que aprender a aceitar. Enquanto isso, se quiser sentir pena de alguém, vá consolar Claire.

Todos nos viramos para olhar para Claire duas mesas depois, com expressão de total desespero. Faço uma careta e dou as costas. A alegria de Hartley também some do rosto dela.

Felicity, por outro lado, não consegue fechar o sorriso.

— Ah, aí está nosso novo *quarterback*. — Ela balança a mão. — Bran! Bran. Aqui.

Bran acena e se aproxima de nós.

— Ei, obrigado pelo convite — diz ele enquanto coloca a bandeja em frente à minha. — Eu não sabia bem onde sentar hoje.

— Tem uma mesa do futebol americano. — Aponto com o garfo para os dois grupos grandes de rapazes perto da janela.

— Eu vejo esses caras todas as manhãs — diz Bran. — Acho que é tempo suficiente juntos, você não acha?

É difícil dizer não, considerando que eu quase nunca me sento com eles.

— Que legal — anuncia Felicity. — O que sua família faz, Bran?

Uma expressão confusa surge no rosto dele.

— Ah, não sei bem o que você quer dizer.

— Ela quer saber onde você está na escada do sucesso monetário. Em outras palavras, se você é importante o bastante para ela conversar com você — explico.

Felicity estala a língua.

— Isso não é verdade, Easton. — Mas ela estraga a humildade falsa ao se repetir. — Mas então, o que seus pais fazem?

— Meu pai é contador e minha mãe é professora na Bellfield Elementary.

— Ah, bom, isso é... — Ela procura um adjetivo adequado, porque, em pensamento, está perplexa.

— Tem uma cadeira vazia ao lado de Arthur Fleming. — Indico o formando magro com cabelo castanho-escuro e óculos redondos de *hipster*. Os Fleming são donos de uma empresa de alimentos congelados enorme. — E eu soube que ele está solteiro.

— Valeu, mas estou bem — diz Bran secamente.

— Ele falou pra mim, querido. — Felicity bate na mão de Bran antes de se dirigir a mim. — Por que eu me importaria com isso se tenho você, Easton Royal?

Hartley ri alto, mas logo disfarça o som com uma tossida.

— Então — diz ela para Bran —, como foram suas aulas hoje?

Com um sorriso agradecido, ele responde:

— Não foram ruins, mas estou surpreso com a quantidade de dever de casa. Meus professores da Bellfield não passavam tanta coisa.

— Não é? — geme Hartley. — Tenho um trabalho pra daqui a três semanas e tenho que planejar o projeto de química. Não quero fazer no último minuto.

Bran estala a língua em solidariedade.

— Eu fiz laboratório de ciências no ano passado. Posso dar minhas anotações a você...

— Ella! Val! — Eu aceno para as duas garotas.

Bran para de falar ao ver minha cara. Estou vendo aonde isso vai dar e preciso cortar o mal pela raiz. Bran vai dar seu caderno pra Hartley, e isso vai levar a Bran ir até o apartamentinho dela e se sentar no sofá. As cabeças dos dois vão ficar juntinhas. Ele vai botar a boca na dela, e em seguida eu vou arrombar a porta e vou quebrar o braço do nosso novo *quarterback*.

Não é porque me resignei ao fato de que Hartley e eu não vamos transar que quero que Bran Mathis chegue perto dela.

Por sorte, Ella e Val se aproximam, trazendo junto uma mudança de assunto.

— Por que a gente vai sentar aqui hoje? — pergunta Val. — A gente não senta sempre perto das janelas?

— Não tinha espaço — respondo, chutando uma cadeira para ela se sentar.

— Mas nossa mesa tem muito...

— Está mais tranquilo aqui — interrompe Ella. — Acho que foi por isso que Easton escolheu este lugar. Não foi, East?

Reviro os olhos. Desde quando preciso me explicar?

— Certo.

— Que legal vocês se juntarem a nós — diz Felicity, mas o sorriso tenso revela que ela não está gostando do desenrolar dos acontecimentos.

Eu me lembro da insinuação dela de que poderia derrubar Ella com facilidade, e minha testa se franze. Se ela se meter com a minha família, eu vou revidar.

Bran e Ella se conhecem da aula de espanhol e começam a conversar na mesma hora. Val e Hartley falam sobre a maquiagem de olho de Val.

E me deixam com Felicity, que puxa minha manga.

— Vamos sair hoje.

— Não.

— Por quê?

— Porque eu não quero.

— A gente devia ser um casal — sibila ela.

— Nós não somos — sibilo em resposta.

— Você disse sim.

— Você não pode me obrigar a cumprir uma coisa que eu disse bêbado!

Hartley nos olha.

— Os pombinhos estão bem?

Val ri baixinho e Ella só suspira. Já contei para as duas que Felicity acha que estamos juntos.

— Estamos ótimos — diz Felicity para toda a mesa, como se alguém estivesse se importando com como "nós" estamos. — Só estamos tendo dificuldade de decidir aonde vamos no encontro desta noite.

Eu trinco os dentes com tanta força que meus molares doem.

— Sabe aonde vocês deviam ir? — diz Val.

Olho de cara feia para ela por ousar colaborar com essa insanidade.

— A lugar nenhum — digo. — Nós não vamos a lugar nenhum.

Val me ignora.

— Ao píer — diz ela.

— O que tem no píer? — pergunta Bran com curiosidade.

— Um parque de diversões, jogos, alguns restaurantes — diz Val. — É divertido.

— Eu soube que tem uma casa assombrada bem legal lá — arrisca Ella.

Eu a fuzilo com um olhar assassino. Por que *ela* está dando corda pra isso? Ela odeia Felicity!

— O que você vai fazer hoje, Hartley? — pergunta Felicity, me surpreendendo.

Hartley parece tão surpresa quanto eu.

— Estudar, provavelmente.

— Ah, estudar é chato. — Felicity sorri com doçura. — Parece que Easton e eu estamos planejando um encontro no píer. Você e Bran deviam ir.

— Não parece má ideia — diz Bran. Ele bate com o ombro no de Hartley. — O que você acha? Quer andar de roda-gigante?

Ah, porra, não.

Capítulo 17

— É divertido, né? — diz Val mais tarde. — Nós já comemos no píer, mas eu não venho à parte dos brinquedos há séculos.

— Se com "divertido" você quer dizer que é melhor do que o sétimo círculo do inferno, então é mesmo divertido. — Olho de cara feia para as costas de Hartley e Bran, que estão na bilheteria. Bran está tentando pagar para Hartley, e ela fica balançando a cabeça que não.

Tenho uma pequena satisfação de ver que Hartley está dispensando a proposta de Bran em relação a dinheiro. Se ela estivesse interessada, deixaria que ele pagasse, né? É assim que funciona. As garotas querem que você compre coisas pra elas. Se não aceitam presentes seus, não estão interessadas.

Hartley vence e paga a própria entrada.

Ando até a bilheteria e entrego meu cartão.

— Vou pagar pra essas duas. — Indico Ella e Val.

— E eu? — indaga minha namorada de mentira.

Lanço um olhar para ela por cima do ombro.

— Seu pai é dono de uma fábrica de carros. Você pode pagar sua entrada.

— Easton! — diz Ella, chocada.

— O quê? Não foi ideia minha vir aqui. — Pego meu cartão e os ingressos e vou para a fila. Pode ser que Felicity decida que sou escroto demais para aguentar e termine nosso relacionamento falso.

Quem me dera ter tanta sorte.

Mas esse foi o único motivo de eu ter aceitado esse "encontro". Planejo botar um pouco de bom senso na cabeça de Felicity e convencê-la a me deixar em paz de uma vez.

— Eu espero mais de você, Easton! — bufa Felicity quando se junta a nós no parque. O cabelo louro-avermelhado está preso em uma trança comprida que cai pelas costas, e ela está usando um vestido bege solto com saltos *nude* de sete centímetros e meio que não são nada adequados para um parque de diversões.

— Não espere. Assim, você não vai se decepcionar.

Ela aperta a boca, como costuma fazer quando está com raiva.

— Nós vamos conversar depois desta noite.

— Passo. — Prefiro levar socos durante uma hora sem parar do leão de chácara do jogo de pôquer da rua Salem.

— Camisa bonita — diz Ella para Hartley quando nos juntamos a ela e Bran.

Reparo que as duas estão usando o mesmo moletom branco *cropped* com uma listra em cada manga larga. O de Hartley acompanha uma calça jeans *skinny* que exibe a bunda linda, e Ella está usando uma minissaia azul.

Hartley sorri.

— Comprei na liquidação.

— Eu também. — E, assim, elas viram melhores amigas. Se eu soubesse que bastava isso, teria colocado um moletom branco *cropped* há muito tempo. Não tenho medo de mostrar o abdome.

— Querem beber alguma coisa? — pergunto ao grupo.

— Quero uma Coca Diet — anuncia Felicity. — E uma banana congelada, sem chocolate nem nozes.

— Então, você quer uma banana — eu digo.

— Mas congelada.

Eu nem discuto.

— Bran?

— Qualquer coisa pra mim está bom. Pode ser uma Coca.

Eu estava a fim de uma cerveja, mas somos menores, e são bem rigorosos no píer.

— E você, Har-Har?

Felicity faz cara feia ao ouvir o apelido.

— Não quero nada. — Hartley balança a cabeça.

— Tem certeza? Não vou oferecer pra pagar todos os dias — provoco. O único motivo de eu ter feito a proposta foi ter uma desculpa para comprar alguma coisa para Hartley.

— Quero um sorvete de creme com suco de laranja — diz Ella. — Val?

— Sorvete de creme com *root beer* pra mim. E um *funnel cake* com morango.

— Eu até que gostaria de um *funnel cake* — admite Bran.

— Pode me dar uma ajudinha, Bran? — O pedido ficou maior do que eu esperava. Além do mais, não estou a fim de deixá-lo sozinho com Hartley.

— Claro.

Vamos até o quiosque e pedimos três *funnel cakes*, uma banana congelada (não tem opção sem cobertura de chocolate) e seis salsichas empanadas de trinta centímetros.

— A gente vai alimentar um exército? — brinca Bran.

Ele pode ter sido fofo com Hartley, mas não é muito observador. Hartley lambeu os lábios quando Ella escolheu a comida. Quando a língua dela apareceu, meus joelhos ficaram bambos. Infelizmente, sei que aquela cara de fome não era por mim, era por comida.

— Comida de parque de diversões é sempre bom.

— Verdade.

Enquanto esperamos no balcão, Bran enfia as mãos nos bolsos e me olha com constrangimento.

— Seja sincero, Royal. Tudo bem eu estar aqui com Hartley?

Fico tenso. Pela forma como fala, parece que ele está achando que os dois estão em um encontro ou alguma merda do tipo. Estão? Eles chegaram separados, disso tenho certeza. Hartley foi de ônibus e Bran, de Dodge. Mas isso não quer dizer muita coisa. Eles podem ter conversado sobre aquilo ser um encontro em algum momento entre o fim da aula e a hora que chegamos ali.

Ele tem o número do telefone dela?

O ciúme arde dentro de mim. Espero que não tenha.

— Por que não estaria tudo bem? — De alguma forma, consigo usar o mais casual dos tons.

Ele dá de ombros.

— Sei lá. Você parece muito protetor com ela.

— Nós somos amigos. Eu sou protetor com todos os meus amigos.

— Eu também. — Ele sorri e me convida a sorrir junto, mas meu humor está no chão no momento.

— Você está mesmo interessado em Hartley? — Bran parece um cara legal, e é o único jogador no nosso time capaz de arremessar uma bola, mas isso não quer dizer que ele deva se meter com a minha garota.

— Talvez. Ela parece uma garota legal.

— Você não devia namorar no último ano, o relacionamento não vai durar — informo a ele.

Bran arqueia uma sobrancelha.

— Você escreve uma coluna de conselhos nas horas vagas, Royal?

É difícil não ficar vermelho, mas consigo. Os anos sem ligar para o que os outros pensam ajudam.

— É, se chama "Querido homem que sabe mais do que eu". Estou aqui pra ajudá-lo a não fazer papel de trouxa.

— E você está dizendo que tentar ficar com Hartley vai ser fazer papel de trouxa? — Ele parece achar graça.

— Estou dizendo que ela não está interessada.

— Vou arriscar. — Ele pega um *funnel cake*. — Mas valeu pela dica.

Não tenho nenhuma boa resposta, então fico de boca calada quando voltamos até as garotas. Quando chegamos junto delas, o grupo aumentou para mais de dez pessoas, a maioria amigas de Felicity.

— Parece que metade da turma do terceiro ano veio — observa Val enquanto eu distribuo a comida.

Felicity passa a mão no cabelo.

— Acho que as pessoas ficaram sabendo que estou aqui.

Fico olhando para ela, me perguntando se ela está sendo irônica, mas parece que não. Está falando sério. Olho ao redor para ver se mais alguém está achando graça da ilusão dela, mas Ella e Hartley estão ocupadas comendo. O grupo de Felicity está assentindo como se a declaração dela tivesse sido dada por um oráculo.

Quando acabamos de comer, Bran sugere irmos nos brinquedos.

— Adoro a roda-gigante — admite Hartley. — Não vou em uma desde meus doze anos, acho.

— Brinquedos são coisa de criança — interrompe Felicity. — Por que você não ganha alguma coisa pra mim?

— E jogos não são coisa de criança? — respondo.

— Que tal uma competição de tiro? — sugere Tiffany, uma das amigas dela. — Os garotos podem ganhar prêmios pra todas nós.

Felicity bate palmas.

— Isso! Vem, Easton. Você pode ganhar alguma coisa pra mim pra compensar o fato de não ter pago minha entrada. — Ela passa o braço pelo meu cotovelo e me puxa para os jogos.

— E você? — pergunta Bran a Hartley. — Quer que eu ganhe alguma coisa pra você?

— Ah, não. Não preciso de nada — protesta ela.

Isso aí. Se alguém vai ganhar um prêmio para Hartley, esse alguém sou eu. Ela é *minha* amiga.

— E se a gente ganhar nossos próprios prêmios? — sugere Ella secamente.

Enquanto Felicity e as outras garotas expressam sua consternação, Hartley faz um sinal de positivo. Junto com Ella e Val, se separa do grupo e vai na direção de uma barraca em que um babaca está se oferecendo para adivinhar o peso de todo mundo. É meio rude, na minha opinião.

Eu tento ir atrás, mas Felicity agarra meu braço de novo.

— Estou me cansando disso. — Olho diretamente para a mão dela.

— De quê?

Com delicadeza, mas firme, eu me solto da mão dela.

— Até onde você vai levar isto?

Ela apoia as mãos nos quadris.

— Não sei o que você quer dizer.

Sufoco um grito de frustração.

— Felicity. Escuta. Eu estava bêbado quando aceitei sua proposta. Eu nem me lembrava de ter visto você quando acordei na manhã seguinte.

— Bom, você me viu e disse que seria meu namorado, então, que se dane, Easton Royal. Isso está rolando.

— Olha, você é uma garota legal. — Engasgo com a mentira. — Você não me quer de namorado, nem de mentira nem de verdade, tá? Sou uma pessoa horrível e, além disso, sou muito preguiçoso. Você precisa de outra pessoa em quem amarrar sua carroça.

As mãos sobem dos quadris e se cruzam sobre os seios. Há. Eu nunca tinha reparado nos seios dela. Provavelmente, porque nunca liguei o suficiente para dar uma olhada nela toda.

— Não — diz ela.

— Não?

— Não. Eu já anunciei que somos um casal, e somos um casal. Não ligo se você for grosseiro e me insultar. Seu comportamento ruim só vai resultar em solidariedade pra mim.

Santa mãe de Deus. Ela não bate bem da cabeça.

— Eu não vou fazer isso. Ponto. Sinceramente, não sei o que mais dizer nem de que outras formas dizer. Eu não vou fazer o que você quer.

— Vai, sim.

Dou alguns passos para trás. Não quero mais saber dessa conversa.

— Se você não fizer — acrescenta ela —, vou tornar a vida de Hartley um inferno.

Enfio a língua na bochecha por dentro e rezo para ter um pouco de paciência. Afinal, eu aceitei essa palhaçada, mesmo não tendo a menor lembrança disso.

Volto até ela, tentando apelar para seu lado racional.

— Sejamos sensatos. Por que você não termina comigo? Você pode dizer que foi traída por mim ou que eu sou idiota demais pra você perder seu tempo comigo ou que sou ruim de cama. Pode contar a mentira que quiser e eu reforço tudo.

— Não.

Arghhhhhhhh. Estou a segundos de enfiar o punho na parede mais próxima. Essa garota é louca.

E se ela vai agir como uma babaca, posso ser pior.

— Tente ir atrás de Hartley, e você vai estar chorando pedindo perdão em um dia — digo com voz tensa.

Em vez de ficar com medo, Felicity abre um sorriso arrogante.

— Quando eu acabar com Hartley, vou atrás de Ella.

Dou uma risada debochada. Isso de novo? Não tem como Felicity prejudicar Ella. Ella já brigou e domou a pior garota que a Astor Park Prep já viu, Jordan Carrington.

— Não estou interessado nos joguinhos que você quer fazer, gata. E Ella é forte o suficiente pra enfrentar você.

— Vamos ver, né? — Com o mesmo sorriso doentio grudado na cara, ela sai andando para se juntar às amigas.

Engulo um grunhido, enfio as mãos nos bolsos e vejo meus colegas jogarem um pouco. Bran está participando de um jogo de cestas de basquete, fazendo cesta atrás de cesta. Tem várias garotas atrás dele, torcendo.

Hummm.

A visão da adoração óbvia delas pelo mais novo atleta da Astor Park me dá uma ideia.

Se Felicity quer ficar no topo da cadeia social, faz sentido que ela fique com Bran. Apesar de não ter dinheiro, ele é bonito e, o mais importante, é nosso *quarterback*. Todo mundo ama um *quarterback*. Porra, até Hartley acha que ele é essa Coca-Cola toda. Eu só preciso convencer Felicity de que Bran é um partido melhor do que eu.

E é verdade, Bran ficar com Felicity também o deixa longe de Hartley, mas isso é só um detalhe.

Não tenho nenhum motivo maior por trás disso.

Corro até o jogo. Enfio dinheiro na máquina ao lado da de Bran e começo a arremessar. É bem fácil. Em pouco tempo, tenho meu grupinho de admiradoras. Quando Bran para e me observa, eu ajo.

— Quer fazer uma aposta, Mathis? — pergunto, jogando a isca.

Ele morde, como achei que faria. Ele é atleta, o que quer dizer que é bastante competitivo.

— Claro. O que está em jogo?

— Se eu vencer, pago os ingressos dos brinquedos de todo mundo. Se eu perder, você compra.

— Nós estamos em vinte e três — diz Ella baixinho. — São quase mil dólares.

Eu nem a vi chegar perto. Val e Hartley também voltaram, e quando olho para elas, não dá para não perceber a preocupação nos olhos dela.

— Eu sei — respondo. — Só uns trocadinhos, né?

Os alunos da Astor assentem, mas Bran, filho de professora e contador, não é um garoto normal da Astor. Ele não tem fundo fiduciário nem mesada de milhares de dólares por mês.

Quando ele empalidece apesar do bronzeado, eu sei que estou certo.

— Hum, claro. Eu acho. — O orgulho não permite que ele desista.

Aperto o ombro dele, porque ele não corre risco nenhum de ter que pagar. Eu vou perder lindamente.

— Legal.

Felicity bate palmas com alegria.

— Quero o panda grande. — Ela aponta para um dos bichos de pelúcia gigantescos que poderíamos comprar por uns cinco dólares em um lugar no qual Felicity não entraria nem morta. Ela não quer o panda. Ela quer o que o panda representa na mente maluca dela.

Pena que vai ficar decepcionada.

Nós começamos a arremessar. Na primeira rodada, faço o máximo de cestas que consigo. Preciso fazer minha derrota parecer realista. Mas Bran não está cooperando. A ideia de comprar todos os ingressos o afetou, o que é estranho, porque, no campo de futebol americano, ele nunca se abala. Ele começa a errar cestas, e a diferença que consegui não diminui. Nem depois que finjo esfriar.

Na terceira rodada, ele pega embalo, mas é um pouco tarde demais. Quando a campainha toca, sou o vencedor.

Merda.

— O dobro ou nada — digo de repente.

— Não, já deu pra mim — diz Bran, mas a pele dele adquiriu um tom esverdeado.

— Eu sabia que você ia ganhar, Easton! — diz Felicity, melosa. — A boa criação sempre prevalece.

Sei que Ella está decepcionada, mas é a repulsa nos olhos de Hartley que me mata. Ella vai acreditar na minha explicação de que eu tentei perder de propósito para Bran vencer e eu comprar os ingressos. Mas Hartley não vai. Ela já me acha um babaca.

Engulo em seco e pego a carteira.

— Foi uma aposta idiota. Eu pago os ingressos.

— Não, cara. Aposta é aposta. Tenho que ser um homem de palavra. — Engolindo em seco, Bran vai comprar os ingressos com passos hesitantes.

Alguns colegas do time batem nas costas dele quando ele passa.

— Esse é nosso *quarterback*!

— Merda — murmuro.

Ella segura meu braço e me puxa de lado.

— Vai lá e não deixa — pede ela.

— Não posso. Se eu tentar comprar os ingressos, ele vai perder o respeito dos colegas do time.

— Vocês, homens, são uns idiotas. — Ela parece estar com vontade de me dar um tapa. Sinceramente, uma porrada na cara me faria bem.

Bran volta com os ingressos e os distribui. Chego para o lado e espero que todas as outras pessoas cheguem a ele primeiro. Quando Bran chega em mim, repito a proposta de pagar.

— Eu já joguei isso tantas vezes com meus irmãos que consigo fazer as cestas de olhos fechados. Me deixa pagar, tá?

Bran faz um ruído debochado.

— Então, você armou pra mim?

— Não exatamente. — Mas não pareço convincente porque eu *armei* pra ele, só que não da forma como acabou sendo.

— Acho que pensei que estivéssemos jogando do mesmo lado — murmura ele —, mas valeu por me mostrar sua cara verdadeira tão cedo. Sei quais são as regras agora. — Ele coloca um ingresso na minha mão e sai andando.

— Você é um babaca mesmo. — Levanto o rosto e vejo Hartley se aproximando de mim. Os olhos cinzentos parecem duas nuvens de tempestade.

A infelicidade entala na minha garganta. Engulo em seco e faço sinal para ela me seguir até um ponto onde nossos colegas não possam nos ouvir. Milagrosamente, ela vai.

— Não é o que pareceu — digo para ela, baixando a voz. — Eu ia perder pra poder pagar os ingressos.

Ela balança a cabeça com nojo.

— Sei. Claro, Easton.

— É verdade.

— Aham. Então por que você participou desse jogo idiota? Por que não pagou direto os ingressos?

— Eu queria que Bran chamasse a atenção de Felicity.

— O quê? — Hartley franze a testa.

— Eu achei que, se ela ficasse a fim de outra pessoa, acabaria esquecendo essa ideia idiota de que ela e eu estamos juntos. — Credo. A coisa toda parece ridícula agora que estou tentando explicar pra outra pessoa. — Olha, eu errei. Não queria que Bran gastasse aquele dinheiro.

Hartley observa minha expressão pelo que parece uma eternidade.

— Você realmente não estava tentando ser escroto com ele, né?

Balanço a cabeça com infelicidade. Percebo que sou a versão masculina de Felicity. Não deixo Hartley em paz, apesar de ela sempre pedir. Sou egoísta. Faço as outras pessoas infelizes com minhas decisões idiotas e impulsivas.

Na verdade, isso não é muito a cara de Felicity. Ela é uma planejadora ardilosa. Eu só quero me divertir.

Mas não à custa dos outros.

— Ah, Easton. — Há uma montanha de decepção nessas duas palavras.

— Eu sei. — Empertigo os ombros. — Vou dar um jeito.

— Como?

— Não faço ideia. Mas você é minha melhor amiga. Pode me ajudar? — Lanço para ela um olhar de súplica.

Ela me surpreende ao se aproximar e apertar meu braço.

— Vamos pensar em alguma coisa — ela me garante.

E ela me choca novamente, desta vez dando um beijo rápido na minha bochecha. Talvez eu não seja a versão masculina de Felicity, afinal. Hartley gosta de mim, e ela é tão decente quanto se pode ser.

Meu corpo todo levanta voo por esse um segundo de contato físico. *Calma, garoto*, ordeno. Somos amigos de Hartley, e isso quer dizer não ficar empolgado em lugares impróprios.

— Você vem? — pergunta ela, alguns passos à minha frente.

Uma resposta pervertida surge na minha cabeça, mas desta vez meu cérebro supera a boca. Por pouco.

Capítulo 18

No dia seguinte, trabalho no controle de danos. A primeira ordem de ação? Resolver as coisas com meu *quarterback*, cujo único crime ontem foi ser o peão involuntário na minha missão de me livrar de Felicity.

Espero até o vestiário estar vazio para me aproximar de Bran.

— Tem um segundo?

Ele faz cara feia quando me aproximo.

— O que você quer, Royal?

Ofereço um sorriso arrependido.

— Trago uma proposta de paz.

— É mesmo? — Ele não olha para mim enquanto fecha a porta do armário com mais força do que o necessário. Ele já está vestido para o treino e parece ansioso para ir logo.

Olho ao redor para ter certeza de que estamos sozinhos e estico a mão com dez notas novas de cem dólares.

Os olhos verdes dele faíscam.

— Que porra é essa?

— Olha, me desculpe por ontem, cara. Você estava certo, tá? Eu *estava* tentando armar pra você, mas não da forma que

você pensa. — Tento colocar as notas na mão fechada dele.
— Pega.

Ele empurra minha mão.

— Guarde seu dinheiro, Royal. Não sou caso de caridade.

— Isso não é caridade. É reparação.

Bran ri com deboche.

— Estou falando sério. Eu não estava tentando fazer com que você ficasse constrangido nem humilhado por não ser rico como o resto de nós.

— Não? — A voz dele soa tensa. — Então, o que você estava tentando fazer?

Dou um suspiro.

— Eu queria que você arrasasse naquelas cestas e que Felicity ficasse tão empolgada que acabasse me largando por você.

Ele levanta as sobrancelhas até o couro cabeludo.

— Ahn. O quê?

— Eu cometi um erro enorme quando aceitei sair com aquela garota — admito. — Ela ficou no meu pé no parque de diversões, e achei que podia fazer com que ela desistisse de mim e se interessasse por você. Todo mundo sairia ganhando.

Um sorriso relutante surge no rosto dele.

— Todo mundo sairia ganhando? Querendo dizer que você sairia ganhando e Felicity sairia ganhando? Porque não vejo como eu poderia ser vencedor nesse cenário aí.

— Ei, ela não é uma garota ruim. — Estou mentindo descaradamente. Ela é horrível. Mas eu já fiz merda e devo ter feito Bran gastar todas as economias dele. Vou parecer um babaca se admitir que tentei juntá-lo com o filhote do demônio.

— Ela é gata — acrescento, e desta vez não estou mentindo. Felicity *é* gata. — É popular. A família dela é rica e antiga. — Dou de ombros. — Ela não seria a pior escolha de namorada se você quiser ficar com alguém da Astor.

Ele se inclina para amarrar os sapatos.

— Aham. Se ela é uma escolha tão boa, por que você não quer ficar com ela?

— Porque eu não namoro — respondo com sinceridade. — Sou péssimo nessa merda. Eu estava caindo de bêbado quando aceitei sair com ela, não estava pensando no que estava dizendo.

— Certo. — Bran se empertiga e passa a mão pelo cabelo curto. — Vamos ver se entendi direito: você apostou comigo em um jogo de cestas de basquete pra poder perder e eu ficar bem na fita pra Felicity?

Faço que sim timidamente.

— Porque você quer que eu saia com ela. — Ele faz uma pausa. — Pra *você* não precisar sair com ela.

Faço que sim de novo, mordendo o lábio para não rir. Mas Bran solta uma gargalhada, e não consigo segurar o riso.

— É uma lógica absurda.

— Eu sou um Royal. Absurdo é meu sobrenome. — Balanço a cabeça com exasperação. — Só não contei que você teria pânico de palco e se ferraria no jogo.

— Ei — protesta ele. — Tinha mil pratas em jogo. Eu congelei.

Estico a mão e bato no braço dele, não o que ele usa para arremessar.

— Não deixe o treinador ouvir você dizer isso. Congelar não é permitido.

— Não tem dinheiro envolvido nos nossos jogos — responde ele. — O que quer dizer que não tem pressão de grana. Só a pressão que o treinador faz pra gente ganhar.

— Pressão de grana?

— É, esse tipo de coisa me estressa. Talvez porque o dinheiro é contado na minha casa desde que eu era pequeno.

Mais uma vez, sinto a culpa entalar na garganta, e minha voz sai rouca.

— Falando sério, cara. Eu fiz uma coisa de merda ontem à noite. E não é que eu ache que você não é capaz de pagar suas dívidas. É só que eu não devia ter feito aquela aposta. — Seguro a mão dele e coloco as cédulas na palma. — Pega. Não é caridade. Sou eu prometendo nunca mais jogar você embaixo do ônibus pra salvar minha pele. Vou resolver as coisas com Felicity de outra forma. Se você não aceitar, vou ficar te seguindo por aí e enfiar o dinheiro no seu bolso em momentos inconvenientes. Posso até comprar um carro pra você e estacionar lá fora com um laço enorme em cima. Eu consigo ser muito irritante.

— Eu jamais imaginaria — diz ele.

— Então, você aceita?

Depois de um momento prolongado, ele assente.

— Tudo bem. — Há gratidão e um toque de respeito na voz dele. — Fico feliz de você ter contado a verdade. Eu não queria ter que te odiar.

Dou uma gargalhada.

— Você não teria mesmo conseguido me odiar. Ninguém consegue.

Bran e eu batemos punhos e seguimos para o campo de treino.

Depois, vem Hartley. Quando sigo para o primeiro tempo, passo o dedo no cordão no meu bolso. Tem uma caixa elegante de veludo que o acompanha, mas achei que já seria passar da conta.

— Oi, melhor amiga. — Alcanço Hartley antes que ela possa entrar na sala.

Ela se afasta da porta para outros alunos entrarem.

— E aí?

— Eu fiz as pazes com Bran.

— É mesmo? — Ela afasta uma mecha de cabelo do rosto. Meus dedos coçam para ajudar.

— Ele não consegue resistir ao meu charme — provoco.

— Ninguém consegue — responde ela com um sorriso. — Nem mesmo eu, obviamente.

Um sorriso largo se abre no meu rosto. Enfio a mão no bolso e tiro o colar.

— Como estou pedindo desculpas, eu queria te dar isto.

Ela arregala os olhos quando balanço o cordão na frente dela. Ela olha por um momento e passa um dedo relutante pela corrente delicada.

— Não posso aceitar isso.

— Peguei na máquina de balas — digo a ela. — Então, ou você aceita, ou eu jogo fora.

— Máquina de balas? — pergunta ela. As pontas dos dedos dela pairam na corrente, descendo por ela até acomodar um dos três pingentes de ouro. Ela quer o cordão, mas, pela primeira vez na vida, eu não a pressiono. Ela tem que tomar a decisão dela no seu próprio tempo.

— É. — Seguro a palma da mão dela e coloco o cordão lá. — Aqui. É seu, e você pode fazer o que quiser com ele. Se não quiser ficar com ele, pode jogar fora.

E então, me obrigo a entrar na sala de aula sem dizer mais nada.

O resto do dia passa voando. Para o meu alívio, Felicity fica longe de mim, mesmo no almoço. Ela se senta com as amigas de faixa no cabelo, parecendo uma banda de garotas dos anos 1950, enquanto eu curto com os meus amigos.

Na aula de cálculo, me sento entre Ella e Hartley, mas não tenho chance de conversar muito porque a professora Mann nos dá um teste-surpresa. Para minha inquietação, ela me olha durante boa parte da aula com uma cara infeliz.

Não sou o único que repara. Em determinado momento, Hartley me cutuca nas costelas e sussurra:

— O que você fez agora?

— Nada — respondo. Não tive nenhum contato com a professora Mann desde que, bem, desde que *tive contato* com a professora Mann.

— Senhor Royal, senhorita Wright — diz nossa professora com voz aguda. — Menos conversa e mais raciocínio, por favor. — Ela acabou de pedir a todo mundo para resolver as questões de um a cinco do livro.

Hartley abaixa a cabeça na mesma hora para retomar a tarefa. Eu já resolvi as cinco equações, então rabisco outra coisa no caderno. Arranco o canto da página, espero a professora Mann olhar para o outro lado e coloco o bilhete na mesa de Hartley. Eu escrevi: *Vai ao jogo na sexta?*

Ela fica tensa por um momento, olha para a frente da sala e desdobra o bilhete.

Depois de ler, ela pega o lápis, escreve alguma coisa e devolve o papel.

Talvez, diz a resposta.

Rabisco de novo e passo o bilhete para ela. *Talvez?? Nós somos melhores amigos! Eu preciso de apoio. Melhores amigos se apoiam.*

Ela devolve o bilhete. *Pode ser que eu tenha que trabalhar na sexta. Falei pra outra garçonete que posso cobrir o turno dela se ela precisar.*

O bilhete é passado entre nós várias outras vezes.

OK. Mas você não sabe ainda se vai trabalhar?

Ainda não. Vou descobrir no dia.

Tá. Me avisa. Se você não for trabalhar, vai ter que ir ao jogo! SENÃO...

Hartley ri baixinho, mas não baixo o suficiente. O olhar intenso da professora Mann pousa novamente entre nós.

— Olhos no seu exercício, senhorita Wright.

Hartley fica vermelha com a sugestão de que ela estava colando. Ela coloca discretamente nosso bilhete embaixo do caderno e volta a trabalhar.

Assim que o sinal toca, enfio os livros na mochila e fico de pé.

— Senhor Royal, um momento, por favor.

Merda.

— Vejo vocês no almoço? — digo para as garotas.

Ella assente e dá um tapinha no meu braço, enquanto Hartley lança um olhar de cautela para mim e para a professora Mann. Certo. Hartley estava do lado de fora naquele dia, o que é uma merda, porque a última coisa que quero é que ela se lembre daquilo. Ela já me acha um galinha.

— Senhor Royal — ordena a professora Mann.

Trincando os dentes, eu me aproximo da mesa dela.

— Professora Mann — digo, debochado.

Ela olha para a porta para ter certeza de que está vazia, mas não se mexe para fechar a porta. Acho que quer eliminar a tentação.

Quando o olhar dela volta ao meu, sua expressão está enevoada de frustração e a voz mal passa de um sussurro.

— O que quer que você esteja dizendo para as pessoas, você tem que parar.

Eu franzo a testa.

— De que você está falando?

— Droga, Easton! — Ela ofega ao perceber quanto ergueu a voz, engole em seco com nervosismo e olha para a porta de novo. E volta a sussurrar. — Você contou pra alguém o que aconteceu entre a gente.

Isso me dá um susto. Eu não contei pra ninguém... não, espera. Ella sabe. Hartley e Reed também. E Pash definitivamente desconfia.

— Uma professora fez uma insinuação na sala dos professores hoje de manhã. — Seus olhos são tomados de pânico. — Se isso chegar ao diretor Beringer, eu vou ser demitida!

Não consigo segurar uma resposta sarcástica.

— Você não acha que devia ter pensado nisso antes de se agarrar comigo nesta sala de aula? — Balanço a mão na direção do espaço vazio.

O rosto bonito desaba. Ela parece ter levado um tapa e, apesar de uma onda de culpa embrulhar meu estômago, tento sufocá-la. Por que as pessoas não são capazes de assumir a responsabilidade pelo que fazem? Eu sabia que o que estávamos fazendo era errado quando fizemos. Admito isso. Ela também precisa admitir. A mulher deixou claro a partir do primeiro minuto em que entrei na sala de aula que queria transar comigo.

Nós nem chegamos a *tanto*.

Tento tranquilizá-la.

— Olha, relaxa. Ninguém viu a gente, e não existe prova nenhuma de que aconteceu alguma coisa. Se Beringer nos interrogar, vamos negar.

A professora Mann morde o lábio.

— Vamos negar...

— Isso. — Meu tom é firme. — Nunca aconteceu, tá?

Um sorriso fraco ergue os cantos da boca da professora.

— O que nunca aconteceu?

Dou um sorriso sarcástico.

— Exatamente.

Depois do último sinal, Felicity me encurrala no armário antes que eu possa fugir. Com passos rápidos e determinados, ela se aproxima e dá um beijo barulhento e molhado na minha bochecha.

— Own — suspira alguém atrás de nós, mas não consigo saber se com admiração ou inveja.

Eu me viro rapidamente e reparo nos olhares cobiçosos das garotas no final da fileira de armários. Elas dão uma olhada em mim e Felicity e começam a sussurrar.

Sinto um puxão na mão. Olho para baixo a tempo de vê-la entrelaçar os dedos nos meus. Tento puxar a mão, mas ela segura com força. Cara, ela tem um aperto letal pra uma garota tão pequena.

— O que você está fazendo? — rosno.

— Dando a mão para o meu namorado — diz ela.

Respiro fundo. Em seguida, lenta e metodicamente, levo a boca para perto da orelha dela e sussurro:

— Juro por Deus, mulher, estou prestes a perder a cabeça. Já falei um milhão de vezes, *eu estava bêbado*. Não vou fazer porra nenhuma disso.

Ela me encara.

— Vai, sim.

— Acabou, Felicity. Está me ouvindo?

Não me dou ao trabalho de baixar a voz, e Felicity se vira para ter certeza de que ninguém ouviu o que eu disse. Quando fica satisfeita de seu disfarce não ter sido descoberto, fala em um tom que normalmente se usaria com uma criancinha levada.

— Easton. Nós fizemos um acordo, e só termina quando *eu* quiser que termine.

— Não é assim que funciona.

— É exatamente assim que funciona.

Consigo sentir a raiva surgindo nas minhas veias. Odeio gente como Felicity. Eu escolheria garotas como Ella, Val e Hartley no lugar de garotas como Felicity, Lauren e Jordan a qualquer momento. Essa sensação de elas terem direito a tudo faz meu sangue ferver. O que é um tanto irônico, porque tenho essa mesma postura. Eu tenho o que quero quando quero. Ser um Royal quer dizer isso.

Mas, por algum motivo, não é nada atraente quando vejo essa característica em outras pessoas.

Será que Hartley me vê com o mesmo desprezo e nojo que sinto por Felicity? Espero que não.

— Olha, nós não podemos nos separar como quaisquer pessoas normais e não malucas? — pergunto educadamente. — Ter uma namorada, mesmo falsa, destrói meu estilo.

Ela faz um som de irritação.

— Eu já falei, desde que seja discreto, você pode ficar com quem quiser.

— Discreto? Gata, não sei o que isso quer dizer. Eu trepei com a ex-namorada do meu irmão na *cama dele*. Peguei a mãe de Niall O'Malley durante uma festa na casa dele. Peguei duas das Pastéis um ano atrás na piscina dos Carrington. Se continuarmos com isso, eu só vou constranger você e manchar sua imagem.

As narinas dela se dilatam.

— Não de propósito — acrescento rapidamente. — Mas porque eu sou assim. Eu não penso nas merdas antes de agir. Você quer mesmo ser namorada do cara que terminou com a namorada por mensagem? — É isso que Claire gosta de dizer para as pessoas, apesar de eu ter dado o recado pessoalmente. Pela primeira vez, a mentira vai funcionar a meu favor.

Felicity fica quieta. Quando a expressão arrogante fraqueja, eu sei que a atingi.

Garotas como ela só se preocupam com a imagem. E, sim, ter um Royal ao lado melhora muito a imagem, mas nós dois sabemos que ela ficaria melhor se esse Royal fosse Gideon, meu irmão mais velho íntegro. Ou Reed, que pode ser um filho da mãe mal-humorado, mas não costuma fazer merda em público. Eu sou a confusão dos Royal, e todo mundo sabe disso.

Ela baixa as mãos para as laterais do corpo. Consigo ver as engrenagens na cabeça dela girando sem parar.

— Ontem à noite, no píer... — começa ela. — Você disse que eu podia contar pra todo mundo que terminei com você.

Eu me agarro rapidamente à boia salva-vidas que ela jogou pra mim.

— Pode — respondo rapidamente. — Você pode dizer que eu fiz alguma coisa terrível com você e que você me deu o pé na bunda.

— Não. Contar não é suficiente.

Puta que pariu.

— O que você quer, então?

— Um rompimento público — diz ela, decidida. — Quero dar o pé na sua bunda na frente de todo mundo e deixar claro que você está *muito* abaixo de mim e que não quero mais nada com você.

Preciso me esforçar para não revirar os olhos.

— Claro. Como você quiser.

— Meu luau é sexta — ela me lembra. — Depois do jogo. Você disse que iria.

Disse? Não me lembro de concordar, mas eu teria ido para lá de qualquer modo.

— Tudo bem.

— A gente vai passar um tempo junto antes de eu terminar com você. E você vai ficar parado ouvindo o que eu disser.

Ei, se o resultado for eu me livrar dessa maluca, passo correndo pela fogueira peladão e deixo que ela jogue tomates em mim. Eu faço que sim.

— Tudo bem.

Satisfeita, Felicity se levanta nas pontas dos pés e me dá outro beijo na bochecha, provavelmente, por causa de um trio de meninas bonitas do primeiro ano. Fico com a pele arrepiada, mas consigo fingir um sorriso. Também por causa das meninas.

— Vejo você na festa? — diz ela com alegria.

Infelizmente.

— Sem dúvida.

Capítulo 19

A primeira jogada de Bran no jogo na noite de sexta é um passe de cinquenta metros direto nas mãos do receptor, que corre direto para o *touchdown*.

Essa jogada incrível dá o tom do resto do jogo: nós marcamos em quase todos os outros ataques, *touchdowns* ou gols, e temos uma vantagem de vinte e sete pontos quando chegamos ao intervalo.

Hartley acabou não tendo que trabalhar e está na arquibancada com Ella e Val de novo. Seb e Sawyer também estão. Lauren, surpreendentemente, não está em lugar nenhum.

Não posso perder o discurso do treinador no intervalo, então, não posso parar pra bater papo, mas abro um sorriso e aceno para o meu grupo antes de desaparecer no túnel. Estou animado por Hartley ter vindo. Espero que isso queira dizer que ela vai ficar com a gente depois do jogo.

O segundo tempo tem tantos pontos quanto o primeiro. A Saint Lawrence Academy consegue alcançar os *touchdowns*, mas a vantagem da Astor Park é massacrante, e a SLA não consegue compensar a surra que levou no campo antes do intervalo.

Nós vencemos. Obviamente. E Bran fica com a bola do jogo. O treinador Lewis a joga nas mãos do novo *quarterback*, bate no ombro de Mathis e diz:

— Você jogou muito hoje, filho.

O resto dos jogadores, inclusive eu, gritam concordando. Corro até Bran e bato na bunda dele.

— Cara. Foi brilhante. Você se segura nos treinos. — Sem brincadeira, ele jogou uma bola de mais de quatrocentos metros hoje.

Ele dá de ombros com modéstia.

— Ei, não posso revelar todos os meus segredos de cara.

Dou um sorriso.

— Um homem de mistérios. Entendi.

Bran dá outra gargalhada.

Dom anda até nós.

— A gente vai pra casa dos Worthington, né? Felicity está dizendo pra escola toda que a festa vai ser lá.

Faço que sim.

— É, o plano é esse. Mas preciso passar primeiro em casa. — Planejo fazer uma limpa no armário de bebidas do meu pai, porque não acredito que Felicity vá servir coisa das boas. Na última vez que fui a uma festa lá, só tinha vinho e coquetéis.

Os rapazes e eu vamos para o vestiário, e sou um dos primeiros a sair do chuveiro.

— Vejo vocês na praia — grito para Pash e Dom. E me viro para Bran. — Você também vai? — Como ele hesita, olho para ele com seriedade. — Vamos, cara. Você é a estrela hoje, tem que aparecer e aceitar sua recompensa na forma de bebida de graça e gatas gostosas loucas pra montar no seu pau.

Bran sorri lentamente. Ele é mesmo um cara decente. Estou aliviado por ele não só ter aceitado o dinheiro hoje de manhã, mas também ter me perdoado por ter sido tão babaca no píer.

— Tudo bem. Vou aparecer — concorda ele.

— Faça isso mesmo, Astro. — Estou rindo quando saio do vestiário.

Em casa, não sou o único que decidiu dar uma paradinha. Os gêmeos chegaram primeiro, só que eles não estão invadindo o armário de bebidas como eu. Na verdade, estão tirando as calças rasgadas e as camisetas e botando os moletons e regatas que costumam usar em casa.

— O que vocês estão fazendo? — pergunto na porta do quarto de Sawyer. — Não vão à casa dos Worthington?

— Não. — Sebastian parece relutante em admitir.

— Ah. O que vocês vão fazer hoje, então?

— Lauren quer relaxar aqui — murmura ele. — Ela está a caminho agora.

Cristo. Claro que quer e claro que está. Sinceramente, eu achava Lauren legal no ano passado, mas isso foi antes de ela começar a ficar na nossa casa para mais do que uma visita ocasional. Quanto mais a conheço, menos gosto dela. Ela trata meus irmãos como se eles fossem intercambiáveis. Como se fossem dois brinquedos feitos para a diversão dela.

Mas Seb e Sawyer parecem não ter problema com isso, então, acho que também não devo ter.

Sigo meus irmãos para o andar de baixo. Chegamos ao saguão na hora que a porta da frente se abre e Ella, Val e Hartley aparecem.

— Ei, gatas — chamo, assobiando para as minhas garotas.

Ella e Val reviram os olhos, mas Hartley está ocupada demais observando a grande entrada. A apreensão dela é óbvia enquanto ela examina a escadaria dupla, o teto altíssimo e o mármore liso embaixo dos pés. Uso o momento de distração dela para *examiná-la*.

Ela está lindinha hoje. Veste uma calça jeans com rasgos nos dois joelhos, um top roxo-escuro e um moletom preto aberto. O cabeço está solto, e ela até passou um pouco de maquiagem: rímel e um gloss labial brilhoso que deixa a boca úmida e sexy.

Mas a melhor coisa nela é meu cordão.

Ela está usando. Usando mesmo. E fica lindo no pescoço dela. Quero dar um beijo bem no osso da clavícula.

— Eu esqueci o celular — explica Ella, antes de subir correndo para o quarto.

— E eu tenho que ir ao banheiro antes de irmos visitar a Vaca Má da Costa Leste — declara Val, e desaparece no corredor.

Dou uma risadinha, mas o humor morre quando Hartley e eu ficamos sozinhos. Estou morrendo de vontade de comentar sobre o cordão, mas tenho medo de ela tirá-lo, então finjo não reparar. Ela continua observando o ambiente chique, mas não tenho a sensação de que está me julgando. Na verdade, ela parece triste.

— Está tudo bem? — pergunto.

Ela assente, mas está mordendo o lábio inferior, um gesto que estou começando a associar a nervosismo. Seus lábios se abrem e ela solta o ar rapidamente.

— É que... — O tom dela fica melancólico. — Sua casa é muito linda, Easton. Tanto vidro...

Ela está se referindo às janelas enormes que formam a maior parte da mansão costeira.

— Minha mãe amava a luz do sol — admito. — Ela queria que a casa toda fosse cheia de luz natural. — Menos no final. Àquelas alturas, não havia mais luz na vida da minha mãe. Só escuridão e a depressão que acabaram a empurrando ao limite.

O silêncio se espalha pela entrada enorme. Ouço os murmúrios de Ella vindos de cima e o som de água correndo no banheiro do corredor.

— Quer saber — diz Hartley de repente. — Acho que vou embora.

Sinto uma decepção profunda.

— E a festa?

Ela dá de ombros.

— Não estou no clima.

— Ah, para com isso. Você não pode pular fora agora.

Obviamente, ela já decidiu, porque tira o celular do bolso.

— Vou chamar um Uber.

— Que saco — reclamo.

Os olhos cinzentos procuram os meus.

— Eu não estou mesmo a fim de ir a uma festa hoje, Easton.

Alguma coisa no tom dela, um toque estranho de tristeza, me faz deixar o assunto de lado.

— Tudo bem. Vamos ficar em casa, então. — Pego o celular da mão dela e fecho o aplicativo do Uber.

— O que você está fazendo? — protesta ela.

— Escuta, Hartley Davidson. Nós jogamos um jogo incrível hoje e vencemos lindamente. Eu quero comemorar. — Levanto a sobrancelha. — Com a minha melhor amiga.

Hartley ri alto.

— Você está mesmo explorando essa babaquice de melhores amigos, né?

— Não é babaquice. Eu gosto de estar com você. E se você não quer ir à festa, vamos ficar aqui. — Felicity vai surtar de eu não aparecer para nossa grande apresentação, mas ela pode terminar comigo de mentira a qualquer momento. Não *tem* que ser hoje. — Os gêmeos e Lauren também vão ficar em casa. Vamos pra sala de jogos jogar sinuca ou ver um filme na sala de televisão. Também podemos nadar, a piscina é aquecida.

Ela se mexe com constrangimento.

— Não sei...

— Não são nem dez da noite de uma sexta. Viva um pouco. — Como ela não responde, eu a desafio: — Você vai trabalhar de manhã?

— Não — admite ela.

— Que bom. Então, vamos ficar aqui hoje. Esquece a festa.

— Parece a melhor ideia do mundo. — É a voz de Ella.

Ela desce a escada, mas Val, que aparece na porta atrás de nós na mesma hora, afasta a ideia imediatamente.

— Não — diz para Ella. — Já falei, vamos fazer uma exibição de força hoje.

— Acho que você está dando crédito demais pra Felicity — argumenta Ella. — Ela é inofensiva.

— Não é, não — digo secamente. — Tenho que concordar com Val sobre isso, maninha.

Ella olha para mim.

— É sério?

— É sério. Ela já me disse algumas vezes que quer mandar na escola e que não tem problema nenhum em derrubar você.

Os olhos de Ella ardem de raiva.

— Ela disse isso mesmo?

— Disse.

Val lança um olhar severo para Ella.

— Está vendo? Nós temos que mostrar pr'aquela vaca que Ella Harper O'Halloran Royal não tem medo dela.

— Só Royal está bom. E tudo bem, eu vou. Mas ainda acho que vocês estão exagerando por nada. — Ella olha para mim e Hartley. — Então, vocês vão ficar?

Um arrepio sobe pela minha espinha quando Hartley responde com um aceno rápido. Os grandes olhos cinzentos se grudam brevemente nos meus quando ela diz:

— Acho que sim.

Capítulo 20

— Um filme? Um jogo? Comida? — ofereço depois que Val e Ella vão embora. Eu me viro para os gêmeos. — O que vocês vão fazer?

Os gêmeos dão de ombros e olham para Lauren.

— Pode ser um jogo. — Ela observa Hartley de forma especulativa. — A não ser que vocês precisem de um tempo sozinhos.

— Não, mas não sou boa em jogos — responde Hartley. — A menos que a gente jogue Pokémon. Nesse, eu sou boa.

Meu Deus, que fofa. Dou uma risadinha.

— Eu estava pensando em um jogo de tabuleiro.

— Jogo de tabuleiro?

— É, a gente tem um monte. Minha... — Paro de falar quando me lembro da minha mãe jogando Cobras e Escadas com os gêmeos e comigo quando éramos pequenos. A gente se sentava na mesa da cozinha. O cabelo escuro dela ganhava vida na luz do sol. Eu me lembro de me distrair tentando contar todas as cores.

— Sua o quê?

Afasto o pensamento. Não vou ficar pra baixo hoje.

— Minha mãe adorava. Lembram quando a gente jogava Cobras e Escadas com ela? — pergunto aos gêmeos.

— Quando a gente tinha cinco anos — diz Sawyer.

Corro para mudar de assunto.

— Que tal Monopoly?

Os gêmeos se viram para Lauren. De novo.

Ela sorri.

— Eu topo Monopoly.

— Nós topamos Monopoly — repetem os gêmeos.

Engulo um suspiro de frustração.

— Ótimo. Os jogos estão na sala de televisão.

Mando Sawyer e Sebastian pegarem refrigerantes e sacos de pipoca. Lauren se joga no chão na mesma hora, esperando ser servida, e Hartley me segue até o armário dos jogos.

— Original e das antigas — comenta ela quando tiro a caixa branca da prateleira.

— Claro. Eu sou purista.

— Ele também é um tubarão — avisa Sawyer quando entra na sala, os braços cheios de comida. Atrás dele, Sebastian está carregando uma bacia com várias garrafas dentro.

— Eu não sabia do que você estava a fim hoje, gata — diz ele para Lauren, carregando as bebidas até ela.

Ela observa as oferendas com arrogância e aponta para uma limonada diet, sem dizer nada. Sebastian pega a garrafa, abre a tampinha e serve a porcaria da bebida em um copo para depois entregá-lo para a namorada.

— O que você quer? — pergunto a Hartley, o tom um pouco mordaz.

— Eu posso me servir — responde ela, parecendo achar um pouco de graça. — Por que você não monta o jogo?

Levo a caixa até os gêmeos e Lauren.

— Eu vou ser o cachorro — anuncia Lauren.

Mexo nas peças que restam.

— O que você quer ser, Har-Har?

— O ferro. — Ela o pega na pilha e o coloca no tabuleiro.

Sawyer escolhe o navio e Sebastian, o sapato velho.

Eu escolho o carro.

Depois das primeiras quatro rodadas, Sawyer e Hartley estão dominando o jogo.

— Ei, eu sou mais velha do que você. Respeite os mais velhos — provoca Hartley quando Sawyer escapa de uma das propriedades dela por um espaço.

— Desculpa, estou sujeito aos caprichos dos dados, e eles dizem que devo comprar St. James.

Ele me entrega o dinheiro, e eu entrego a ele o cartão da propriedade.

— Bom, os deuses da sorte estão me dizendo para passar e recolher mais duzentos. — Hartley balança a carta na cara de Sawyer. — E com a minha nova riqueza, acho que vou comprar um apartamento pra você ter onde ficar na sua próxima visita.

— Ele não vai ficar na sua casa — reclama Lauren.

Reviro os olhos pra ela.

— Relaxa. É só um jogo.

— Estou morrendo de tédio — diz ela, e fica de pé. — Vamos ver um filme no seu quarto.

Antes que eu possa protestar, os gêmeos seguem Lauren pela porta.

— Eu disse alguma coisa? — pergunta Hartley.

— Não. Lauren é... — Faço uma pausa, sem querer falar mal de uma garota que pouco conheço. — Ela é Lauren — concluo. — Ainda quer jogar?

— Ah, quero. Estou arrasando. — Ela empurra os dados na minha direção. — Sua vez.

Eu jogo e caio em sorte ou revés. O cartão que pego na pilha me manda direto para a cadeia. Hartley dá uma risadinha do meu azar. Ela move a peça pelo tabuleiro, compra outra propriedade, se senta e me vê me afundar.

Jogo os dados e tiro um cinco, que me leva até a propriedade que Hartley acabou de comprar.

— Droga. Você já está arrancando tudo de mim.

Ela esfrega as mãos como uma vilã do mal. Entrego o pagamento e vejo o ferro dela seguir para o baú comunitário.

Minha próxima jogada me leva até a avenida Tennessee.

— Finalmente. — Limpo um suor falso da testa. — Achei que eu ia ficar sem-terra.

— Ainda é cedo.

— Nunca imaginei que você fosse tão implacável.

— Assista e aprenda, bonitão.

Ela prova que estou enganado. Depois da volta seguinte pelo tabuleiro, ela é dona de cinco propriedades enquanto eu sou de uma. Esse jogo vai ser um massacre.

— Por quanto tempo você vai me torturar?

— Você tem algum dinheiro?

Olho para minha pilha pequena.

— Um pouco.

— Está desistindo?

— Não.

— Aham. — Ela me entrega um pouco de dinheiro. — Vou comprar uma casa pra avenida Indiana.

Passo a casa para ela com um grande suspiro.

— Esse seu lado materialista é novo — comento.

— Como assim? — Ela empurra os dados na minha direção.

— Sei lá. Você parecia tão legal e tranquila antes. Você toca violino. Isso parece muito... — Eu paro de falar, sem saber direito aonde queria chegar.

— Frágil? — oferece ela. E faz cara feia. — Tocar um instrumento é tão difícil quanto jogar futebol americano. Você acha que ficar horas sentada com um pedaço de madeira entre o ombro e o pescoço é confortável e fácil?

— Hum, acho que não.

— Não. Você sabe quantas vezes meus dedos sangraram depois dos ensaios? — Ela enfia a mão bonita na minha cara.

— Muitas? — tento adivinhar.

— Isso mesmo. Muitas. E quando seus dedos doem, não dá pra fazer nada. Nem abotoar a própria camisa.

— Eu abotoaria sua camisa pra você — digo, sem pensar.

Ela joga a casa em mim.

— Easton!

Pego a casa e a coloco na propriedade.

— Desculpa. É um velho hábito.

— Por quê?

— Por que o quê?

— Por que é um velho hábito?

— Sei lá. Só é — eu murmuro. Jogo os dados e mexo minha peça. É outra ferrovia, mas não tenho dinheiro, então, empurro os dados para ela.

— Vai. Conta.

— Por quê?

— Porque os amigos contam as coisas pro outro.

Levanto as sobrancelhas para ela.

— E você me contou *tanta* coisa.

Ela dá de ombros.

— Você sabe sobre minha situação em casa.

— Não por você ter me contado — protesto. Meu sangue está quase fervendo. — Eu escutei.

— Mas você sabe — insiste ela.

Irritado, digo de repente:

— Eu faço isso porque é o meu papel.

Na mesma hora, me arrependo da explosão e finjo estudar meu carro como se fosse uma miniatura detalhada do

Bugatti de um milhão de dólares de Steve. Eu amo aquele carro maldito.

— Não vou fingir que sei o que isso quer dizer, mas entendo como é ser o filho do meio. Você não consegue alcançar seus irmãos mais velhos perfeitos e não é mais o bebezinho fofo da casa.

— Não é assim — protesto, mas a verdade das palavras dela me acerta no estômago. Reed e Gideon são extraordinariamente concentrados. Eles têm a disciplina que me falta, e é por isso que participam dos jogos universitários, e eu não. Os gêmeos estão conectados em um nível mais profundo que acho que nem Lauren entende. Eu sempre estive no meio. Cercado dos meus irmãos, mas, de certa forma, ainda sozinho. A única coisa que se destacava era quanto minha mãe se dedicava a mim, e, em retrospecto, até isso me deixa desconfortável.

— Eu gosto de ser Easton Royal. Não tem nada neste mundo que eu não possa ter — declaro, para mostrar a ela que não sou o poço de tristeza que ela está tentando insinuar. — Eu disse hábito porque muitas pessoas se apaixonam por mim, e eu tento retribuir com elogios pra fazer com que se sintam melhor.

— Tudo bem — diz ela.

O tom comedido me irrita mais do que a discussão, mas aperto os lábios. Decido me concentrar no jogo, lanço os dados e movo meu carro pelo tabuleiro, mas não consigo parar de pensar no passado.

Que a minha mãe sempre me disse que eu era o favorito, o menino especial com quem ela sempre podia contar para estar com ela quando ela precisava. O que queria dizer apenas que eu era a pessoa que não podia dizer não para ela.

— Às vezes, é ruim ser o foco da atenção de uma pessoa — eu digo. — Pra você e pra outra pessoa. Então, fazer um elogio muda o foco, entende?

Sinto que falei demais e baixo a cabeça. Espero a pergunta inevitável sobre o que eu queria dizer e a quem estava me referindo. Surpreendentemente, o único som que escuto é dos dados batendo no tabuleiro. Ela cai na última ferrovia, o que quer dizer que estou ferrado.

— Estou com fome — anuncio. — Vamos comer alguma coisa e depois ver um filme.

— Mas a gente não acabou o jogo.

— Eu me rendo. — Fico de pé. — Comida?

— Claro. — Ela pega o celular.

— O que você está fazendo?

Sorrindo, ela tira uma foto do tabuleiro e da minha pilha patética de dinheiro.

— Estou comemorando este acontecimento. Pode ser que eu não vença você em nada de novo.

Eu me concentro em uma parte da frase: de novo. Hartley quer passar mais tempo comigo. Isso basta para afastar as lembranças ruins.

Levo-a até a cozinha e faço sinal para que se sente.

— Acho que temos sobra de ravióli. Sim ou não?

— Sim. Adoro ravióli. Posso ajudar?

— Não. Senta aí e me distrai.

Ela se senta em um banco.

— E como você quer que eu te distraia? — Quando abro a boca, ela levanta a mão em um sinal de pare. — Esquece que falei isso. Quer que eu leia as notícias?

— Você não quer enfiar um furador de gelo na minha testa?

— A resposta seria não.

Tiro o prato da geladeira e leio as instruções. Sandra colou um papel em cima explicando como esquentar. *Forno de convecção, três minutos.* Depois que o coloco lá dentro, eu me viro e me apoio na bancada.

— Estou surpreso de não ter mais gente morando aqui — diz ela, olhando para o espaço vazio. — Fiquei com uma família em Nova York em uma das minhas férias. A casa deles é um oitavo desta, e eles tinham três equipes de funcionários em tempo integral.

— Nós tínhamos muitos. Mas, depois que a minha mãe morreu, os funcionários não paravam de dar entrevistas com fofocas de que nossa família era muito infeliz. Meu pai despediu todo mundo, menos Sandra, nossa cozinheira. — Faço sinal na direção do forno. — E ela só trabalha alguns dias por semana, agora, porque tem um neto e ajuda a cuidar dele. Eu gosto mais assim. Como era lá no norte?

— Era frio no inverno. Muito frio. Não sinto falta disso. Mas eu amava as estações. A primavera e o outono eram as minhas favoritas.

— Quanto tempo você ficou lá?

— Três anos. — Ela hesita, e sei que quer fazer perguntas sobre a morte da minha mãe e, provavelmente, sobre o escândalo que aconteceu no começo do ano. Mas, em vez de iniciar uma caçada por fofocas, ela joga um pano de prato para mim. — Usa isso pra não queimar as mãos.

— Boa dica. — Tiro a travessa de vidro com cuidado do forno. — A gente pode comer aqui juntos? Ou preciso pegar pratos?

— A gente pode comer juntos. Quer água ou alguma outra coisa?

Quero muito uma cerveja, mas acho que Hartley pode não gostar disso. Ela não pareceu animada de eu estar bêbado na noite em que me encontrou depois do jogo de pôquer.

— Água está ótimo.

Depois que acabamos com a travessa de massa, Hartley pede para usar o banheiro. Mostro o que fica perto da cozinha e sigo o corredor para usar o outro banheiro do térreo.

Quando volto, ouço as vozes de Hartley e Lauren. Acho que Lauren desceu para pegar alguma coisa, mas estou chocado de ela não ter mandado um dos criados dela pegar.

Não tenho a intenção de xeretar a conversa das duas. De verdade. Mas, antes que eu possa entrar na cozinha, Lauren diz uma coisa que gruda meus pés no chão.

— Legal ver você fazendo uso do nome Royal.

— O que você quer dizer? — Hartley parece confusa.

— Quero dizer que há grandes vantagens em sair com um Royal. É incrível, não é? — O tom arrogante e petulante faz meus ombros enrijecerem. Essa garota é horrível.

— Não estou saindo com um Royal. Easton e eu somos só amigos.

Lauren ri.

— Garota, pode parar. Amigos não compram joias caras pro outro.

— O quê? Ah, você está falando disto? Easton ganhou em uma máquina de doces.

— Você quer dizer na Candy Machine.

— Não entendi.

— É uma joalheria que fica na Sexta. Os pingentes mais baratos custam cinco mil, e os preços vão subindo. — Há um momento de silêncio enquanto Lauren soma os três pingentes dentro do coração de vidro no colar de Hartley. — Tem três aí dentro. Diamantes, rubis e esmeraldas. Estou supondo que Easton tenha gastado uns quinze mil. Não que ele não possa. Como falei, é um bom começo.

— Mas... eu não quero que ele compre coisas caras pra mim — protesta Hartley, e xingo Lauren por tocar no assunto. Já foi difícil fazer Hartley aceitar o presente.

— Ah, não banque a inocente. Sair com os Royal significa aguentar essa família complicada. Melhor ter uma compensação, né?

Recuo um pouco e piso com força para as garotas me ouvirem chegando. E realmente as duas fazem silêncio. Lauren abre um sorriso largo quando entro na cozinha. Hartley está com expressão perturbada no rosto.

Ela mostra o colar assim que me vê.

— Eu não posso ficar com isto.

Luto contra a vontade de fazer cara feia para Lauren.

— Por quê?

— É caro demais. Não posso andar por aí usando um colar que custa tanto.

Na bancada, Lauren dá um suspiro irritado, como se Hartley a tivesse decepcionado. Ela pega o copo de água e sai da cozinha sem nem olhar para trás.

— Por quê? — repito, me concentrando em Hartley de novo. — Você não é pobre. Você tem um fundo fiduciário.

— O único fundo que tenho é com objetivos acadêmicos. É da minha avó, e só posso usar pra aulas, mensalidades da escola, coisas assim. É por isso que posso estudar na Astor.

Eu a vejo mexer no fecho, puxar e tentar abrir como se a corrente de ouro estivesse queimando a pele.

— Me ajuda — ordena ela.

— Não. — Recuo. Tirar o colar seria uma perda, e não quero sentir isso.

— Estou falando sério, Easton. Não me sinto à vontade ficando com ele. Eu nunca poderia comprar uma coisa dessas. Por que você acha que meu pai... — Ela para de falar. — Não posso aceitar isto.

— O que você ia dizer sobre o seu pai? — eu insisto.

— Nada.

Solto um gemido irritado.

— Por que você sempre tem que ser tão difícil? Por que sua vida é tão cheia de segredos?

Ela para de mexer no fecho por um momento.

— Que importância tem?

— Nós somos amigos. Eu quero conhecer você melhor.

— E porque estou cansado de ser quem conta tudo. Já contei coisas pra ela que não contei pra mais ninguém. Enquanto isso, ela continua a agir cheia de mistério, como se preferisse raspar a cabeça a confiar em mim.

Há um leve brilho de escárnio no olhar dela.

— É, você fica cuspindo a palavra amigo. Fica dizendo que por você tudo bem sermos só amigos. Mas uma parte de mim sente que é um grande golpe. Como se você estivesse fazendo tudo isso só porque quer me levar pra cama.

Fecho os punhos junto ao corpo.

— Se você acredita nisso, por que está aqui?

Ela fica em silêncio de novo.

— Você tem sorte que eu decidi não botar as mãos em você.

Ela abre a boca.

— Sorte?

— É. Porque, se eu quisesse estar pelado com você, nós estaríamos pelados. Eu só estou jogando da forma como você quer agora.

— Uau. Que legal, Easton. — Ela puxa a corrente com força, e o fecho frágil cede. — Valeu pelo jogo, pelo filme e pela comida.

Porra.

— Espera. Não vai. Eu estava brincando.

Ela coloca o cordão na bancada sem olhar nos meus olhos.

— Aham. Eu tenho que ir.

Sufoco uma explosão de ansiedade. A noite mal começou, e eu não quero ficar sozinho em casa.

— Para com isso, Hartley. Eu fiquei em casa por você hoje e você já vai embora? Por quê? Porque dei em cima de você de brincadeira?

— Não, porque estou cansada e quero ir pra casa. Você não precisava ter ficado. Foi escolha sua. — Ela sai andando para o saguão de entrada.

Pego o cordão na bancada e vou atrás dela, a corrente de ouro pendurada entre os dedos.

— Eu fiz essa escolha porque é isso que os amigos fazem, lembra? Sacrifícios.

— Não me faça favores — responde ela friamente.

Consigo sentir minha temperatura ferver.

— Não vou fazer. Na verdade, pode dar seu jeito de voltar pra casa.

Ela abre a porta pesada de carvalho.

— Pode deixar.

E vai embora.

Ela... sai andando pela porta, desce a escada e segue em frente. Eu a vejo da janela, o corpo magro ficando cada vez menor conforme ela vai chegando mais perto do portão.

Ela não olha para trás nenhuma vez.

Estou feliz por ela ter ido embora, digo para mim mesmo. Estou doido pra beber e, agora que não preciso me preocupar em incomodá-la, posso procurar uma bebida. Fico olhando para o cordão na minha mão, tentado a jogá-lo na parede. No final, eu o enfio no bolso, porque Lauren estava certa. A porcaria custou *mesmo* quinze mil. Melhor guardar pra próxima garota. Dessa vez, vou escolher alguém que seja agradecida e goste de mim.

Vou batendo os pés até o escritório do meu pai e reviro o armário de bebidas. A única coisa que ainda tem lá é o vinho do Porto nojento. Eu bebo a merda doce mesmo assim. Álcool é álcool. Vai me dar o efeito de que preciso.

Não consigo acreditar nela. Fui legal com ela. Eu a defendi. Eu a protegi. Ela devia estar feliz. Devia estar ajoelhada me agradecendo por jogar o manto dos Royal nela.

O manto dos Royal?

Quase vomito na minha própria boca. É esse o tipo de pessoa que eu virei? Não me admira que ela não queira passar mais tempo comigo.

Procuro e acabo encontrando outra garrafa. Em algum lugar no fundo da mente, ouço os avisos dos meus irmãos, me dizendo pra não jogar minha vida pela privada.

— Sem comprimidos. Sem drogas — digo para os meus irmãos imaginários. — Só uma bebidinha. Não tem nada de errado nisso.

Quando viro a garrafa nos lábios, tenho um vislumbre do meu reflexo no espelho da parede. A foto da minha mãe ficava ali. Agora, é uma monstruosidade reflexiva. Como o coroa aguenta se olhar? Ah, é, ele nunca está em casa, é assim que ele aguenta.

Sou o único aqui, bebendo uma porcaria que detesto porque não quero passar um minuto da minha vida sozinho. Minha cabeça é um lugar horrível.

Aperto a garrafa com mais força na mão. Beber sozinho é coisa de fracassados. Eu, Easton Royal, não sou um fracassado. Eu termino a garrafa, pego outra e cambaleio na direção da praia.

Capítulo 21

A caminhada até a casa de Felicity é um borrão, mas acabo indo parar no lugar certo. Ou, pelo menos, o que parece ser o lugar certo a julgar pelo número de corpos caídos em uma parte da areia.

— Easton Royal!

Ouço meu nome ser chamado por várias pessoas. Felicity deve ter convidado gente que não é da Astor, porque reconheço o rosto de algumas pessoas que já começaram a faculdade.

— Ei, Felicity estava procurando você — diz alguém. — Ela está bem puta. Acho que você devia se esconder.

— Stu trouxe umas garotas da faculdade. São umas gatas. — Outro cara morde o punho. — Mal posso esperar pra me formar.

— Cadê a bebida? — resmungo.

— Na casa da piscina. Mas… cara, você já parece calibrado. Tem certeza de que precisa de mais?

— Se quiser sua opinião, eu peço.

Passo por ele sem nem registrar quem era. No pequeno declive, vejo a piscina, a casa da piscina e uma pequena pista de dança do lado. Ella está lá com Val. Elas adoram rebolar.

Pego um copo da mão de um cara e sigo em frente. Atrás de mim, tem uma agitação e alguns protestos, mas empurro o cara e o ignoro. Ele pode conseguir outra bebida facilmente. Vou até as garotas e derramo metade da bebida no caminho.

— Deus, quem é o bêbado... — Lindsey, da aula de governo, para a falação no meio. — Ah, é você.

— Algum problema comigo? — pergunto.

— Não — responde ela, mas seus olhos dizem uma coisa diferente.

Lanço um sorriso frio para ela e chego para o lado.

— Boa escolha.

— Babaca — murmura ela baixinho.

— Vaca.

Uma mão grande segura meu ombro.

— Eu ouvi isso, Royal. É você que está derramando essa merda nas pessoas.

Com olhar embaçado, olho para a nova cara. É Zeke, o namorado de pescoço grosso de Lindsey.

— Eu sei que você não tem atenção suficiente em casa, Zeke, mas veio latir pra árvore errada — informo a ele. — Ou tira as mãos do meu Tom Ford original ou vai passando as mil pratas pra eu comprar outro.

Zeke, com o rosto vermelho, se prepara para dar um soco. Se acertasse, teria doído pra caramba, mas ele é mais lento do que uma lesma. Eu me abaixo, seguro o punho dele e o dobro nas costas. Ele cai de joelhos.

Lindsey grita. E outra voz chama meu nome.

— Easton! Easton! — Um par de mãozinhas me empurra, sem efeito. É Ella, que parece preocupada.

— O que foi, maninha?

— O que você está fazendo?

Movo a mão livre em um gesto amplo, e o líquido restante no meu copo vira na pista de dança.

— Eu vim comemorar.

— Você está bêbado. — Ela enfia as unhas no meu punho, o que está segurando Zeke com firmeza.

— Duas estrelas douradas pra você! Eu bateria palmas, mas minhas mãos estão ocupadas. — Levanto bem o copo. Se bater com ele no ângulo certo, posso apagar Zeke. Seria divertido.

Os gritos de Lindsey viram um choro triste e baixo. Começo a cantarolar para disfarçar o som dela.

— Cadê a Hartley? — pergunta Ella.

— Quem se importa? — Minha garganta se aperta com a mentira. Eu me importo. Me importo até demais.

— Easton, por favor.

— Você suplica assim quando está com Reed? — Pisco para ela. Ou tento, pelo menos. — Deve ser por isso que você carrega as bolas dele na bolsa.

O rosto preocupado dela fica gelado.

— Você está bêbado — repete ela. — Vai pra casa.

Outro par de mãos se junta à mão da Ella. Essas são grandes e fortes e quase conseguem soltar Zeke de mim.

O rosto de Bran aparece.

— Ei, cara. A gente vai jogar futebol americano com um frisbee e precisamos de mais uma pessoa.

— Está escuro demais — resmungo.

— Que nada, Bran grudou umas luzes de LED nele — diz Pash ao meu lado. — Vem.

Com relutância, solto Zeke. Lindsey cai em cima dele, o que não parece nada confortável. Começo a dizer alguma coisa, mas Bran e Pash me arrastam para longe. A última coisa que vejo é o rosto furioso da Ella.

Acho que a magoei de novo. Vou ter que pedir desculpas de manhã. Ela é muito sensível.

Alguém joga um disco iluminado no ar.

— Tem um baseado? — pergunto.

— Vamos só jogar — diz Bran com um suspiro. — A gente não precisa de ninguém fumando erva hoje.

Eu me viro para Bran.

— Você está monitorando meus hábitos recreativos agora?

— Só estou tentando manter o capitão da nossa defesa saudável e sem suspensão.

O disco vem voando na nossa direção. Bran pula e o pega antes de me acertar no meio dos olhos.

— Acho que frisbee não é uma boa ideia hoje — diz ele com sarcasmo.

Pash assente.

— Que tal a gente relaxar na minha casa? A gente pode ver um filme.

— Filme? A última coisa que quero fazer é ver um filme. — Bato com o punho na palma da mão. — Que tal a gente brigar?

— Não vai ter briga na minha festa! — diz a voz estridente de Felicity.

Eu me viro e a vejo parada a poucos metros. Os olhos estão cuspindo fogo. Eu me pergunto por que ela está com tanta raiva. E então, me lembro. Ela queria terminar comigo aqui, onde todo mundo poderia ver.

Bom, fico feliz em ajudar.

— Felicity. Aí está você. — Vou até lá e passo o braço em volta dos ombros dela. — Minha namorada de mentira. Ei, pessoal — grito. — Nós temos uma coisa pra contar. Felicity tem uma coisa pra anunciar. Ela vai terminar nosso relacionamento de mentira.

Há um silêncio sufocante, interrompido por algumas risadinhas femininas.

Eu me afasto e abro bem os braços.

— Estou aqui. Manda ver. Pode dizer o que você quiser pra terminar. Capricha.

— Easton, vamos pra casa. — Ella abre caminho até a frente da multidão.

— Não vai rolar, maninha. Eu prometi pra minha namorada de mentira que ela podia me humilhar na frente de todos os nossos amigos. — Aceno para Felicity de novo. — O palco é todo seu.

Ela está com a boca apertada em um círculo pequeno de reprovação, como se alguém tivesse costurado os cantos e puxado bem os fios.

— Você é um filho da mãe mau e cruel, Easton Royal — sibila ela.

— É só isso que você tem a oferecer? Vindo de uma das garotas mais sacanas da Astor Park Prep? Não acredito. Não me decepcione. — Faço um gesto com a mão para ela partir para cima, mas não é ela quem dá o golpe.

— Me desculpe por isso, mas acho que você vai me agradecer de manhã. — Bran se inclina e solta o punho. É a última coisa que eu vejo.

Acordo com uma luz ofuscante na cara e uma banda marcial passeando na cabeça. Solto um gemido de sofrimento que só faz a banda tocar mais alto. O tambor retumbante lateja nas minhas têmporas e pulsa na minha barriga, até que as ondas de náusea que produz me lançam da cama correndo para o banheiro da minha suíte.

Vomito até não restar nada a ser vomitado e fico ajoelhado com ânsia por alguns minutos. Acabo encontrando forças para me levantar. Escovo os dentes e tomo dois copos d'água. Tomo banho. Faço a barba. Quando volto para o quarto e visto uma calça de moletom, estou me sentindo um pouco normal.

Acho ressacas um saco. Mas as minhas não costumam ser ruins assim. Não consigo lembrar a última vez que acordei me sentindo tão merda depois de uma noite de bebedeira. É verdade que bebi demais ontem à noite. O suficiente para agir como um babaca, para irritar Felicity e levar um soco na cara, cortesia de Bran Mathis.

— Quanto você bebeu ontem? — Meu pai aparece na porta do meu quarto de testa franzida. — Você nunca mais vai voltar ao *cockpit* se não ficar sóbrio.

— Quem disse que eu bebi alguma coisa? — eu o desafio.

— São oito da manhã e você passou os últimos dez minutos vomitando tão alto que deu pro bairro inteiro ouvir. Então, repito: quanto você bebeu?

Ele está usando aquela voz de sala de diretoria que deixa os subordinados tremendo de medo. Mas não sou subordinado dele; sou filho, o que quer dizer que sei por experiência própria que Callum Royal é um fraco fora do escritório. Ele deixou a mim e meus irmãos soltos por anos, mesmo antes de a minha mãe morrer.

— Pode ser que eu esteja com infecção estomacal. Já pensou nisso, pai? — Lanço um olhar desafiador para ele. — Adoro que você sempre pensa logo o pior de mim. — Murmurando baixo, vou até meu closet e abro a porta dupla.

Do outro lado do quarto, o rosto do meu pai parece abalado.

— Desculpa, filho. Você está passando mal?

— Não. — Olho para ele com um sorriso. — De ressaca.

— Easton. — Ele passa a mão trêmula pelo cabelo. É do mesmo castanho-escuro do meu e dos meus irmãos mais velhos. O cabelo dos gêmeos é alguns tons mais claro. — De todos os meus filhos, você é o que vai me dar cabelo branco. Você sabe disso, né?

— Claro. Gid é moralista demais. Reed também. — Inclino a cabeça, pensativo. — Na verdade, os gêmeos talvez sejam piores do que eu. Você sabe que eles estão namorando a mesma garota...

— Não estou ouvindo nada! — resmunga meu pai, cobrindo os ouvidos enquanto sai rapidamente do meu quarto.

Dou uma risada debochada porque, caramba, meu pai até que ficou mais legal desde que Ella veio morar conosco. Antes disso, ele nunca tinha tempo de saber nada sobre nós nem de ficar dando sermão por causa do nosso comportamento absurdo.

Falando em Ella, ela entra no meu quarto menos de um minuto depois de meu pai sair. O cabelo louro está preso em um rabo de cavalo alto e ela está de calça de ioga e uma camisa de futebol americano com o número de Reed na frente.

Bosta. Esqueci que vamos pegar o avião para o jogo de Reed hoje. O time dele vai jogar contra a Louisiana State.

— Qual é seu problema? — O cabelo da Ella balança rapidamente quando ela avança para cima de mim.

— Essa pergunta é vaga demais, maninha. Tem uma porrada de problema aqui.

— Você agiu como um babaca ontem — acusa ela.

— Então, você quer dizer que eu agi como sempre ajo?

Os olhos dela são tomados de consternação.

— Não, não é assim que você age, ao menos, não comigo.

Reviro o cérebro tentando lembrar o que fiz ou disse para Ella ontem. Quando cheguei à casa de Felicity, Ella e Val estavam dançando. Arrumei confusão com o escroto do Zeke, e Ella interferiu. E eu... Ah, sim. Eu fiz um comentário juvenil sobre ela ter Reed no cabresto e debochei sobre ela implorar para o meu irmão quando eles estavam juntos na cama.

Engulo um suspiro. Droga. Sou mesmo um babaca.

— Por que você faz essas coisas? — pergunta ela.

Ah, droga, o lábio inferior dela está tremendo. Juro por Deus, se ela começar a chorar...

Mas Ella se recupera rápido. A boca se estica e o queixo se projeta. A garota tem aço no sangue. Nada a puxa pra baixo. Nunca. Não me admira meu irmão ter se apaixonado assim que ela entrou pela porta.

— Você tem problemas de vício, Easton.

— Ah, é mesmo?

Os olhos dela faíscam.

— Não é motivo de piada.

Não é mesmo. A última pessoa da nossa família que tinha problemas de vício se matou. Mas não sou como a minha mãe. Amo demais a vida para acabar com a minha.

— E daí que eu gosto de beber? — digo, dando de ombros. — Grande coisa. Não estou mais tomando comprimidos. — Procuro minha camisa da State no armário. — Quando o avião decola? — pergunto olhando para trás.

— Em uma hora. — Com o canto do olho, eu a vejo cruzar os braços. — Mas você não vai junto.

Eu me viro.

— Porra nenhuma. Reed vai jogar.

— Eu não quero você lá — responde ela com a cara amarrada.

Não consigo segurar uma gargalhada.

— Caramba, maninha, se *você* não me quer lá, acho que vou ter que ficar em casa. — Eu tiro a camisa do cabide. — Só que não.

— Estou falando sério — diz ela com uma voz arrogante que me irrita. — Você foi muito babaca ontem, e não só comigo, mas com Val e com Bran e... Não consigo acreditar que vou dizer isso. Também com Felicity. Você não merece ir pra Nova Orleans com a gente pra ver Reed jogar e depois comer *beignets* deliciosos e jantar na rua Bourbon. Seria como convidar o gambá que revirou seu lixo no gramado pra entrar e fazer a mesma coisa na cozinha.

— Por sorte, você não decide se eu vou ou não — digo com malícia. Ela me comparou com uma porra de gambá?

— Tem certeza disso? — Com um sorrisinho, ela tira o celular do bolso e digita alguma coisa.

Menos de dez segundos depois, meu celular vibra na mesa de cabeceira. Com os olhos desconfiados grudados em Ella, vou até a cama e pego o aparelho. Leio a mensagem de texto que chegou. É de Reed.

Fique em casa hoje. Não quero você aqui.

Uma onda de fúria sobe pela minha coluna. Eles estão de sacanagem comigo?

— Então, vai ser assim, é? — resmungo com raiva. E amo o fato de ela estar com raiva de mim porque eu disse que ela tem meu irmão no cabresto. Ela acabou de provar que estou certo!

— Até você dar um jeito na sua vida? — diz Ella. — Vai.

Ela dá meia-volta e sai andando do quarto, um tornado dourado de presunção.

Ella e Reed não estavam brincando. Sou mesmo barrado do voo para a Louisiana com meu pai e minha meia-irmã traidora, obrigado a vê-los saírem pela porta sem nem olharem para trás. Muito infantil, na minha opinião.

Mas tudo bem. Isso só quer dizer que posso passar o dia relaxando pela casa e de preguiça na piscina. Posso aguentar uma tarde sozinho. Preguiça é legal, eu minto para mim mesmo.

Eu me esparramo numa espreguiçadeira, uma garrafa de água e uma de cerveja na mesinha ao lado. Alterno goles de cada uma das garrafas, para poder ficar ao mesmo tempo hidratado e pilhado. E, por sorte, não tem ninguém por perto para me encher o saco sobre beber durante o dia.

Entre cochilos, minha mente vagueia até Hartley. Tento ligar para ela, mas ela não atende. Sei que não está trabalhando hoje, então, isso quer dizer que ela está me ignorando.

Qual é o problema dela? Não entendo por que ela não quer falar comigo sobre *nada*. Eu contei coisas sobre a minha mãe, não contei? E ela não pode confiar em mim para revelar um único detalhe em troca? E aquele cordão foi *presente*. Quem devolve presentes? Por que tudo em relação a ela é tão difícil? Ela devia ter ficado no colégio interno. Assim, não estaria aqui me deixando louco pra caralho.

E por que ela *voltou*? Quem não ia querer ir para um colégio interno. Tanta liberdade. Quer dizer... Eu sentiria falta da minha família, mas não me importaria de ser mandado para longe de casa. Será?

Hartley se importou. Se importou o suficiente para voltar para Bayview contra a vontade dos pais. Como eu me sentiria se não pudesse ver meus irmãos?

Seria um saco. Mal consigo aguentar ser banido por um dia sem ter que afogar meu sofrimento.

Paro para pensar. Por que estou sendo tão patético? Consigo ficar sozinho por um dia. Ou uma semana. Ou um ano, se necessário. Hartley é uma criançona se não aguenta o colégio interno. Voltar correndo para uma casa onde ela nem é desejada? Por que fazer isso? Melhor criar uma vida nova.

Tomo um longo gole de cerveja. Não sei por que me importo. Não preciso de Hartley, nem como amiga. Posso ligar para qualquer garota agora e ela viria correndo ficar comigo. Posso ter quem eu quiser. As garotas não resistem a mim, e isso inclui a garota de cabelo escuro que aparece de repente no pátio de mãos dadas com meu irmão.

Assim que Savannah Montgomery e eu nos olhamos, uma tensão surge entre nós.

Eu me ajeito com constrangimento e tomo outro gole de cerveja.

— Oi — murmuro para os recém-chegados.

Eles estão de roupa de banho, e Gideon segura duas toalhas sobre o braço musculoso. Ele vem para casa quase todos os fins de semana desde que ele e Savannah voltaram. Sav está na faculdade com ele porque se formou um ano antes, mas acho que eles têm mais privacidade aqui em Bayview. Os dois têm colegas de quarto na faculdade.

— Oi. Você se importa de a gente nadar? — pergunta Gid.

— Não. Manda ver. — Faço sinal pra piscina e me estico na espreguiçadeira. — Vou cochilar. Ei, Sav, como vai a vida de universitária?

— Oi — diz ela com voz tensa. — A vida está ótima.

Sinto uma pontada de irritação, a mesma que senti pela professora Mann quando ela agiu como se fosse só minha culpa a gente ter ficado junto.

Savannah e eu transamos no ano passado, bem antes de ela e Gid voltarem. Naquela época, ela ainda queria magoá-lo, e eu queria magoar... a mim mesmo, eu acho.

Reed tinha acabado de fazer com que Ella fugisse da cidade, e eu estava puto. Qualquer atração que eu tivesse sentido por Ella já tinha passado, mas nossa ligação, não. A verdade é que, apesar de eu ter muitos amigos, eu não tenho muitos amigos. É tudo coisa superficial.

Com Ella, era mais do que coisa superficial. Eu confiava nela. Ainda confio, apesar de ela ter sido uma vaca comigo hoje de manhã.

Surtei quando as coisas idiotas que Reed fez a afastaram. Pirei. Pirei muito, como um dos aviões de teste da Atlantic Aviation que não consegue concluir o voo e cai no deserto, fazendo os engenheiros do meu pai voltarem para a prancheta para descobrir qual falha no design levou ao acidente. Eu sou a falha no design da família Royal, aquele que não é como os outros, aquele que cai e pega fogo com mais frequência do que fica bem.

Dito isso, ninguém obrigou Savannah a ficar comigo. E, sim, senti culpa depois que aconteceu, mas não o suficiente para carregar toda a culpa. Eram duas pessoas naquela cama. Gideon sabe disso e não nos condena. Sinceramente, acho que ele está tão feliz de ter voltado com a garota que está disposto a perdoar todos os pecados dela. Considerando sua própria lista de pecados, ele seria hipócrita de não fazer isso.

— Decidiu não ir ao jogo de Reed? — pergunta Gid quando coloca as toalhas na espreguiçadeira ao lado da minha. Acho que ninguém contou para ele que fui banido da Louisiana.

— Eu não estava a fim — minto. — Estou de ressaca.

— Estou sabendo — diz ele secamente.

Savannah vai até a parte rasa e molha os dedos do pé.

— A água está ótima — diz ela para Gideon. — Vamos nadar, Gid.

— Vou em um segundo. — Ele me olha de novo. — Sawyer disse que seu novo *quarterback* te carregou bêbado pra casa ontem e te colocou na cama.

Tomo uma nota mental de dar um sacode no Sawyer depois. Ou no Sebastian. Qualquer um serve, já que os merdas são praticamente uma pessoa. É só perguntar pra namorada deles.

— Você precisa pegar leve na bebida — aconselha Gideon. — Está ficando velho pra essa merda, East. Eu achava que você queria voltar a voar.

As palavras machucam. Gid é tão crítico às vezes.

— Eu vou voltar a voar. Só estou esperando até estar fora de casa e longe da unidade paterna. Além do mais, não é porque você virou um velho na faculdade que eu vou seguir seus passos, cara. Quero curtir a adolescência pelo tempo que puder.

A decepção no rosto dele machuca ainda mais.

— Claro, East. Continua aproveitando, então.

Ele vai até Savannah, eu me encosto na espreguiçadeira, os dois pulam na piscina e nós todos fingimos que não vi a namorada do meu irmão mais velho nua.

Capítulo 22

O resto do fim de semana passa rápido. Penso em Hartley mais do que deveria, mas, por mais que eu queira ir atrás dela, acabo me controlando. Decido que vou esperar e conversar com ela na escola. Pedir desculpas por ter sido babaca e torcer para ela não ser teimosa demais para me perdoar.

No domingo à noite, Ella decide voltar a falar comigo. Ela se junta a mim na sala de televisão e torce o nariz para a tela. Estou vendo um filme de Tarantino, cheio de cenas de violência.

— Alguém está com sede de sangue — comenta ela com uma careta.

Dou de ombros e continuo olhando para a tela.

— Ah, agora a gente está se falando?

— Está. — A voz dela está carregada de remorso.

Escondo um sorriso. O lance de Ella é que ela não é tão durona quanto se faz parecer. Ela tem o coração mais gentil que já conheci e se importa muito com as pessoas. Se acreditar que você vale o tempo e o esforço dela, vai mover o céu e a terra para fazê-lo se sentir amado e apreciado.

— Sei que fui escrota com você este fim de semana — admite ela. — Foi de propósito.

Dou um sorrisinho debochado.

— Ah, não. É mesmo?

Ela se aproxima e se senta ao meu lado.

— Eu estava querendo demonstrar uma coisa.

— O que, que você tem um talento enorme pra dar gelo nas pessoas?

— Não. Que suas ações afastam as pessoas. — Ela balança a cabeça com decepção. — Muita gente gosta de você, East. Seu pai, seus irmãos, eu, Val, seus colegas do time. Nós *amamos* você.

Sinto um arrepio na coluna, como se cem espinhos de porco-espinho tivessem sido enfiados ali. Eu me inclino instintivamente para a frente para pegar o copo, mas lembro que é água com gás. Droga, preciso de alguma coisa mais forte.

Começo a me levantar, mas Ella fecha a mão no meu braço.

— Não — diz ela delicadamente, lendo minha mente. — Você não precisa de uma bebida.

— Ah, preciso, sim.

— Cada vez que as coisas ficam mais emotivas ou que uma conversa fica séria demais, você tenta se distanciar. Se entorpecer...

— Não preciso de outro sermão.

— Não é sermão. — Surge frustração nos olhos dela. — Eu só não gosto de ver você ficar tão bêbado que chega a falar com os amigos como se fossem lixo...

A voz de Sawyer no interfone interrompe Ella.

— Ei, East. Hartley está aqui.

Partes iguais de surpresa e alegria explodem em mim. Ela está aqui? De verdade?

Sem demora, eu me levanto e corro até a porta.

A voz da Ella me para antes de eu poder sair da sala.

— Eu te amo, Easton, mas estou preocupada.

A preocupação genuína na voz dela me faz hesitar. Não gosto de fazer com que Ella se sinta mal. Ela é uma das minhas pessoas favoritas na face da Terra.

Eu me viro lentamente para ela.

— Desculpa por ter dito aquelas coisas pra você na festa — resmungo. — Eu não queria te magoar.

— Eu sei. — Ela faz uma pausa. — É só que quero você por perto por muito tempo, então… se cuida.

Bato uma continência descuidada com um dedo só.

— Pode deixar.

Quando chego ao saguão de entrada, encontro Hartley espiando a sala de estar, onde fica o retrato da minha mãe acima da lareira.

— É a minha mãe — digo para Hartley.

— Ela é linda.

— Quer entrar?

— Claro.

Abro mais a porta. A sala de estar era um dos lugares favoritos da minha mãe. É uma sala enorme com dois janelões de um lado e uma lareira do outro. Na última vez que entrei ali, meu pai anunciou o noivado com Brooke.

— Você se parece com ela — comenta Hartley, o olhar prateado ainda fixado no retrato.

Olho para o rosto oval da minha mãe.

— Nós todos temos o cabelo e os olhos dela.

Hartley balança a cabeça.

— Não, é o formato do rosto. E suas sobrancelhas. Sua mãe tem sobrancelhas perfeitas, e você também tem.

— É? — Nunca pensei muito nisso. — Com quem você se parece mais, sua mãe ou seu pai? — Na mesma hora, desejo poder retirar as palavras. Sei que ela odeia falar sobre os pais.

— Esquece que perguntei.

— Não, tudo bem. — Hartley dá de ombros. — Eu me pareço mais com meu pai. Parker, minha irmã, é parecida com minha mãe. Delicada. Doce.

Dou uma risadinha.

— Ela não pareceu delicada e doce na lanchonete.

Mais uma vez, tenho vontade de morder a língua. Por que eu fico dizendo coisas idiotas?

Mas Hartley me surpreende. Ela apoia um braço na prateleira acima da lareira, com as pontas dos dedos tocando na parte de baixo da moldura de mogno.

— Ser doce e delicada são as armas dela. Ninguém quer deixá-la com raiva porque ela é um anjo. Todo mundo quer a aprovação dela. Amor e carinho.

Uau. Ela poderia estar falando da minha mãe.

— Mas você nunca consegue porque ela é egocêntrica demais.

É minha vez de surpreender Hartley. Ela ergue um pouco as sobrancelhas.

— Você conhece alguém assim?

Aponto para o quadro.

Os cantos dos lábios bonitos de Hartley se curvam para baixo.

— Que droga. — Ela se vira para me olhar. As mãos estão unidas. Parece que ela está segurando alguma coisa, mas não consigo ver o que é. — Me desculpa pela outra noite. Eu me irritei à toa e fiquei com raiva de você sem motivo.

Expiro como se um balão gigante tivesse estourado dentro de mim.

— Não, caramba. Eu é que peço desculpa. Ando forçando a barra com você.

Ela levanta a mão para eu parar de falar.

— Que tal eu pedir desculpas primeiro e, depois, você pedir?

— Tudo bem. — Faço um gesto de zíper na boca.

Os lábios dela tremem.

— Desculpa por ter sido chata na outra noite. Desculpa por gritar com você. Desculpa por arrancar o cordão. Foi horrível. — Ela estica a mão até a minha e coloca uma coisa na palma.

Com curiosidade e muita empolgação, olho para o presente. É uma pulseira fina de couro com fivela de prata.

— Sei que não é grande coisa...

— É linda — interrompo. E a entrego para ela. — Coloca em mim.

Quando ela faz isso, seus dedos tremem. Quero tomá-la nos braços e abraçá-la, mas vou esperar até ela terminar de fechar a pulseira.

O couro castanho fica bem na minha pele bronzeada, e gosto do detalhe prateado.

— Amei — digo para ela.

— Sei que você só usa o relógio, mas...

— É perfeita. Não diz mais nada, porque eu amei e não vou aturar que ninguém insulte minha pulseira, nem você. — Levanto o pulso no ar. — Ficou irado.

Ela sorri.

— Não sei quanto ficou irado, mas estou feliz de você ter gostado. Ah. Tenho outro presente.

— Tem? — pergunto com cautela. Não quero assustá-la com minha ansiedade.

— Meu outro presente é o seguinte: eu fiz uma coisa que deixou meus pais putos, e eles me baniram de casa. — Os dedos dela acompanham distraidamente a moldura do quadro. — Eu tenho outra irmã. Já contei dela?

Faço que não.

— Não, mas eu vi a foto no artigo de jornal que encontrei on-line.

— O nome dela é Dylan. Ela tem treze anos. Só consegui falar com ela oito vezes em três anos.

Hartley para de falar. Consigo ver que ela está à beira das lágrimas.

Dou um passo na direção dela, mas ela levanta a mão.

— Não. Não aguento solidariedade no momento. Vou desabar, e não quero isso.

— Eu falo com Reed uma vez por semana, pelo menos — eu me vejo admitindo. — Acho que eu também ficaria arrasado emocionalmente se não pudesse ver ou falar com meus irmãos mais do que duas ou três vezes por ano.

— É... Não é fácil. — Ela se vira e abaixa a cabeça. Desconfio que esteja limpando algumas lágrimas, mas finjo não reparar.

— A gente devia sequestrá-la — sugiro.

— Minha irmã?

— É. A gente vai até a escola dela, tira ela de lá durante o dia e vai pro píer. O que você acha?

— Quem dera.

— Estou falando sério. Sou bom de planos. Consigo fazer isso sem nem piscar. A gente pode comprar *funnel cakes*, que sei por experiência que você gosta. Tiaras com orelhas de bichos. Coelhos pra você e pra Dylan. Um tigre pra mim.

Hartley está sorrindo.

— Por que não um tigre pra mim e orelhas de coelho pra você? Você ficaria fofo de rosa.

— Eu ficaria tão fofo que o parque todo pararia e Dylan não poderia ir em nenhum brinquedo. — Eu pisco.

O sorriso de Hartley fica maior, e o sentimento ansioso e inquietante que me consumiu nas últimas vinte e quatro horas some.

— Eu quero vê-la! — grita alguém no saguão de entrada.

A voz masculina familiar me deixa paralisado.

— Ella não está em casa. — Essa é a resposta gelada do meu pai.

— Mentira. Eu sei que ela está aqui — diz Steve com rispidez. — Sai da frente, Callum. Ela é minha filha e eu tenho que falar com ela.

Hartley me dá um tapinha no ombro.

— Acho melhor eu ir embora — murmura ela.

O incômodo dela de ouvir tudo aquilo é tão grande quanto o meu, mas por motivos diferentes. Hartley acha que estou constrangido, mas estou preocupado com Ella.

— Não. Fica aqui — sussurro.

— O que você precisa é ficar longe dela — corta meu pai. — O único motivo de não termos pedido uma medida protetiva contra você é que não achamos que você seria burro o suficiente de aparecer aqui.

— Foi você quem abriu o portão — diz Steve com malícia.

Empurro um pouco a porta, e as vozes do meu pai e de Steve ficam imediatamente mais altas. Fico perplexo de meu pai deixar Steve entrar. Com sorte, Ella deve estar longe, sem saber que o pai está aqui.

Pego o celular no bolso e mando uma mensagem para Reed.

Steve está aqui

Já sei. Ella me mandou mensagem

Droga.

Onde vc está?, pergunta Reed.

Na sala de estar. Onde está Ella?

No alto da escada

— Merda — murmuro.

Hartley aparece do meu lado.

— O que foi?

— O pai biológico da Ella está aqui fazendo confusão. — Indico o saguão com o polegar. A discussão ainda está intensa lá.

— Que escolha eu tinha? — diz meu pai. — Você estava acordando o bairro todo, estacionado lá fora com a mão na buzina como um louco. Você tem sorte de eu não ter chamado a polícia.

— Por que não chamou? — debocha Steve.

— Porque Ella já passou por muita coisa. A última coisa que aquela garota precisa é ver o pai ser levado novamente algemado. Mas estou falando sério, Steve. Não é pra você chegar perto dela. Você não é mais tutor dela. *Eu* sou. O tribunal...

— Que se foda o tribunal!

Hartley se encolhe. Coloco uma mão tranquilizadora no ombro dela.

— Ela é *minha* filha, Callum. E não sei que merda seus advogados andam dizendo, mas Ella vai ser testemunha de defesa, não de acusação. Minha filha *não* vai testemunhar contra mim.

Hartley ofega e coloca a mão sobre a boca.

Levo os lábios para perto do ouvido dela.

— E você acha que *você* tem esqueletos no armário, né? Acredite, nenhum segredo que você tenha é pior do que os que os Royal têm.

— Vocês, Royal, sempre têm que ser melhores em tudo — brinca ela com voz fraca. O rosto está pálido e os olhos estão arregalados.

— Bem-vinda à minha vida. — Seguro a mão dela e a aperto com força. Ela também aperta a minha.

No corredor, os dois pais ainda estão discutindo. Aqui, estamos nos consolando.

— Você não faz mais parte desta família — diz meu pai friamente. — Não é pai da Ella. Não é padrinho dos meus filhos. Não é meu amigo nem sócio da empresa. A próxima vez que nos veremos será no tribunal, quando sua filha vai testemunhar contra você.

— Vamos ver — retorque Steve.

A porta da frente bate. Espero até os passos do meu pai não ecoarem mais no piso de mármore para espiar o corredor. Está vazio.

— Vem — digo para Hartley, puxando-a.

— Aonde vamos?

— Procurar Ella.

Hartley balança a cabeça.

— Vai você. Me sinto estranha de falar com ela sobre isso.

— Ela não vai ligar...

— Não é da minha conta — diz Hartley com firmeza. — Além do mais, eu preciso mesmo ir. Tenho dever pra terminar pra amanhã. Eu vim direto do trabalho.

Seguro a mão dela antes de ela passar pela porta.

— Espera. — Eu franzo a testa. — Quero saber mais sobre sua irmã e o que está acontecendo com sua família. Você pode me contar mais amanhã? Quem sabe no almoço? — Como ela fica em silêncio, engulo a decepção. — Ou você pode continuar guardando segredo, eu acho.

As bochechas dela assumem um tom rosado.

— Desculpa. Você está certo. Eu guardo segredo. Mas não é de propósito. Eu nunca gostei de falar sobre mim. Mesmo antes do colégio interno, eu era meio solitária. Já tive namorados...

— Nomes e endereços — ordeno. — Preciso saber em quem tenho que dar uma surra.

Isso gera uma risadinha.

— Ah, relaxa. Eles são passado. Mas, sim, fora eles, eu não contei pra muita gente. Acho que não sou boa nisso.

— Está na cara.

Hartley dá um sorriso fraco.

— Eu sou jovem. Tem aquela merda de que ainda estou crescendo e aprendendo, né? — Ela dá de ombros. — Vou tentar ser uma amiga melhor. Foi o que vim dizer.

Ela estica a mão para apertar a minha, e meu primeiro instinto é ignorar isso e ir direto para um abraço. Mas percebo que preciso equiparar o gesto de amizade dela com outro.

Seguro a mão dela. Provavelmente, seguro por mais tempo do que amigos seguram normalmente, mas eu também sou jovem. Tem aquela merda de que ainda estou crescendo e aprendendo.

Mas parece certo estar fazendo isso com alguém segurando minha mão. Principalmente, com o presente dela em volta do meu pulso.

Capítulo 23

Chego ao treino arrastando os pés na manhã seguinte. Não por estar de ressaca, mas porque fiquei acordado até tarde vendo filmes com Ella. Ela estava chateada porque Steve apareceu lá em casa, então, tentei distraí-la. Mas agora, estou funcionando com só umas quatro horas de sono. O treinador me diz que, se eu não acordar logo, ele vai me obrigar a fazer porras de treinos de corrida suicidas até eu estar vomitando pra caralho na porra da grama toda.

O treinador Lewis tem a boca meio suja.

Tomo um pouco de Gatorade com esperanças de me dar uma onda de energia. Não adianta, mas o treinador não me dá muita atenção durante o resto do treino. Ele está ocupado conversando com Bran sobre algumas novas jogadas que vamos fazer na sexta.

O dia voa na escola e, antes que eu perceba, chegou o último tempo. A primeira coisa em que reparo quando entro na sala é que a professora Mann não está à mesa. Tem um professor substituto. Normalmente, eu ficaria animadíssimo com isso. Professor substituto quer dizer que posso conversar com Ella e Hartley e não fazer nada de produtivo sem medo de consequências. Mas estou cansado demais para isso.

Eu me sento na cadeira e suspiro alto.

— Nossa, como estamos animados — diz Ella com um sorriso sarcástico.

— Estou com muito sono — resmungo. — Fui dormir às duas e acordei às cinco e meia.

— Eu também — diz ela com alegria. Ela se levanta ao amanhecer para trabalhar em uma padaria chamada French Twist. — E estou ótima.

— Que bom pra você — murmuro.

Ela dá um sorrisinho.

— Belo acessório, aliás.

Levanto o pulso para exibir a pulseira de couro.

— Esta coisa? Ganhei da minha melhor amiga. — Cutuco Hartley, que solta uma risada baixa e constrangida.

— Onde você estava no almoço? — pergunta ela.

— Em uma reunião do time. Temos um monte de jogadas novas pra aprender e revisar até sexta. O treinador está no pé da gente.

Ela abre a boca para responder, mas o professor substituto a interrompe.

— Easton Royal? — chama ele, procurando pela sala por trás dos óculos de hipster de aro preto. Está segurando o iPad que todos os professores da escola carregam; o *tablet* é a forma principal de comunicação deles.

Levanto a mão e aponto para o meu peito.

— Sou eu, profe. O que houve?

— Você está sendo chamado na sala do diretor. Pegue suas coisas e vá até a secretaria sem demora.

— Oh-oh — murmura Hartley ao meu lado.

Enquanto isso, Ella faz expressão de resignação.

— O que você fez agora, East?

Minha garganta arde de ressentimento. Todo mundo na minha vida tem uma opinião tão ruim de mim... Sempre acham que fiz alguma coisa errada, mesmo quando não fiz.

Infelizmente, Ella tinha todo o direito de perguntar, porque parece que fiz alguma coisa.

Tracei *alguém*.

Quando entro na sala do diretor cinco minutos depois, a primeira pessoa que eu vejo é a professora Mann.

Beringer está atrás da mesa, e meu pai está na segunda cadeira de visitas, em frente à da professora Mann.

Merda.

— Sente-se, Easton — ordena Beringer com uma voz que não dá espaço para discussão.

Há um brilho mortal nos olhos redondos dele que nunca vi antes. Normalmente, ele tem uma expressão derrotada, como um detento de corredor da morte que finalmente aceitou que vai pra cadeira elétrica. Beringer sabe que não tem controle sobre a escola; os pais gazilionários que assinam o contracheque dele é que têm. Mas, naquela manhã, a julgar pela expressão, parece que ele tem alguma influência sobre alguma coisa.

Sobre mim?

Meu olhar se desvia para a professora Mann. Não, é sobre *ela* que ele tem poder. Meu pai vai me tirar do problema que for, e tenho a sensação forte de que sei por que estamos aqui, mas Beringer está longe de impotente, agora. Ele está segurando a lâmina da guilhotina, e a cabeça em risco é a da professora Mann.

— Do que se trata? — pergunto. Para Beringer, lanço um olhar irritado. Para o meu pai, um olhar exasperado. Eu minto muito bem quando preciso.

— Sim — diz meu pai —, do que se trata, François?

Adoro que meu pai joga a carta do tratamento pelo primeiro nome.

Beringer retorce as mãos sobre o tampo brilhoso de mogno da mesa.

— Algumas alegações muito sérias foram apresentadas a mim. Alegações que, infelizmente, não posso simplesmente ignorar... — Ele para de falar de forma ameaçadora, como um detetive de quinta categoria em uma série policial. Só falta a música ameaçadora. *Du-dum-dum*.

— Fala logo — diz meu pai com rispidez, também irritado pelo drama. — Fui chamado no meio de uma reunião por causa disso. — Ele lança um olhar rápido para a professora Mann. — Você é a professora de cálculo do meu filho? — Ela assente fracamente. Se ficar mais pálida, vai parecer uma folha de papel de caderno.

— Que tipo de confusão meu filho arrumou na sua aula? — pergunta meu pai. — Ele colou? Arrumou as respostas da prova e vendeu pros colegas? — Ele está listando transgressões que já cometi no passado.

— Não, Callum. A situação é bem pior do que isso — diz Beringer sombriamente.

É nesta hora que meu pai tem um estalo. Seu rosto é tomado de preocupação quando ele observa a professora Mann de novo, como se a vendo pela primeira vez agora. As feições belas, a juventude.

Uma decepção visível surge nos olhos dele quando ele olha para mim.

— Graças a uma fonte anônima, a escola ficou sabendo que seu filho e a senhorita Mann talvez tenham se envolvido em relações... — Ele faz uma pausa. — *Impróprias*.

A professora Mann solta um som de consternação. O olhar dela se encontra com o meu brevemente, e sei que nós dois estamos pensando no pacto que fizemos na sala de aula dela outro dia. Negar, negar, negar.

Sou o primeiro a seguir o plano.

— É mentira! — Olho para Beringer com pura surpresa, como se um garoto adolescente que fica com a professora gata fosse a coisa mais maluca que já ouvi. — Eu nunca toquei nela.

Beringer parece surpreso com minha negação. Por acaso ele achou que eu admitiria? Idiota.

— Entendo — diz ele. — Ele faz uma pausa e se dirige à professora Mann. — E o que você tem a dizer sobre isso, Caroline?

O nome dela é Caroline? Eu não fazia ideia.

— O que eu tenho a dizer? — repete ela, e, caramba, fico impressionado pelo tom calmo e controlado. — O que eu tenho a *dizer*, François, é que estou chocada e enojada e, sinceramente, insultada por você me trazer para esta sala e me acusar de me envolver com um *aluno*.

— Isso é uma negação? — pergunta o diretor.

— Claro que é uma negação!

Escondo um sorriso. A matemática que se dane; ela devia estar dando aula de teatro.

— É cem por cento de negação — digo, usando o mesmo nível de ultraje dela. — Eu nunca ficaria com uma senhora... — Olho rapidamente para ela e digo: — Sem querer ofender.

— Não estou ofendida — diz ela com voz tensa.

— Pode acreditar, eu faço muita coisa com as garotas da minha idade.

O silêncio é curto.

Meu pai observa a professora Mann de novo.

— Quantos anos você tem, Caroline? — pergunta ele.

— Tenho vinte e quatro, senhor.

Meu pai se vira para Beringer.

— Easton tem dezoito. Mesmo que alguma coisa imprópria tivesse acontecido, não haveria crime aqui.

— Você tem razão, não é uma questão criminal. Infelizmente, é ética. Se isso for verdade...

— Não é — eu e a professora Mann dizemos irritados e ao mesmo tempo.

Estamos dando um show épico. Fico tentado a bater na mão dela.

— Na verdade — acrescento, como se tivesse pensado depois —, eu gostaria muito de saber quem fez essas alegações, porque é com *essa* pessoa que o senhor devia estar conversando. — Levanto as sobrancelhas para Beringer. — Sabe como é, por espalhar mentiras e tentar ferir a reputação de um membro do corpo docente da Astor Park.

Faço um sinal na direção da professora Mann de forma dramática. Estou começando a pegar o jeito.

— A professora Mann é uma ótima professora — eu declaro. — Ela deixa a matemática divertida, pode acreditar. Você sabe como é difícil conseguir prender minha atenção...

Meu pai ri baixo com deboche.

— Mas ela consegue me fazer participar da aula, tanto que fico ansioso pela aula de cálculo todos os dias. — Quando Beringer aperta os olhos, eu levanto a mão rapidamente. — Para *aprender*, senhor. E mais nada.

— Pronto — diz meu pai bruscamente. — Acredito que meu filho e essa jovem disseram o que tinham para dizer. Fora esse seu informante anônimo, que outra prova você tem de que eles se envolveram em um relacionamento inadequado?

O diretor hesita. Em seguida, seus ombros murcham de leve. Ele não tem provas e nós todos sabemos.

— Testemunha ocular? — sugere meu pai. — Alguém que possa jurar que viu os dois juntos?

Beringer balança a cabeça.

— Não, só temos a palavra de uma pessoa do corpo discente...

Discente?

Isso chama a minha atenção. Quem foi o babaca que me dedurou para Beringer?

Não podem ter sido Ella nem Val. Nem Hartley, nem meus colegas de time. Mas um dos rapazes pode ter contado para alguém. E esse alguém pode ter contado para Beringer.

Certo. E quem é cruel o bastante para querer que a professora Mann seja demitida, e maldoso o suficiente para tentar me encrencar...

Oh-oh. Tenho uma boa ideia de quem pode ser.

Por sorte, essa reuniãozinha idiota termina pouco depois que Beringer admite a falta de provas. Mas, antes de nos dispensar, ele deixa claro que está de olho na situação. A professora Mann bufa e faz ruídos adequados de raiva e afronta, exigindo falar com ele em particular.

Meu pai e eu saímos do escritório sem dizer nada. Ele coloca a mão no meu ombro, e nós dois assentimos de forma agradável para a secretária de Beringer. Só quando estamos no saguão e ninguém pode ouvir, meu pai fala palavrão baixinho.

— Meu Deus, Easton. Uma *professora*?

Pisco com inocência.

— Não sei de que você está falando.

— Ao contrário do que possa acreditar, você não mente bem, filho. — Ele balança a cabeça com frustração. — Pelo menos, me garanta que acabou.

— O que acabou?

— Easton. — Ele respira fundo para se acalmar. — Tudo bem. Quer saber? Não diga nada. Só mexa a cabeça se essa insanidade irresponsável não estiver mais acontecendo.

Não banco o burro desta vez. Mexo a cabeça para cima e para baixo rapidamente.

Meu pai parece aliviado.

— Que bom. Faça com que continue assim. — Depois de uma despedida rápida, ele sai pela porta de entrada.

Pelas janelas de vidro do saguão, eu o vejo descer a escada e entrar no sedã que o aguarda na frente da escola. O motorista dele, Durand, fecha a porta de trás e entra no banco da direção. O carro se afasta, provavelmente levando Callum Royal para o escritório administrativo da Atlantic Aviation.

O clique de saltos no piso polido me faz me virar. Faço uma careta quando vejo quem é.

— Está tudo bem? — pergunta Felicity, e não há dúvida sobre o tom de alegria na voz dela. — Eu soube que você foi chamado na sala de Beringer. E me contaram que uma das suas professoras também foi chamada. Que coincidência!

— Para de fingir — ordeno em voz baixa. — Eu sei que você estava por trás disso.

— Por trás de quê?

Ignoro os cílios piscando.

— Aquela mulher podia ter perdido o emprego, Felicity.

Ela não se deixa abalar. Continua indiferente, na verdade, quando revira os olhos para mim.

— Ei, ela fez a fama. Se meteu com um aluno e agora vai ter que se responsabilizar pelos seus atos.

Foi exatamente o mesmo pensamento que tive não muito tempo antes. Agora, não consigo parar de pensar no medo nos olhos da professora Mann quando ela pensou na possibilidade de perder o emprego. As *minhas* ações idiotas de garoto com tesão quase destruíram a carreira de uma mulher, e me sinto péssimo por isso.

Encaro a expressão vitoriosa de Felicity. Ela parece estar se divertindo.

— Parabéns, você se vingou de mim por ter arruinado sua festa na sexta — digo entre dentes. — Podemos fazer uma trégua agora?

— Ah, querido. Trégua? — Ela ri alto, um ressoar que ecoa no saguão enorme e vazio. — Desculpa, mas a guerra mal começou.

Capítulo 24

Para minha surpresa, encontro Hartley esperando perto do meu armário, uma expressão de preocupação no rosto.

— Está tudo bem? — pergunta ela, encostando o livro de matemática no peito.

— Tudo bem. — Jogo minhas coisas no armário e seguro o braço dela. — Quer comer alguma coisa?

Imagino que ela vá dizer não, mas ela me acompanha sem discutir.

— Easton, o que aconteceu? — Ella me aborda quando saímos do prédio principal. — Disseram que viram Callum no campus.

— Depois eu conto. Hartley e eu temos um compromisso. — Puxo o braço de Hartley. — Vem.

Nós entramos na minha picape. Hartley não diz nada. Tenho medo de contar para ela o que aconteceu na sala do diretor. Ela vai me odiar.

Mas minha boca, que nunca foi uma boa barreira, se abre e começa a contar.

— Descobriram sobre mim e a professora Mann e contaram pro Beringer.

Hartley faz uma careta.

— Ah, não.

— Ah, sim. E eu nunca me vangloriei disso.

— Nunca achei que você fosse fazer isso. Mas como pode ter se espalhado? Eu fui a única que abriu a porta. — Ela fica em silêncio por um momento, como se estivesse pensando naquele dia. — Acho que tinha mais gente no corredor que podia ter visto alguma coisa, mas por que esperar até agora?

— Acho que ninguém viu nada.

— Então, como se espalhou?

Olho para a frente. Não quero ver a cara dela quando eu admitir.

— Posso ter dito alguma coisa sem querer. Fui burro. Pash ficou me enchendo o saco sobre eu ficar com uma garota da Astor e, quando eu disse não, posso ter dado a entender que gosto de um desafio maior.

— Então, foi Pash quem contou?

— Bom, acho que Ella e Val não contariam.

— Easton Royal! Pra quantas pessoas você falou?

— Muitas — digo com infelicidade.

— Por quê? Por que você faria isso? Você tem orgulho do que aconteceu entre você e a professora Mann? Está feliz de ela ser despedida?

— Ela não vai ser despedida. Nós dois negamos que tenha acontecido alguma coisa. E não, eu não tenho orgulho, e não, eu não ficaria feliz se ela fosse despedida. Eu só... eu queria me divertir.

Minha resposta soa péssima, porque não tenho outra justificativa além de que sou Easton Royal e meu objetivo na vida é fazer o que me faz feliz. Desde que mais ninguém se prejudique, tudo bem. O problema é que alguém sempre sai prejudicado.

Espero que Hartley me dê uma bronca, e justa, mas ela me surpreende.

— Tudo bem. Bom. Está feito, e não adianta nada ficar falando nisso, né?

Certo. Olho para ela com gratidão e ligo o motor.

— Aonde vamos? — pergunto quando deixamos a escola para trás.

— Você pode passar pela minha casa?

Ela parece tão insegura que gera um sorriso em mim. Com que ela está tão preocupada, que fale mal da casa dela? Já fui lá duas vezes.

— Claro. Então a gente compra comida e vai comer na sua casa?

— Não o meu apartamento. — Ela suspira. — Minha casa... a minha antiga casa.

— Ah. — Tenho vontade de dar um tapa na minha própria testa por ser tão burro. — Claro.

Fazemos o percurso de dez minutos em silêncio. Estou me coçando para fazer mil e uma perguntas, mas, milagrosamente, consigo ficar de boca calada.

— Cuidado com a curva — murmura ela quando chegamos perto.

— É, eu sei. Quase bati nos meus irmãos na primeira vez que estive aqui.

— Lauren mora na mesma rua. — Hartley aponta para um lugar mais distante.

— Imaginei.

Passo pela entrada, dou a volta e paro a picape na rua, do outro lado.

— Que bom que tenho uma picape e não uma van. Poderiam achar que somos sequestradores. A gente não vai fazer isso, né?

Olho para ela com expressão meio provocadora e meio séria. Ela não está prestando a menor atenção em mim. Seus olhos estão grudados na casa.

Há dois carros do lado esquerdo da casa, próximos de uma porta lateral. Um é o Mercedes que estava estacionado na frente do Hungry Spoon Diner. Imagino que seja o carro de Parker. Tem cortinas finas fechadas na janela da frente, então, não dá para ver exatamente o que está acontecendo dentro.

Do nada, Hartley diz:

— Eu contaria o que aconteceu lá dentro, mas não posso.

Eu franzo a testa.

— Por quê?

— Porque estou tentando conquistar meu espaço de volta na família. Tenho esperanças de convencer minha mãe a se encontrar comigo. Mas, se eu falar sobre o passado, vou continuar sendo punida.

Apesar de estar morrendo de curiosidade, não forço a barra por mais detalhes.

— Quer que eu vá ver se seu pai está em casa? Pode ser que ele tenha saído pra comprar leite.

Ela ri com deboche.

— Mesmo que estivesse morrendo e precisando tomar leite pra salvar a vida, ele ia mandar minha mãe. Mas, não, ele não está em casa. — Ela indica os carros. — O BMW dele não está ali. Mas Parker está...

Ela para de falar quando pessoas começam a sair de casa. Reconheço Parker, que está carregando um garoto de cabelo escuro. Ao lado, estão Joanie Wright e um homem alto de cabelo preto brilhante. Atrás deles, uma garotinha com sapatos de couro macio e um vestido bonito está de mãos dadas com uma adolescente de cara fechada usando calça jeans skinny rasgada e um top apertado que deixa a barriga de fora.

Hartley bate com a mão na janela e choraminga. Posso jurar que a adolescente a escuta. A garota para na mesma hora e olha na nossa direção.

Sem querer que Hartley seja pega, dou um pulo e a empurro para baixo. Embaixo do peito, sinto o corpo dela tremer com soluços silenciosos.

Passo a mão pela lateral do rosto dela e narro baixinho a cena.

— Eles estão entrando nos carros. Dylan e um cara...

— O marido de Parker.

— O marido de Parker e Dylan estão entrando no carro de Parker. Parker está no banco do passageiro. A garotinha está com sua mãe.

— Macy é a favorita da minha mãe — murmura Hartley.

As portas do carro são fechadas, e os faróis traseiros se acendem.

— Aquelas garotas estão seguras lá?

Ela hesita.

— Acho que sim. — E então, com mais segurança: — Sim. O que houve entre mim e meu pai foi um acontecimento único.

Não gostei do momento de indecisão, mas não digo nada. Eu me abaixo mais quando os carros saem. Os motores rugem e ficam distantes conforme os carros se afastam.

Agora que é seguro se levantar, saio de cima de Hartley.

— Quer que eu vá atrás?

— Não.

— Tudo bem. O que a gente vai fazer?

Hartley me encara.

— O que você acha de arrombar e invadir uma casa?

Ignoro os olhos cintilando de lágrimas e abro um sorriso.

— Uma das minhas dez atividades favoritas.

— Claro.

Nós dois saímos do carro e corremos na direção da porta lateral pela qual a família de Hartley acabou de sair. Ela passa direto. Eu a alcanço nos fundos da casa.

Toda boa casa sulista tem uma varanda nos fundos, e essa não é diferente. O deque amplo e coberto acompanha o comprimento da casa. Duas portas de vidro, uma levando à cozinha e outra a uma sala, são ladeadas por janelões.

Ela experimenta a primeira. Está trancada, mas a segunda está aberta. Ouço um bipe quando a porta é aberta e reparo em uma luz vermelha acima da moldura. O sistema de segurança marca quando as portas são abertas e fechadas.

— Pode ignorar. É só pra fazer vista. Papai mandou instalar quando eu era criança, mas brigou com a empresa de segurança porque não apareciam rápido o suficiente quando ele ligava e cancelou o serviço.

Faço que sim e examino os arredores. É uma casa bonita. Tem cheiro de limpa. Parece imaculada.

Hartley passa pela sala e vai na direção da escada. Eu a sigo e paro no alto quando ela faz uma pausa.

— Qual quarto é o seu?

Ela aponta para o último quarto à esquerda.

— Você se importa? — pergunto, porque estou explodindo de curiosidade.

Ela abre um meio sorriso.

— Divirta-se.

Estranhamente, ela decide entrar no segundo quarto da direita. Eu vou até o fim do corredor. O quarto de Hartley. Caramba, como estou empolgado. Vou finalmente ter umas dicas sobre ela.

Ou não.

Quando abro a porta, uma grande parede de nada me recebe.

Há algumas caixas no meio do quarto. As paredes são todas brancas. Não tem cama nem móveis.

Parece que ninguém nunca dormiu naquele quarto.

Desanimado, faço o caminho de volta até o patamar da escada. Quando passo pelo corredor uma segunda vez, reparo nas fotos de família na parede, mas parece que aquela família só tem duas filhas, e não três. É como se ela tivesse sido apagada. Cara, que brutal.

Eu me pergunto se ela sabe. Deve saber.

Bato na porta aberta e a abro mais. Vejo Hartley sentada na lateral da cama, uma almofada roxa nos braços. As paredes também são roxas. A cama está cheia de ursos e cachorros de pelúcia. Os pôsteres nas paredes mostram garotos com cabelos pintados da cor de ovos de Páscoa. Aquele quarto pertence à irmã mais nova, a que ela não vê há três anos.

Puxo a gola da camisa. Está ficando mais difícil respirar aqui.

— Vamos sair daqui — digo com voz rouca.

Hartley me olha e assente com um movimento leve.

Não espero que ela mude de ideia. Eu a puxo para que fique de pé e a levo pela escada.

Vamos parar no píer. As luzes estão acesas, e o crepúsculo está abrindo caminho para a noite. Estaciono e corro até o lado da picape em que Hartley está. Ela me deixa ajudá-la a descer. Me deixa segurar sua mão. Me deixa levá-la até um quiosque, onde peço um chocolate quente e um *funnel cake*.

Depois de tomar o chocolate quente e comer metade do doce, a expressão de zumbi se suaviza.

— Obrigada pelo jantar.

— Foi um prazer. Quer andar de roda-gigante? — sugiro.

— Você não anda em uma desde que tinha doze anos.

— Você se lembra disso?

— Claro. — Não dou tempo para ela pensar. Vou até o guichê dos brinquedos, compro nossos ingressos e a levo para o balde gigante de ferrugem. As coisas que faço por essa garota.

— Sabe por que eu amo a roda-gigante? — pergunta ela enquanto entra no cesto trêmulo de metal e se senta.

— Porque você tem desejo de morrer? — Entro depois dela e espero que a barra de segurança seja abaixada.

— Porque dá pra ver todo o mundo do alto.

— Você devia experimentar voar — sugiro. — É mil vezes melhor e mais seguro do que isto.

A lata de metal começa a balançar. Uma camada de suor surge na minha testa e meu estômago fica embrulhado. Apoio a cabeça no poste fino de metal e começo a fazer contagem regressiva de mil. Talvez isso seja um erro. Eu devia sair. Empurro a barra, que nem se mexe.

— Você está bem? — eu ouço Hartley dizer. A mão dela toca as costas da minha.

Tudo bem. Mudei de ideia. Eu aguento.

— Estou.

— Você está suando.

— Está quente.

— Está menos de quinze graus e você está de camiseta.

— Qualquer temperatura que não seja gelada é quente pra mim.

— Você está arrepiado.

A cesta balança, e o estalo de metal faz meu coração disparar.

— É porque estou sentado ao seu lado — digo entre dentes.

Um corpo macio se encosta no meu.

— Acho que pisei em um cocô na casa maluca na última vez em que estive aqui.

— Aquele lugar devia ser condenado. Val ficou com o tabaco mastigado de alguém grudado na sola do sapato.

Eca. E se não conseguem manter a casa maluca, como deve ser com este horror? Começo a sincronizar a respiração com a contagem regressiva.

— Você tem medo de alturas? — A voz de Hartley soa gentil. A mão dela ao acariciar a minha também. — Eu achava que você amava voar.

— Eu amo voar. Odeio incompetência. No ar, estou no controle. Eu sei quem construiu o avião. Conheço os instrumentos. Eu os controlo. Esta coisa pode estar toda presa com arame e chiclete. — A cesta balança de novo. — E isso provavelmente é botar fé demais neles.

— Por que você veio nesta coisa comigo, então?

— Porque você queria.

Ela fica em silêncio pelo que parece um momento infinito. Eu fecho os olhos. Se não conseguir ver nada, pode ser que pare de imaginar esse carrinho sacolejante despencando do céu.

— Já chegamos ao alto? — pergunto.

— Quase.

— Não vou beijar você no topo — digo para ela. — Apesar de ser o esperado, não sou fácil assim.

Ela dá uma risadinha.

— Eu nunca achei que você fosse fácil.

— Mentira. Você me acha um "piranho".

O corpo dela sacode quando ela ri de novo.

— Acho que o termo é "alguém com abrangência de parceiros".

Isso me faz rir.

— Tudo bem. Eu volto atrás. Vou beijar você no topo.

— Ná-ná. Melhores amigos não se beijam.

— Desde quando? — respondo. — Você *só* deve beijar seus melhores amigos. É um dos privilégios de melhores amigos.

— Então, você já beijou todos os seus melhores amigos?

O carrinho para de repente.

— Não. Acho que você é minha única melhor amiga.

Talvez até a única amiga verdadeira que tive fora da família. Mas não digo isso. Já me sinto patético demais.

Há um toque leve na minha bochecha. Eu prendo o ar. O toque fica mais firme. Vai da minha bochecha até meus lábios.

Eu me viro para ela. Ela está de olhos abertos e sorrindo. Consigo sentir a curva dos lábios nos meus.

— Não se preocupe. Você não está me beijando — sussurra ela. — Eu estou beijando você.

Minha boca se abre. A língua dela aparece. Lá em cima, o tempo para. É como uma imagem congelada. Eu, ela, o céu infinito.

No espaço amplo, o beijo me diz que não estou sozinho. Ela encosta a língua na minha, e um gemido escapa. Acho que vem de mim. Estou tonto e sem ar e cheio de emoções estranhas que não entendo nem quero entender. Sei o fundamental. Estou feliz. É uma euforia que nunca consegui atingir com comprimidos, bebidas e nem com mais ninguém.

Hartley faz um som baixo que me deixa louco. Fecho os dedos no quadril dela e a puxo para perto. Nossas línguas se encontram novamente, e juro que meu coração quase explode da caixa torácica de tão forte que está batendo.

O beijo é incrível. Quero me agarrar a ela, segurá-la perto de mim e fazer esse momento durar para sempre.

Mas a roda giratória da morte volta a se mover, e o balde começa a descer.

Hartley me solta e se afasta. Não vai longe, mas o suficiente para deixar claro que a barreira que ela gosta de colocar entre nós está de volta no lugar.

— Obrigado por me distrair lá em cima — digo antes que ela possa dar algum corte.

— Claro — responde ela, mas o som sai seco. Eu a irritei?

Quando a volta termina e a barra de segurança é erguida, Hartley desce. Eu não me apresso. Porra, tenho vontade de comprar o brinquedo e levar para casa para mandar dar um banho de bronze no carrinho. Foi um momento assim. Do tipo que se marca com tinta permanente para poder revivê-lo sem parar.

Eu me junto a ela no chão.

— Hartley — digo.

— O quê?

Uma brisa leve agita o cabelo escuro dela. Eu o ajeito e passo a mão na cabeça dela. Ela levanta a mão e segura meu punho acima da pulseira de couro, mas não para me afastar. Para me manter no lugar. Ou me puxar para mais perto.

Engulo em seco.

— Eu quero…

— Vocês dois estão tão fofos juntos! Sorriam!

Hartley e eu olhamos com surpresa. Um flash me cega e, quando os pontinhos brancos na minha visão passam, a culpada está se afastando. São duas, na verdade. Elas têm cabelo louro e dão gritinhos agudos e não estão nem tentando disfarçar a voz quando se afastam.

— Felicity vai surtar quando vir isso!

— Posta no Instagram, depois faz uma história no Snap!

Merda.

Faço cara feia para as duas, de costas. Faz sentido que na única vez que Hartley baixa a guarda comigo, umas fofoqueiras da Astor Park tenham que capturar o momento.

— Devo me preocupar? — A voz seca dela me arranca dos pensamentos.

Olho para ela e consigo dar um sorriso despreocupado.

— Que nada. Duvido.

Seus olhos me dizem que ela não está convencida disso. Nem eu.

Capítulo 25

— Toma suas anotações — diz Hartley quando me aproximo da carteira dela na tarde seguinte. — Eu tinha esquecido que fiquei com elas.

— Não precisa devolver.

— Eu sei.

— Sabe?

— Claro. Você deve saber o livro de cor. Sua pose de "sou um *bad boy* que odeia a escola" é fácil de desmascarar. — Ela se vira para a frente, mas não antes de eu ver um toque rosado nas bochechas dela.

Será que ela está pensando no beijo que me deu ontem à noite? Eu estou. *Só* penso nisso desde que abri os olhos hoje de manhã. E só penso nisso desde que cheguei em casa do píer ontem. É muito difícil dormir com uma ereção que não passa, então, tive uma noite horrível de novo e estava um zumbi no treino.

Guardo as folhas de fichário no caderno.

— Não é pose. Eu não sou bom com testes.

— Ou tem dificuldade de se concentrar — palpita ela.

— Isso também.

Decidi me sentar atrás dela hoje, e me acomodo e estico as pernas dos dois lados da cadeira dela. Gosto de observá-la por trás. Consigo ver os ombros se contraírem e relaxarem. A curva do pescoço às vezes aparece quando ela se inclina. Aqueles caroços da coluna se tornaram uma coisa muito fofa. Eu gostaria de dar uma bela mordida ali.

Eu me mexo quando a calça do uniforme parece ficar mais apertada.

— Cadê a Ella? — Hartley se vira para me olhar e aponta para a mesa vazia.

— Tirou o dia de folga. Ela e meu pai vão se reunir com nossos advogados na cidade.

A expressão de Hartley se enche de solidariedade.

— Ela vai mesmo ter que testemunhar no julgamento do pai?

Faço que sim. Fico agradecido de poder me concentrar em uma coisa que não seja o pescoço lindo de Hartley. É sério? Um pescoço? É isso que me dá tesão atualmente?

— Pois é. Ela estava presente quando Steve confessou tudo.

— Que droga.

Não quero ficar repensando nos atos de Steve, então, mudo de assunto.

— Uma pergunta melhor: onde está a professora Mann?

Duas fileiras ao lado, Tonya Harrison se manifesta.

— Ela estava na sala de Beringer. Segunda vez esta semana.

— Alguém está com problemas — cantarola meu colega de time Owen.

Alguns alunos se viram na minha direção. Faço cara feia para Owen, mas ou ele está mesmo confuso, ou é um ator bem melhor do que eu sabia. Faço um gesto de corte na garganta para indicar que é melhor ele ficar de bico calado. A resposta dele é um franzido na testa.

De repente, a porta se abre.

— Ah, meu Deus. Alguém vai se ferrar hoje! — exclama Glory Burke, a capitã do time de hóquei na grama feminino.

Um coral de perguntas surge no meio dos colegas.

— Como assim? — indaga Tonya.

— Beringer e o agente Neff estão revirando o armário de alguém — responde Glory.

— Eles podem fazer isso?

— E os direitos dos alunos?

— O código de honra diz que se houver desconfiança razoável de que um crime foi cometido, os armários podem ser revistados — explica Rebecca Lockhart. Ela sabe das coisas. É a presidente da turma.

Sussurros preocupados se espalham enquanto começa o debate sobre quem está encrencado. Há poucos anjos aqui. Alguns alunos usam estimulantes. Outros transam por aí. Outros bebem. Alguns fazem todas as opções anteriores.

Só um se meteu com a professora.

Desta vez, é meu blazer que parece apertado e áspero, conforme a culpa se espalha pelas minhas veias. Droga. Por que cedi à tentação com a professora Mann? Foi burrice. Uma burrice tão grande. E para quê? Para ter uma experiência boa de cinco minutos? Eu sou tão idiota!

Cruzo os braços e escorrego na cadeira. Por cima do ombro, Hartley me olha com solidariedade, mas evito o olhar dela desviando o meu para a mesa.

Eu sei o que ela está pensando. *Easton Royal é o babaca mais burro que conheço. Por que estou com ele?*

Mas ela não *está* comigo, está? Ela me beijou no alto da roda-gigante. O que isso quer dizer? Provavelmente, nada.

Na metade do meu ataque de autopiedade, estico a coluna. Que se dane. Por que eu me importo com o que Hartley, uma pária com quem a família nem fala, pensa de mim? Por que me importo com o que qualquer pessoa da Astor pensa? Eu nem trepei com a professora Mann. Se for ser crucificado por fazer sexo com uma docente, eu devia mesmo fazer sexo com ela.

Eu me sacudo com força e digo:

— O quê? Tem alguém aprontando além de mim? Se levanta e se mostra. Só tem espaço pra um babaca aqui na Astor, e estou ocupando a posição no momento.

Uma gargalhada nervosa se espalha entre sussurros e fofocas.

— Na verdade, acho que é o armário dela que estão revistando. — Glory aponta com constrangimento para Hartley.

— O meu? — diz Hartley.

— O seu é o quatrocentos e sessenta e cinco, não é?

Hartley assente com cautela.

— Tenho quase certeza de que era o seu.

Os sussurros aumentam e viram um rugido quando todo mundo começa a especular o que Hartley pode ter feito. Ela é um mistério para a maioria dos alunos daqui porque apareceu do nada depois de três anos de ausência. Ela não está envolvida em nenhuma atividade. A eletiva obrigatória dela é música, e ela passa os períodos de estudo em salas acústicas particulares, longe do resto do corpo estudantil.

Exceto pelos dois jogos de futebol americano a que foi assistir, quando se sentou com Ella e Val, Hartley é ausente da cena da Astor.

Ouço trechos de conversa.

— *... ela anda com Ella. Aposto que é uma das amigas strippers.*

— *... o pai dela não teve que largar a corrida pela prefeitura por causa de um escândalo?*

— *... dizem que ela e Royal transaram na sala de música.*

Se eu consigo ouvir, Hartley também consegue. Estico a mão e aperto o ombro dela, tentando tranquilizá-la. Ela fica paralisada quando toco nela, e a sinto se encolher um pouco, meio que dando de ombros, um jeito silencioso de me afastar.

Magoado, apoio a mão na mesa.

A porta se abre de novo. Todas as cabeças se viram para lá.

Quando a professora Mann entra, eu me preparo para outra expressão de sofrimento. Mas o queixo dela está erguido, e ela está nos observando como se fosse uma rainha e nós fôssemos os súditos inúteis. Ela chega para o lado, e o diretor Beringer aparece.

A sala toda faz silêncio.

— Senhorita Wright — diz o diretor —, recolha seu material e venha conosco. — Ele aponta a mão na direção de Hartley.

Ela não se move na mesma hora.

Beringer limpa a garganta.

Com um som baixo de consternação, Hartley se levanta, pega as coisas e vai até a porta, os livros apertados contra o peito, a coluna ereta e rígida como uma vara de aço. Beringer segura a porta até Hartley passar. Os dois saem, deixando a professora Mann dentro da sala.

— Abram os livros no capítulo quatro e leiam a regra da cadeia — anuncia ela. — Quero que vocês façam os problemas do um ao vinte e dois.

— Vinte e dois? — reclama Owen. — Vamos demorar dez minutos só pra fazer uma dessas equações.

— Então, é melhor você começar, senão vai ter que fazer cinquenta até amanhã — diz a professora Mann com rispidez.

— Sim, senhora.

Nós todos nos dedicamos, porque está claro que ela não está de brincadeira hoje.

Quase não consigo fazer todos os problemas antes de o sinal tocar. Minha atenção se desvia para a porta, querendo saber quando Hartley voltará. Mas ela não volta.

Pash cai em cima de mim assim que piso no corredor. Ele estava esperando do lado de fora da sala.

— Cara, Owen me mandou uma mensagem dizendo que Hartley Wright foi presa.

Dou um suspiro.

— Ela não foi presa. O armário dela foi revistado.

— Sério? Por quê?

— Não faço ideia. — Vou até o meu armário e enfio os livros dentro.

— Ela anda fazendo alguma coisa ilegal?

— Não que eu sabia. — Quando alguns papéis caem, eu me inclino para pegá-los. São minhas anotações de cálculo, eu percebo.

A ponta de um sapato azul-marinho de salto pisa nos papéis.

— O que é isso, senhor Royal?

Eu olho para a professora Mann.

— Anotações.

— Parecem anotações da minha aula. Na verdade, parecem as respostas das minhas duas últimas provas-surpresa. — Ela estica a mão com a palma virada para cima.

Eu junto os papéis, me levanto e os guardo no meu armário.

— Primeiro, não são as respostas das suas provas e segundo, mesmo que fossem, que importância teria? As provas já passaram.

— Por que eu deveria acreditar em você?

— Porque é a verdade. — Fecho a porta do armário.

— Você compartilhou suas anotações com a senhorita Wright?

Uma luz vermelha se acende na minha cabeça. Não posso mentir, não com Hartley talvez estando encrencada, mas não posso falar a verdade, porque não sei como vai afetá-la.

— Primeiro, eu só tiro C, então, um aluno me usar pra colar seria burrice. Segundo, eu não sabia que compartilhar anotações de aula era proibido. Bom saber. — Faço um sinal para Pash. — Pronto pra fazer dupla comigo? Quero malhar os braços hoje.

Ele lança um olhar para a professora Mann e outro para mim.

— Hoje é dia de perna pra mim — diz ele na mesma hora.

— Não está frio demais pra usar short, senhor Bhara? — pergunta a professora Mann. Tecnicamente, só podemos usar short quando está quente. Mas quente é um termo relativo na mente de Pash. Ele usa short e botas Timberland o ano todo. Não importa se está fazendo cinco graus. Ele usa short.

— Não, senhora. Se o céu está limpo, as coxas estão de fora. — Ele estica a perna como um modelo na direção da professora.

— Pena que a administração não faz nada em relação aos alunos que violam as regras da escola — diz uma voz doce e doentia.

Eu me viro e vejo Felicity andando na nossa direção. Que ótimo.

Fazendo cara feia para Pash, ela acrescenta:

— Nossa reputação como a melhor escola do país está sendo destruída e ninguém parece se importar. Uma vergonha.

A professora Mann assente majestosamente.

— Eu concordo, senhorita Worthington. É uma vergonha.

Em vez de dar a resposta baixa que Felicity merece, empurro Pash pelo corredor.

— O que está acontecendo? — pergunta ele, meio atordoado.

— Valeu pela força.

— Sempre.

Eu mordo o lábio.

— Acho que Hartley pode estar muito encrencada.

— O quê?

— Sei lá. Como falei, o armário dela foi revistado, e Beringer foi buscar ela antes da aula começar. — Eu olho para ele de lado. — Você não falou nada sobre mim e a professora Mann, falou?

Ele franze a testa.

— Claro que não. Por que eu falaria?

— Certo. — Paro antes da secretaria. — Mas a notícia se espalhou.

— Você não foi muito discreto — observa ele.

— Eu sei. — Massageio a testa. Estou começando a sentir uma dor de cabeça nas têmporas, mas, antes que possa começar a bater a cabeça na parede, a porta da secretaria se abre e Hartley aparece.

— O que aconteceu?

— Eu... — Ela está com uma expressão atordoada no rosto. — Eu nem consigo...

Pego o braço dela na mesma hora e a levo para a saída dos fundos. Pash vem atrás de nós, mas Hartley parece não reparar nele. Ela fica balançando a cabeça, perplexa.

— Vou ser suspensa pelo resto da semana, e uma carta será colocada no meu registro permanente.

Atrás de nós, Pash assobia.

— Por quê? — pergunto.

Ela engole em seco.

— Por colar. Tirei uma nota muito boa na última prova porque usei suas anotações pra estudar. Eu não sabia que isso era cola.

— Não é cola. Foi disso que você foi acusada? — digo com raiva. — É um absurdo. Meu pai vai cuidar disso. — Eu pego o celular e começo a escrever uma mensagem de texto.

— Não — protesta Hartley. — Por favor, não faz isso.

Com relutância, guardo o celular no bolso. Meu maxilar permanece contraído quando pergunto:

— O que exatamente Beringer disse?

— Que minha nota foi estatisticamente muito melhor do que as anteriores e que devia ser por causa de algum tipo de ajuda externa. Ele perguntou se tive aulas. Eu disse não. Perguntou se alguém me ajudou. Eu disse não. Esqueci suas anotações, porque quando perguntaram se alguém me ajudou, imaginei alguém sentado ao meu lado, tipo um professor particular, sabe?

Pash e eu assentimos.

— É compreensível — diz Pash delicadamente.

— Mas meu orientador, que também estava lá, mostrou uma folha de respostas.

— Da prova? — eu pergunto.

Ela assente com infelicidade.

— Encontraram no meu armário dobrada e grudada na capa de trás de *All About the Girl* — murmura ela, se referindo ao livro que estamos lendo em pensamento feminista.

Minha mente está girando. As peças estão começando a se encaixar. A professora Mann com cara de arrogante em vez de com medo. Felicity tagarelando sobre a reputação cada vez pior da Astor.

Ah, não.

— Vamos — digo, pegando o pulso de Hartley.

— Aonde? — diz ela.

— É, aonde? — ecoa Pash.

— Limpar o nome de Hartley.

É fácil encontrar Felicity. Ela não saiu da frente do armário, como se estivesse me esperando. Algumas "aminimigas" a rodeiam. Uma por acaso é Claire.

Levanto as sobrancelhas, e Claire reage projetando o queixo. Essa exibição de desafio é algo com que devo me preocupar? Resistindo à vontade de revirar os olhos, eu a deixo de lado e me viro para Felicity.

— Felicity. — Mostro os dentes em um sorriso sem alegria.

— Easton. — O sorriso dela é igualmente gelado.

— Não sei o que você pensa que está fazendo, mas tem que parar.

— Por que deveria? — diz ela.

Fico atordoado por um momento, em silêncio. Eu tinha certeza de que ela negaria que fez alguma coisa errada.

— Espera um minuto. — Hartley me empurra para o lado, como se tivesse caído a ficha para ela do motivo pelo qual fui direto até Felicity. — Você plantou aquelas anotações no meu armário? — Ela vira a cabeça para mim. — Ela plantou as anotações?

Faço que sim sombriamente. Felicity sorri de novo.

Choque e raiva inundam os olhos cinzentos de Hartley, deixando-os mais escuros, de um prata metálico.

— Por quê? — rosna ela para Felicity. — Por que você faria isso? Eu podia ter sido expulsa da escola!

— E daí?

Hartley dá um pulo, e preciso da ajuda de Pash para tirá-la de cima de Felicity. Briga de mulher é um tesão, mas não com Felicity Worthington como uma das duas meninas. E não com Hartley tão à beira das lágrimas.

— Chega! — Enfio o dedo na cara de Felicity. — Você vai pagar por isso, está ouvindo? Você não pode andar por aí destruindo a reputação das pessoas...

Felicity interrompe com uma gargalhada alta e achando graça genuína.

— Ah, meu Deus! Você é tão hipócrita! — A gargalhada contínua dela faz meu sangue ferver. — Você e Reed destruíram a reputação da Ella antes mesmo de ela chegar à Astor! E você tentou destruir a *minha* com aquilo que fez na festa!

Porra, aquele erro bêbado vai me assombrar para sempre. Nunca mais posso beber de novo. Nunca mais.

— Então, não, não estou nem aí se você — continua Felicity, com cara feia para Hartley — for expulsa da escola. Na verdade, estou decepcionada de Beringer pegar tão leve com você. — Ela se afasta dos armários e passa por nós. Olhando para trás, ela diz: — A propósito, estou só começando.

As amigas dela vão atrás, inclusive Claire, que dá um sorrisinho debochado ao passar por Hartley.

— Sua bunda está enorme naquela foto — diz ela, mordaz. — Seria bom você entrar pra uma academia.

Claire se afasta antes que Hartley possa responder. Ela se junta a Felicity e às outras garotas, e as gargalhadas delas ecoam pelo corredor. Ainda consigo ouvir quando elas dobram a esquina.

Capítulo 26

O rosto de Hartley está vermelho-beterraba. Enquanto isso, Pash fica olhando boquiaberto na direção em que Felicity e seu grupo seguiram.

— Qual é o problema dela? — diz ele.

Solto a respiração presa.

— Não faço ideia.

— Acho que ela precisa de uma boa...

Sinto mais do que vejo Hartley prestes a explodir, e coloco a mão na boca de Pash antes que ele arrume problema pra nós dois.

— Não fale — aviso.

— O quê? — murmura ele, e me empurra. — Eu ia dizer que ela precisa de uma boa surra.

Lanço um olhar de *claro que ia* para ele antes de ajeitar meu blazer. Ele responde tirando o celular do bolso e começando a digitar.

— Você humilhou Felicity — diz Hartley. — Ou nós humilhamos. Ela disse que vocês estavam namorando, e você ficou negando. Depois, você falou que ela podia terminar com você, mas foi pra casa dela, pra *festa* dela, e fez com que ela passasse vergonha na frente de todos os amigos.

— E acho que isto foi a cobertura do bolo — comenta Pash.

Nós olhamos para ele pedindo esclarecimentos. Ele levanta o celular.

Droga. A foto que a garota tirou no píer na noite anterior está na tela. Ela usou a *hashtag* da Astor e, apesar de ter postado a foto de manhã, já tem um monte de curtidas. Mais de mil pessoas apreciaram a minha foto com Hartley, nós dois nos encarando com a roda-gigante atrás.

Hartley geme.

— Ah, Deus, é a postagem do alto do *feed*. Se isso não for esfregar sal na ferida de Felicity, não sei como chamar. Eu também ia querer vingança.

— A foto ficou boa — comenta Pash.

— A foto ficou boa? — repito, incrédulo.

— É. Ficou. Quem tirou usou velocidade alta e capturou as luzes. Parece profissional. — Ele faz cara feia para mim. — Está no alto do *feed* porque é uma boa foto, não porque vocês dois estão nela. Desculpa fazer a bolha do seu ego gigante explodir.

Retribuo o olhar dele.

— Ela está mirando em Hartley por minha causa. Não é meu ego gigante falando. É a verdade.

— Vocês dois podem parar de brigar? — interrompe Hartley. — Importa mesmo por que a foto ficou tão popular?

— Ela está certa — diz Pash. — A pergunta é: como nós vamos fazer Felicity se acalmar?

Arqueio a sobrancelha.

— Nós?

— Ah, claro. Não quero que a Hart aqui — ele bate de leve no ombro dela — leve a culpa por uma coisa que não fez. Então, vamos fazer Felicity sossegar.

Hartley abre um sorriso.

— Obrigada.

— Por que vamos fazer Felicity sossegar? — questiono.

— Porque você não pode dar uma surra nela.

— Tem outras coisas.

— Como o quê? — pergunta Hartley, desconfiada.

Abro a boca, mas não sai nada porque não tenho ideia do que fazer. A última vez que uma garota cruel tentou derrubar a minha família, violência *foi* a resposta.

— Lembra quando Jordan Carrington prendeu aquela garota com fita adesiva na parede da escola? — falo. — Ella deu uma surra nela.

Pash e Hartley me olharam como se eu tivesse perdido a cabeça.

— Acho que você levou porrada na cabeça muitas vezes — diz Hartley. Ela cutuca Pash. — Você nem precisa se envolver. Isso está feio. Nem *eu* quero me envolver.

Ele dá de ombros.

— É o último ano. Não tenho nada melhor pra fazer. Além do mais, quem disse que eu não vou ser o próximo? Sou a segunda pessoa favorita de Easton na Astor.

Isso faz Hartley sorrir de leve.

— É? Quem é a primeira?

— Você, claro. E tem Ella. Só que eu e ela estamos empatados. Mas eu gostaria que você guardasse segredo, porque ela tem uma direita poderosa. — Ele passa a mão pelo braço de brincadeira.

— Como já levei mais de um soco da Ella, posso dizer que ele não está errado — concordo, apreciando o tom leve que Pash está inserindo na conversa.

Quando algumas das marcas de estresse do rosto de Hartley somem, decido que Pash está indo na direção certa. Precisamos de mais piadas. De mais gargalhadas. A vida anda muito pra baixo ultimamente. O que aconteceu com a diversão?

— Vamos dar uma festa — anuncio.

O queixo de Hartley cai.

— O quê?

— Uma festa. Sabe como é, uma festa no estilo "não preciso mais ir à escola".

— Contem comigo. — Pash levanta a mão, e fazemos um *high five*.

Mas Hartley sai andando.

— Espera — chamo, e abandono Pash para sair correndo atrás dela. Ele também vem. — Você não gostou da ideia da festa?

— Eu tenho que trabalhar. — A voz dela soa seca, e a expressão se fecha.

— A gente pode fazer uma festa depois que você acabar o trabalho.

Ela para abruptamente.

— Uma festa? É sério, Easton? Eu acabei de ser suspensa. Não tenho nada pra comemorar.

Ao meu lado, Pash fica sério.

— Seus pais vão matar você? Os meus me matariam — admite ele.

Hartley fica branca como um fantasma.

Droga.

— Acho que a festa foi uma má ideia — resmungo, me sentindo muito burro.

Eu não tinha considerado as ramificações da suspensão dela, e acho que ela também não até Pash mencionar a família. A primeira coisa que o diretor vai fazer é ligar para os pais dela. E como atualmente ela não tem permissão de ver ninguém na família por um motivo misterioso, isso não vai ser bom pra ela.

— Quer que eu fale com seus pais? — ofereço. — Posso explicar...

— Não. — Se é que é possível, ela fica mais pálida. — Não diga uma palavra pra eles. Nenhuma. — Ela segura meu blazer e enfia os dedos no meu braço. — Por favor.

— Tudo bem. Não vou dizer — garanto a ela.

Ela solta meu braço.

— Eu tenho que ir.

Antes que eu possa piscar, ela está se afastando. Quando começo a ir atrás, Pash me segura.

— Dá um tempo pra ela com a família, cara.

— Ela não... — Eu me obrigo a parar antes de contar as merdas sobre as quais não devo falar. Mas ver Hartley fugir também não é uma boa ideia. — Não consigo ficar parado sem fazer nada, cara. Eu tenho que fazer alguma coisa.

— Tudo bem. Então, vai pra casa — aconselha ele. — Fala com a Ella. Quem sabe ela tenha uma ideia de como resolver isso.

Por mais que eu queira ir atrás de Hartley, decido seguir o conselho de Pash. Quando chego em casa, procuro minha irmã postiça e a encontro estudando no quarto.

— Tem um minuto? — pergunto, batendo na porta aberta.

Ella levanta o olhar do livro.

— Tenho, entra. O que foi?

Conto tudo de forma direta.

— Felicity armou pra Hartley, pra parecer que ela colou em cálculo. Hartley foi suspensa.

— Ah, meu Deus — exclama Ella. — Por que Felicity faria isso com Hartley?

— Pra me atingir. É comigo que ela está puta.

— Claro que ela está puta. Você foi um babaca com ela na festa. Mas por que ir atrás de Hartley e não de um dos seus amigos ou amigas, como eu, Val ou Pash?

— Acho que você não olhou o Insta nem o Snap hoje.

— Não. Passei o dia com Callum e os advogados. — Ella coloca o livro de lado e pega o celular no edredom.

Eu me sento na cama e me encosto na cabeceira acolchoada. Sei qual é o momento em que ela encontra a foto porque ela faz outro ruído de surpresa.

— Vocês estão se beijando nesta foto? — pergunta ela.

— Quase. A gente se beijou na roda-gigante.

Ella parece sobressaltada.

— O que aconteceu com as regras? Hartley disse que você não tinha permissão de dar em cima dela.

— Eu não dei em cima dela — protesto. — *Ela me* beijou, pra sua informação.

Isso a cala por quase trinta segundos. O olhar dela parece abrir um buraco na minha cara. Parece que ela está tentando entrar na minha mente e... e o quê? Não sei por que ela está me olhando, mas está começando a me deixar incomodado.

— Então — começo.

— Há-há, não. Não me venha com "então". A gente não terminou de falar desse beijo. — Ella passa a mão pelo cabelo dourado. — E aí, vocês estão juntos agora?

— Talvez? Não sei.

O queixo dela cai.

— Você quer? Você não gosta de namorar, lembra?

— Eu gosto de *transar* — digo, arrastando a língua pelo lábio inferior. Se eu transformar o assunto em uma coisa sexual, pode ser que Ella fique tão repugnada que largue o assunto de lado.

E funciona.

— Que nojo — diz ela. — Mas, tudo bem, faz sentido agora. Se Felicity acha que você e Hartley estão juntos, ela iria atrás de Hartley pra se vingar de você. — Ella faz uma pausa. — Você merece a vingança dela, se posso ser sincera.

— Valeu mesmo. — Eu franzo a testa. — Por que você está me chateando assim?

— Ah, a verdade incomoda? Desculpa. Você não devia ter ficado bêbado, ido até a casa de Felicity e a humilhado na frente de todos os nossos amigos e colegas. É isso que acontece quando você não pensa nas consequências.

— Meu Deus. O que está enfiado no seu cu? — Eu me arrependo das palavras antes mesmo da última sair pela boca.

Ella se irrita e me dá um soco no braço.

— Caramba! — Massageio o braço e olho para ela com expressão magoada, mas não funciona.

Ela cruza os braços e me olha de cara feia.

— Desculpa pelo comentário do cu, mas podemos não repassar todas as minhas merdas antigas? A gente vai ter que ficar aqui até a semana que vem.

— Tudo bem. Mas não vou pedir desculpas pelo soco. Você mereceu.

— É justo. — A garota sabe dar um soco. Não me admira Jordan ter recuado. — Você pode ir bater na Felicity pra ela parar com essa sacanagem?

Ella ri.

— Não.

— Por quê? Deu certo com Jordan.

— Não deu, não. O que deu certo no ano passado foi que nos unimos e demos um basta no *bullying*.

— Então, vamos nos unir e dar um basta em Felicity.

— Você tem provas de que foi ela quem armou pra Hartley?

— Tenho. Ela admitiu na frente de Claire e outras garotas.

Ella inclina a cabeça de um lado para o outro, pensando na informação.

— Ela deve estar bem confiante de que elas não vão dizer nada — conclui ela. — A essa altura, é sua palavra contra a dela, e sua palavra não vale nada. Você sempre se mete em confusão. Felicity é da Sociedade de Honra e é a aluna perfeita de uma família ótima.

— Obrigado pelo apoio retumbante — resmungo, mas nós dois sabemos que ela está certa. Confusão é meu sobrenome.

— Acho que eu devia ligar pra ela.

— E dizer o quê?

— Desculpa?

Ella me olha com irritação.

— É sério? Você ainda não pediu desculpas? Era a primeira coisa que você devia ter feito!

— Pode ser que eu tenha pedido. — Repenso e faço uma careta. — Não lembro.

— Então, acho, sim, que você devia ligar pra ela e pedir desculpas. — Ella balança a cabeça algumas vezes, como se não conseguisse acreditar que está compartilhando espaço com um imbecil. — Na verdade, compre flores e vá à casa dela e diga que você foi burro e insensível e babaca e que todos os pensamentos ruins que ela teve sobre você foram verdade, mas que, por favor, ela não desconte em Hartley.

Eu faço uma careta.

— Isso tudo?

— É — responde Ella com severidade. — Tudo.

— Está bem. — Falo um palavrão grosseiro e pulo da cama. Na porta, eu me viro. — Ainda prefiro a ideia de você dar uma surra nela.

Ella joga uma almofada em mim.

— Eu não vou bater nela!

Desço a escada e dou uma corridinha até minha picape. Mas, no portão, acabo virando para a esquerda em vez de para a direita.

Não gostei da forma como Hartley saiu correndo. E se os pais estiverem na casa dela, gritando com ela? Ela deve estar precisando de apoio moral.

Decido dar uma olhada em Hartley primeiro e depois ir à casa de Felicity na volta.

Passo pelo posto de gasolina e compro um pote de sorvete, alguns refrigerantes e pipoca. No caixa, incluo duas barras de chocolate. Tem um balde cheio de rosas sendo vendidas individualmente, e também pego uma.

— Irritou alguém, é? — diz o atendente quando passa a mercadoria.

— Como você adivinhou?

— Esse é o kit de pedido de desculpas — brinca ele.

Dou uma risadinha. Tecnicamente, só a flor é parte do meu pedido de desculpas para Felicity, mas ainda estou curioso o bastante para perguntar:

— Qual é a taxa de sucesso do kit?

— Depende do tamanho do seu erro. Erros grandes exigem pedidos de desculpas grandes.

Pego o resto das flores.

— Vamos caprichar, então.

Ele passa meu cartão.

— Boa sorte — diz ele.

Pelo tom de voz, está claro que ele acha que vou fracassar.

Dez minutos depois, paro na frente da casa de Hartley e desligo o motor. Pego o saco de compras e três das flores (Felicity não precisa de todas), depois, subo a escada bamba dois degraus de cada vez. Estou levantando a mão para bater quando ouço vozes.

— O que você pretendia antes não vai rolar mais. Papai não para de falar há uma hora.

Fico paralisado. Ah, merda. É Parker. Olho por cima do corrimão e procuro o Mercedes, mas não está por perto. Ou ela estacionou mais para a frente, ou veio de Uber.

— Eu não fiz aquilo — diz Hartley secamente.

— Você é sempre tão cheia de desculpas — debocha Parker.

— *Eu não pretendia espionar você, papai. Eu não pretendia destruir sua campanha. Eu não pretendia constranger a família toda. Eu não pretendia destruir a família.*

O silêncio pesa.

Hartley não responde. Acho que não tem nada que ela possa dizer para fazer Parker acreditar.

Eu quase bato na porta. Quase saio entrando. Quase tento argumentar com Parker.

Mas alguma coisa, uma força divina, me impede de fazer qualquer uma dessas coisas.

Engulo em seco e tento forçar o ar a passar pela pedra que apareceu na minha garganta. É culpa minha. Eu fiquei bêbado e constrangi uma garota com quem eu sabia que não devia me meter, uma garota cujas garras surgiram naturalmente em retaliação. Fui um babaca inconsequente. E teria sido ainda mais inconsequente se tivesse entrado no meio da briga familiar de Hartley.

Preciso resolver isso com Felicity. É *esse* o meu único papel aqui. Quando resolver, Hartley vai poder cair nas boas graças da família, e tudo vai correr bem para nós.

Eu consigo resolver isso. Consigo.

Capítulo 27

No dia seguinte na escola, todo mundo está falando sobre a suspensão de Hartley. Até parece que ninguém da Astor Park nunca foi pego fazendo coisa errada. A questão é que Hartley não mereceu o que aconteceu. Ela não fez nada errado, e a pessoa que fez está passeando pelo corredor como se fosse rainha da Astor.

Encontro Felicity antes do primeiro tempo. Ela está em frente ao armário junto com as amigas. Por sorte, Claire não está por perto. Que bom. Odeio a ideia da minha ex ficando toda amiguinha de Felicity. Quem sabe o que Claire sabe sobre mim. Eu passava muito tempo bêbado quando nós saíamos.

— Saiam — eu digo para as amigas de Felicity.

Minha expressão deve deixar claro que é sério, porque elas saem correndo como ratos fugindo de um navio naufragando. Felicity fica, com expressão de quem está achando graça.

— Ah, que valentão, espantando todas as garotinhas inocentes — debocha ela.

Fecho a cara.

— Não tem nada de inocente em nenhuma de vocês.

Ela revira os olhos e bate a porta do armário. Eu seguro o antebraço dela antes de ela sair andando.

— Recebeu as flores? — resmungo. Passei pela casa dela quando estava indo para a minha depois de sair da de Hartley, mas ninguém atendeu a porta, então deixei as flores na varanda.

— Sim. Recebi.

— E o bilhete? — Também deixei isso. Um bilhete com três palavras simples: *Me desculpa – Easton*. — Você leu?

— Li.

— E? Está tudo bem agora?

Ela começa a rir.

— Espera. Você achou que aquele pedido de desculpas ridículo faria tudo ficar bem? Ah, Easton.

Minha garganta entala de frustração.

— Puta que pariu, Felicity. O que você fez com Hartley não foi certo.

— Você vai mesmo me dar sermão sobre certo e errado? Você, Easton Royal?

— É, eu sou um merda — concordo na mesma hora. — Sou uma pessoa ruim e egoísta. Eu bebo e brigo e trepo com garotas com quem não devia trepar. Admito isso. Mas Hartley não fez nada pra você. Então, por favor, diz pro Beringer que a cola foi um mal-entendido e... — Eu paro porque percebo que estou perdendo tempo.

Felicity nunca vai confessar que plantou aquelas anotações no armário de Hartley. Seria admitir que ela armou para uma colega e correr risco de punição. Então, por mais que eu não queira, tenho que deixar isso pra lá. Hartley pegou suspensão de três dias. É horrível, mas ela vai sobreviver e vai estar de volta à escola na segunda. Não adianta mais querer livrar Hartley da culpa. Agora, só posso balançar uma bandeira branca para Felicity antes que ela cause algum outro mal.

— Como posso acertar as coisas com você? — pergunto por entre dentes.

Os olhos azuis assumem um brilho incrédulo.

— Não pode.

— Para com isso — suplico. — Tem que ter alguma coisa que eu possa fazer. — Ela dirige um olhar direto à minha pulseira. Luto contra uma vontade de escondê-la. — Alguma coisa que eu possa comprar — esclareço.

— Tipo um colar da Candy Machine?

— Claro.

— Que tal a bolsa Dior de edição limitada?

— Não faço ideia do que seja, mas é sua.

— Custa trinta e cinco mil. — De alguma forma, ela consegue me olhar com expressão arrogante.

Não sei como vou explicar isso para os contadores da família, mas tudo bem.

— Ótimo. Toda garota precisa de uma bolsa de edição limitada. — Eu estico a mão. — Combinado. Quando Hartley voltar, você não se mete mais com ela.

— Não.

— O quê?

— Não tem nada combinado. Estou me vingando, e ainda não acabei.

O olhar gelado dela, junto com o menor dos sorrisinhos debochados nos lábios, me dá vontade de socar um armário. Não consigo acreditar que ela ficou negociando joias e bolsas só pra me dar o fora. São só as garotas da Astor que são vingativas ou todas as garotas são sedentas de sangue assim?

— Se você quiser que eu implore, eu imploro. De joelhos.

O sorriso de Felicity se alarga.

— Seria bom de ver. Mas... não, obrigada. Tenho coisas ainda melhores planejadas.

Com isso, ela tira minha mão do braço dela e sai andando.

Engulo um gemido enquanto a vejo ir embora. Qual é a porra do problema dessa garota? Entendo que a fiz passar vergonha, mas está na hora de deixar isso pra trás. De crescer.

A ironia de eu estar mandando outra pessoa crescer não passa despercebida.

Com respiração cansada, pego o celular e mando uma mensagem para Hartley.

Tudo bem hoje?

Ela responde na mesma hora.

Não.

Sou tomado de culpa. Me encosto no armário de Felicity e digito outra mensagem.

Desculpa, H., tudo minha culpa

Desta vez, ela demora. Fico olhando para a tela e desejando que ela responda.

— East — diz alguém.

Levanto o rosto e vejo Sawyer e Lauren se aproximando. Seb não está com eles.

— Oi — cumprimento, distraído. Olho para o celular. Nada ainda. — Estou bem. E vocês?

Meu irmãozinho ri.

— Não perguntei como você estava, mas que bom que você está bem.

— Você vai se atrasar pra aula — diz Lauren, sem ajudar em nada. — O primeiro sinal já tocou.

Que se dane o sinal e que se dane a aula. Hartley ainda não respondeu à minha mensagem. Por quê?

Será que é porque concorda que a suspensão é culpa minha?

E é, uma vozinha diz.

Porra, eu *sei* que é. Foi por isso que pedi desculpas. Mas… eu esperava que ela não desse bola. Que dissesse: *Eu não culpo você, Easton. Foi Felicity que blá-blá-blá.*

Mas só estou ouvindo silêncio.

— Claro, vamos conversar depois — murmuro para o meu irmão. — Vejo você em casa.

Quando me afasto, ouço as vozes surpresas deles atrás de mim.

— Ele está bêbado?

— Acho que não.

Saio do prédio pelas portas laterais e corro para o estacionamento. Preciso ver Hartley e pedir desculpas em pessoa. Preciso que ela me perdoe por arrastá-la para esse problema com Felicity. Não foi de propósito. Ela tem que saber disso.

O trajeto até a casa dela é rápido. Mas, como ontem, alguém já chegou antes de mim.

Do pé da escada, consigo ver as costas de um homem usando um terno cinza caro. O cabelo é grisalho.

— ... expulsa da escola preparatória número um do país. Você é uma desgraça para o nome dos Wright — diz o homem, as palavras carregadas de desprezo.

O pai de Hartley.

Bosta.

Vou na direção da lateral da escada, espero que fora do campo de visão.

— Eu não fui expulsa — responde ela. — Fui suspensa.

— Por colar! — grita ele. — Colar, Hartley. Qual é o seu problema? Que tipo de filha eu criei?

— Eu não colei, pai. Uma garota que me odeia plantou as respostas da prova no meu armário. Eu *não* colo.

— Seu diretor é membro do clube, sabia? Todos os meus colegas sabem sobre seu escandalozinho. Só me perguntaram isso no café da manhã de hoje.

— Quem se importa com o que um bando de velhos do *country club* pensa? — Hartley parece frustrada. — O que importa para mim é a verdade.

— Pelo amor de Deus! Você e sua maldita palavra! *Verdade*. Chega, Hartley!

O tom grosseiro dele me faz me encolher.

— Chega — repete o senhor Wright. — Você vai voltar pra Nova York. Hoje. Entendeu?

— Não! — protesta ela.

— Sim. — Há um ruído de movimento, como se ele estivesse pegando alguma coisa. — Aqui está a passagem. Seu voo parte esta noite, às onze.

— Não — diz ela, mas é com insegurança desta vez.

— Tudo bem. — Ele faz uma pausa. — Se você não for, vou tirar Dylan da escola e mandar no seu lugar.

— Por quê? Por que você sempre tem que ameaçar Dylan? Ela é um bebê, pai.

— Não, ela tem treze anos e já está sendo influenciada por você.

— Ela toma remédios desde os oito anos. Ela é frágil e você sabe. Você não pode tirar Dylan da família.

Ele ignora.

— Se você não for embora de Bayview, vamos proteger Dylan mandando-a pra fora do estado. A escolha é sua.

Aperto as mãos ao lado do corpo.

— Se eu for... você vai deixar que ela me veja? — Hartley fala tão baixo que tenho dificuldade de ouvir.

— Se você entrar no avião, vai poder passar um tempo com ela daqui até o aeroporto.

Que escroto. O aeroporto fica a trinta minutos de distância.

— Eu... vou pensar.

Não, tenho vontade de gritar. *Nem pense nisso. Lute contra ele.*

— Pego você às dez. Dylan e eu vamos com você ao aeroporto, onde vamos sorrir e acenar enquanto você passa pela segurança.

— E se eu não for com você?

— Vou ao aeroporto de qualquer jeito — diz o senhor Wright com tom tenso. — Alguém vai subir no avião hoje. Vai ser você ou sua irmã. — Ele faz uma pausa. — Confio que você vá tomar a decisão certa.

Capítulo 28

Meu plano é esperar dez minutos para bater na porta de Hartley. Quero dar tempo para ela se recuperar da visita do pai e do ultimato brutal. Mas só dois minutos se passam até Hartley abrir a porta e sair.

Se eu não tivesse estacionado na frente da casa de dois andares, Hartley podia ter andado para o meio da rua. Mas acaba quase batendo o nariz na lateral da minha picape.

— Você parece que bebeu demais ou acabou de ser atropelada por um caminhão. — Estico a mão para ela se segurar.

Surpreendentemente, ela aceita.

— Caminhão. Definitivamente, atropelada por um caminhão.

— Vamos dar uma volta.

Não dou chance para ela responder. Em pouco tempo, já a coloquei dentro da cabine e botei o cinto nela.

— Algum pedido especial? — pergunto depois que me sento no banco dos passageiros.

— Não faz diferença. Só me leva pra longe daqui. — Parecendo derrotada, ela apoia a cabeça na janela e fecha os olhos.

— Tudo bem. — Eu levo numa boa. Como se minhas entranhas não tivessem dado um nó. Odeio isso. Odeio me sentir assim. Odeio vê-la assim.

Não faço nenhuma pergunta, e ela não diz nada, então o trajeto todo é feito em silêncio total. É engraçado como o silêncio pode ser ensurdecedor. O que ela tinha dito antes? No silêncio dá pra ouvir um coração batendo? Também dá pra ouvir quebrando. O ar na cabine da minha picape fica denso e pesado.

Vamos parar em uma velha marina não muito longe do píer. Entro no estacionamento de cascalho e estaciono a picape. Quando olho, percebo que Hartley está chorando. São lágrimas sem som. Só gotas infinitas caindo pelo rosto. Juro que, quando elas caem, o som é alto como o de um trovão.

É por isso que deixo o motor ligado. Preciso de alguma coisa para disfarçar as lágrimas. Ela está sentada ao meu lado, olhando pela janela. Eu me pergunto se ela está enxergando pelo véu de lágrimas.

Tento aliviar o clima.

— Meu pai comentou que este era o lugar mais agitado nos anos 1970. Eu respondi que não sabia que existiam barcos no período medieval.

Ela abre um sorrisinho.

— Vem, vamos andar perto da água — eu sugiro.

Eu a ajudo a descer da picape. A marina antiga está velha. A lateral das tábuas de cedro está cinza por causa da areia e do sal do mar. Só tem duas docas ainda acima da água. O resto afundou ou quebrou.

A manhã está nublada, combinando com nosso humor. Hartley parece abalada. Estou com o estômago embrulhado. Parecemos dois sobreviventes andando por aí atordoados após uma explosão. Mas, ei, pelo menos estamos juntos, né?

Seguro a mão dela. Assim que faço isso, ela olha para nossos dedos entrelaçados. Está desconfiada.

— Por que você não está na escola?

— Porque eu estava preocupado com você. — *Porque quero que você me perdoe.*

Como sempre, Hartley identifica minha mentira.

— Preocupado de eu estar com raiva de você, você quer dizer.

Engulo em seco.

O olhar intenso continua grudado no meu.

— Você estava do lado de fora da minha casa. Viu meu pai?

— Vi — admito.

— Ouviu o que ele me disse?

Penso em mentir, mas decido que é melhor não.

— Ouvi. — Seguro o braço dela e chegamos mais perto da água. Não tem muros, só uma inclinação de pedras de uns três metros de largura que leva até a beira da água. — Mas você não vai pegar o avião. Certo?

— Eu... não sei.

Sufoco uma onda de pânico.

— Droga, Hartley. O que aconteceu com vocês? Por que ele o... — Eu paro antes da palavra *odeia* sair. Acho que ela não gostaria se eu dissesse que o pai dela a odeia. — Por que ele está com tanta raiva de você?

O olhar dela está grudado na margem coberta de pedrinhas.

— É uma longa história.

Abro os braços e faço sinal para o lugar amplo.

— Tenho todo o tempo do mundo.

Ela fica me olhando em silêncio por muito tempo. Tenho vontade de me mexer, chutar umas pedras, gritar com o mar. Que nada, o que eu queria mesmo fazer era ir até a casa de Hartley dar um chute no pai dela e berrar na cara dele. Não faço nenhuma das duas coisas, e minha paciência é finalmente recompensada.

— Quatro anos atrás, acho que quase cinco agora, eu estava com dificuldade pra dormir uma noite e desci pra pegar um copo d'água. Meu pai estava na sala conversando com uma mulher. Eles estavam falando baixo, mas ela parecia com raiva e estava chorando entre as frases. Acho que foi por isso que não interrompi nem avisei que estava ali.

— Sobre o que eles estavam conversando?

— Ele estava dizendo que podia resolver o problema, mas que teria um preço. A mulher disse que pagaria o que ele quisesse desde que ele ajudasse o filho dela.

Franzo a testa.

— O que ele falou?

— Não sei. Subi para o quarto porque não queria que ele soubesse que eu estava ouvindo. Ele é genioso, então, tentamos não deixá-lo com raiva se podemos. — Ela faz cara feia. — Mas dois dias depois, eu ouvi quando ele estava discutindo no telefone com o chefe que tinha usado "discricionariedade persecutória", o que quer que seja isso, ao descartar as acusações contra o garoto Roquet.

— Quem é o garoto Roquet?

— Você conhece Drew Roquet?

— Não.

— Ele é mais velho do que nós. Tinha dezenove anos na época e foi preso por porte de heroína. Era seu terceiro delito, e ele seria acusado de tráfico por causa da quantidade. São de cinco a vinte e três anos na prisão. — O tom de Hartley se enche de nojo. — Mas olha só: a heroína que ele estava carregando se perdeu na sala de provas, e meu pai descartou a acusação.

— Não estou gostando disso.

— Eu também não estava, mas tentei esquecer. Na época, não achei que meu pai fosse fazer alguma coisa errada. Ele era promotor e odiava criminosos envolvidos com drogas. Chamava todos de escória que não contribuía com a sociedade e dizia que as drogas eram o motivo de tudo o que havia de errado no país. Assassinatos, abuso doméstico, roubo. Tudo podia ser relacionado a drogas, de acordo com ele.

— Certo. Então, você deixou pra lá.

— Foi, e tudo pareceu bem, mas… me incomodou. Então, comecei a xeretar onde não devia. Entrei no computador dele uma vez. Ele sempre usa a mesma senha, mas muda o último número mais ou menos uma vez por mês, por isso, foi bem fácil de adivinhar. E, quando estava logada, encontrei uma conta anônima para a qual as pessoas escreviam pedindo favores especiais e diziam quem tinha feito a indicação. Não havia detalhes nem respostas além de: "Vamos nos encontrar".

Eu ergui as sobrancelhas.

— As pessoas iam à sua casa? — Isso me pareceu arriscado demais.

— Não. Ele normalmente se encontrava com elas em locais públicos. Acho que ir na nossa casa era raro, e era por isso que ele estava com tanta raiva daquela mulher. Não tenho ideia de quantos casos ele "consertou", mas eram tantos e-mails, Easton. Muitos, mesmo. — Ela morde o lábio e parece infeliz.

— Você falou com ele?

— Não. Eu procurei Parker. Ela me disse pra parar de inventar histórias e pra ficar de boca calada e não dizer nada pra ninguém.

— Parker sabia o que seu pai estava fazendo?

— Não sei.

Acho que ela sabe, mas não quer acreditar. Espero que Hartley continue, mas ela não diz nada. Ela se inclina e pega algumas pedras e joga no mar. Eu me junto a ela e não digo nada por um minuto. Mas preciso fazer a única pergunta que está me incomodando desde que nos conhecemos.

— Como você quebrou o pulso?

A pergunta a deixa sobressaltada. Ela larga a pedra, que cai na água com um *splash*.

— Hartley — insisto. — Como você quebrou seu pulso?
— Como você sabia que eu quebrei?
— Você tem uma cicatriz cirúrgica na parte interna do pulso.
— Ah, isso. — Ela passa a mão na cicatriz. Depois de um momento de hesitação, ela expira, trêmula. — Alguns meses depois que falei com a minha irmã, meu pai anunciou que ia concorrer a prefeito. Ouvimos muitos sermões sobre como nos comportar em público. Uma mulher até foi à nossa casa e nos mostrou como ficar paradas, como sorrir e como acenar.

— É, também passei por isso — admito. — RP é importante aqui no sul.

Ela dá uma gargalhada de desprezo.

— Não consigo acreditar no quanto eu estava ansiosa pra ser a filha perfeita. Eu até me filmei no espelho. Logo antes do meu nono ano, eu arrebentei uma corda do violino e pedi uma nova pela internet. Estava fazendo o rastreio e vi que seria entregue, então, corri até o final da rua pra perguntar ao carteiro se ele estava trazendo. Foi quando vi meu pai sentado com uma mulher em um carro.

Hartley para abruptamente. Posso ver que é difícil para ela falar sobre essas coisas. Eu não a culpo. Descobrir que tipo de homem Steve é ainda me assombra. Eu o admirava. Ele pilotava aviões, bebia como um gambá, tinha os melhores carros, as gatas mais gostosas. Estava vivendo a melhor vida, e eu queria ser como ele. Mas meu modelo é um dos piores seres humanos do mundo, e, agora, o que me restou?

— Fiquei olhando os dois por muito tempo. — Hartley continua de onde tinha parado. — Eles estavam conversando. Ela entregou um celular e uns papéis pra ele, depois, ele saiu do carro carregando a pasta e uma mochila. A mochila era esquisita, sabe? Ele nunca carregava nada assim. Eu estava tão ocupada olhando pra ele que não percebi que o carro atrás do qual eu tinha me escondido estava indo embora. Eu saí correndo pra casa. Ele me pegou na porta, segurou meu pulso e puxou com força. Ele estava com muita raiva. Foi por isso que não percebeu quanta força usou.

Ela está mesmo tentando explicar a violência do pai dela? Isso me deixa furioso. Eu aperto a mão e a encosto na lateral do corpo para ela não ver. Dói não gritar nem bater em nada, mas agora entendo por que ela odeia violência. Por que surtou na noite que a arrastei para as brigas no porto.

— Ele me perguntou o que eu vi. Eu neguei no começo, mas meu pulso estava doendo tanto que comecei a gritar que tinha visto tudo e que era errado e que ele não devia fazer o que estava fazendo e que eu ia contar tudo pra mamãe. — O lábio inferior dela treme. — Ele deu um tapa na minha cara e me mandou pro quarto.

— E seu pulso?

Sua boca treme de novo, e o rosto desaba.

— Foi por isso que não cicatrizou direito. Eu não fui logo ao médico.

— O que é logo?

— Três semanas.

— *O quê?* — explodo.

Ela engole em seco.

— Na manhã seguinte, meu pai foi até o meu quarto e me disse que eu ia embora. Acho que não entendi o que estava acontecendo. Eu tinha catorze anos. Acho que devia ter resistido e enfrentado ele.

— Você só tinha catorze anos — repito. — E estava com medo. Porra, minha mãe pegou meus comprimidos e disse que ia jogar na privada. Eu entreguei mesmo sabendo que ela tinha problema com drogas. Nós queremos fazer nossos pais felizes, mesmo quando achamos que os odiamos.

— Acho que sim. Mas... pois é, eu estava em um avião e cheguei a Nova York antes de conseguir pensar. Quando cheguei ao alojamento, liguei pra minha mãe e implorei pra ela me deixar voltar, mas ela disse que meu pai era o chefe da casa e que não se pode desobedecer ao chefe da casa. — A voz dela soa carregada de sarcasmo. — Ela disse que, quando eu aprendesse a ser uma boa filha, podia voltar. Eu não sabia o que isso queria dizer, mas falei que tudo bem. Acho que foi por isso que não disse nada sobre o pulso imediatamente. Mas piorou, e uma das minhas professoras reparou e me levou à emergência. Tive que passar por uma cirurgia pra ajeitar.

— O que você disse?

Ela afasta o olhar.

— Que eu caí.

Eu viro o queixo dela para mim.

— Não fica com vergonha.

— É difícil não ficar.

— Não fica.

— Eu fui tão boa naquele primeiro ano. Mamãe me lembrou que papai estava concorrendo à prefeitura e que, se eu me comportasse, poderia voltar pra casa.

— Mas ele não ganhou.

— Não. Parker disse que me mandar pro colégio interno fez parecer que o papai não era capaz de cuidar da própria família, e menos ainda de Bayview. — Lágrimas estão grudadas nos cílios de Hartley. — E eles não quiseram me deixar voltar pra casa. Papai não quis falar comigo. Mamãe disse que eu não tinha mostrado que era uma boa filha e que, como eu era má, teria que ficar longe da minha irmã. Que eu era uma má influência.

— Não entendo. Como você é que é a má influência? — Hartley se importa muito com a família. Mais do que a irmã, pelo que posso ver.

— Minha irmãzinha é… complicada. Ela é um amor, mas, às vezes… — Hartley para de falar.

Eu preencho as lacunas.

— Às vezes, ela quer gritar com o mundo sem motivo? Está feliz um dia e frustrada no dia seguinte? Fica violenta e agressiva sem aviso?

Os olhos de Hartley se enchem de surpresa.

— Como você... — Ela para, a compreensão surgindo. — Você também?

— Minha mãe era assim. Eu herdei dela. Estou supondo que sua irmã também não gosta da medicação.

Hartley assente.

— Ela é bipolar ou, pelo menos, esse foi o diagnóstico que o psicólogo infantil fez. Ouvi meus pais discutindo sobre isso porque meu pai se recusa a acreditar que doenças mentais existem. Ele acha que ela só precisa de disciplina.

Onde será que já ouvi isso?

— Pobre garota.

— Esse também é seu diagnóstico? — pergunta ela com hesitação.

Olho para a água por não estar pronto para ver julgamento no rosto de Hartley.

— Acho que não. Foi TDAH pra mim. Eu comecei a tomar Adderall quando tinha sete anos. Era pra me deixar mais calmo, mas, depois de um tempo, parou de funcionar. Eu não queria dizer pra minha mãe que não estava ajudando e que minha cabeça estava ficando mais barulhenta, porque ela estava bem ruim. É fácil conseguir essas drogas na escola. Sempre tem alguém disposto a vender uma parte do que seu médico receitou. E depois, foi uma queda fácil pra oxi e outras coisas. — Eu murmuro essa última admissão.

— Nossos pais deviam nos ajudar, não nos fazer mal.

Sinto um ardor atrás dos olhos. Pisco algumas vezes.

— De verdade. Quando foi a última vez que você viu sua irmã?

— Três anos atrás. Falei com ela algumas vezes, mas só porque ela atendeu o telefone antes de um dos meus pais aparecer. Às vezes, ela sente minha falta. Outras vezes, me odeia por tê-la abandonado. Eles não podem mandar Dylan pro colégio interno, Easton. O colégio interno é horrível. Eu era tão solitária lá. Não passo um Natal, um dia de Ação de Graças nem um aniversário com alguém que me ama há três anos. Sabe o que é isso?

— Não — digo com voz rouca. — Não sei.

Ao meu lado, o corpo dela treme.

— Eu não desejaria isso pra Felicity, menos ainda pra pessoa que eu mais amo no mundo. Ela seria destruída lá. Ninguém a entenderia nem cuidaria dela do jeito que ela precisa.

— Então, como você conseguiu voltar?

— Eu descobri no ano passado sobre aquele fundo que mencionei, o da minha avó. O Bayview Savings and Loan é quem cuida, não meu pai. Mas comida e aluguel não são considerados gastos com educação, então, é por isso que eu trabalho na lanchonete. — A expressão dela fica triste. — Eu achei que, se estudasse na melhor escola do estado e ficasse fora de confusão sem dizer nada sobre os negócios escusos do meu pai, eles me deixariam voltar pra família.

— Mas aí você foi suspensa por ter colado. — A culpa me açoita novamente, fazendo minha garganta arder.

— É.

— A culpa é toda minha.

Hartley inclina a cabeça para me olhar.

— É.

Essa única sílaba me destrói. É brutal. Brutal pra caralho.

— Eu já falei, os problemas seguem você aonde você for, Easton.

Preciso romper o contato visual antes que a vergonha me consuma vivo. Olho para a água e me dou socos mentais por toda a merda que fiz essa garota passar. Por toda a merda que fiz *todo mundo* passar. Ella, meus irmãos, meu pai. Sou um merda. Eles todos sabem, e me amam mesmo assim.

Qual é o problema dessas pessoas?

— Mas isso ia acabar acontecendo, com ou sem seu envolvimento.

Olho para ela com surpresa.

— Você acha?

Hartley assente com pesar.

— Assim que voltei pra Bayview, minha família entrou em estado de alerta. Parker deve estar me espionando pro meu pai. Minha mãe está fazendo tudo pra deixar Dylan longe de mim. Meus pais estavam só esperando que eu fizesse alguma besteira, garanto. Esperando uma desculpa pra me tirar de Bayview de novo.

Isso me deixa melhor. Só um pouco. Mas não me impede de aceitar a responsabilidade por minha parte nisso tudo.

— Felicity não teria se metido com você se não fosse por mim, Hartley. Isso quer dizer que cabe a mim consertar isso.

— Você não pode consertar.

— Claro que posso.

Ela inclina a cabeça em desafio.

— Como?

Faço uma pausa.

— Não sei. Mas vou pensar em alguma coisa.

Ela dá uma gargalhada sem humor.

— Ah, bom, é melhor você pensar até as dez da noite de hoje. É quando meu pai vai aparecer pra me levar ao aeroporto.

— Você não vai ao aeroporto — digo com firmeza. — Não vai a lugar nenhum.

Ela só dá de ombros.

Droga, ela realmente está pensando em ir. Consigo ver nos olhos dela. Hartley vai fazer qualquer coisa para proteger a irmãzinha, mesmo que signifique voltar para o colégio interno que ela odiava.

— Eu tenho que voltar — diz ela, se afastando da margem de pedras. — Você pode me levar pra casa agora?

Faço que sim.

Nós entramos na picape e novamente fazemos o trajeto em silêncio. Observo o perfil dela em cada parada, em cada sinal vermelho. Na primeira vez que a vi, eu a achei meio comum. Bonita, mas comum. Com pernas bonitas, uma bunda boa, os lábios beijáveis.

Agora que a conheço melhor, é o rosto dela que me atrai. Todas as feições separadas se unem e formam uma bela imagem. Ela não é comum. É única. Nunca vi ninguém como ela, e não consigo acreditar que talvez nunca mais a veja.

O desespero gerado por esse pensamento horrível é o que me faz beijá-la. A picape mal para na frente da casa dela e já a puxo para perto de mim e cubro sua boca com a minha.

— Easton — protesta ela, mas logo está retribuindo o beijo.

É intenso. Os lábios dela estão quentes e um pouco salgados, provavelmente por causa das lágrimas. Enfio os dedos no cabelo macio e a puxo para mais perto.

Braços suaves circulam meu pescoço. Os mamilos duros se pressionam no meu peito. Levanto a mão para aninhar um seio e passo o polegar pelo mamilo. Ela treme. Meu corpo treme em resposta.

Eu a beijo com mais força. Minhas mãos passeiam desesperadamente pelo corpo dela, tentando mantê-la grudada em mim. De alguma forma, as pernas dela ficam montadas nas minhas. Passo a mão pela coxa dela e pela curva da bunda antes de apertá-la com força.

Estou mais do que excitado. E sou homem. Homens nem sempre fazem e dizem a coisa certa quando estão excitados e seu cérebro é dominado pelo pau. Mesmo assim, me arrependo das palavras no momento em que saem da minha boca.

— Vamos lá pra dentro, onde podemos ficar mais à vontade.

Hartley afasta a boca da minha. E aperta os olhos.

— Mais à vontade?

— É. Você sabe... — Minha respiração está meio pesada de tantos beijos. — À vontade — repito sem convicção.

— Você quer dizer pelados. — O tom dela é seco.

— Não. Bem, claro, se for isso que você quer. — *Cala a boca, cara. Cala a porra da boca.* — Eu só... nós estamos sentados na picape, e você disse que estava preocupada de seu pai estar vigiando...

— Certo. Tenho certeza de que é exatamente por isso que você queria entrar — murmura ela. Balançando a cabeça, ela solta o cinto e o empurra. — Você é inacreditável.

Franzo a testa.

— Você está mesmo puta comigo agora? Você me beijou também.

— Sei que beijei, porque eu estava chateada e precisava... de consolo, eu acho. Mas, como sempre, você transforma tudo em sexo.

Sou tomado de indignação.

— Só sugeri que a gente entrasse.

— É, pra gente poder fazer sexo. — Ela abre a porta do passageiro, mas ainda não sai da picape. — Obrigada pela proposta, mas vou ter que passar. Preciso arrumar as malas.

— Você não vai sair da cidade! — rosno. — E não ligo pra sexo agora. Nós estávamos nos beijando e eu disse pra gente entrar. Grande coisa, porra. Não invente coisas e aja como se eu tivesse feito algo errado.

— Você me fez ser suspensa!

Engulo a frustração.

— Sei que fiz. E estou tentando consertar isso, droga!

— Como? Enfiando a língua na minha boca? Como isso resolve alguma coisa? — Um olhar cansado surge nos olhos cinzentos. Suspirando, ela sai lentamente do carro. — Vai pra casa, Easton. Ou volta pra escola. Mas... vai.

— E a ameaça do seu pai? O que você vai fazer sobre isso?

— Não sei — murmura ela. — Mas vou pensar em alguma coisa. *Eu* vou resolver isso. Sozinha. Não preciso da sua ajuda.

Aperto o punho em cima do joelho.

— Precisa, sim.

— Não. Não preciso. Eu não preciso de nada de você. — A expressão dela se enche de irritação. — Você só me fez ter problema desde o momento em que eu o conheci. Então, por favor, pelo amor de Deus, não tente me ajudar mais. Não ajude e definitivamente não resolva. Você não é capaz de resolver coisas. — Com tristeza, ela balança a cabeça. — Você só destrói.

Com isso, ela me deixa. Uma facada no coração. Uma acusação da qual, por mais que eu queira, não posso me defender.

Só posso voltar pra casa. Não posso voltar pra escola, não me sentindo estripado. Não posso olhar na cara da Ella e dos meus colegas de time nem daquela vaca da Felicity. Então, vou pra casa e pego uma bebida do armário de bebidas que meu pai felizmente reabasteceu. Ficar bêbado não é meu objetivo. Eu só preciso relaxar. Anuviar os pensamentos pra poder pensar em uma solução para esse problema. O problema que *eu* criei. A confusão que *eu* causei.

Devo isso a Hartley.

Capítulo 29

Às nove horas, me dou conta.

Da solução.

Eu pulo da cama, mas demora uns momentos para meu corpo parar de balançar e para a tontura passar. Opa. Tudo bem, eu não devia ter me levantado tão rápido. Estou deitado na cama há horas, cuidando da garrafa de *bourbon* que peguei no escritório do meu pai. Observação para mim mesmo: passar a ficar na vertical devagar.

Mas eu não estou bêbado.

Não, bêbado, não. Só tonto. Tooooonnnto.

— Easton, você está bem? — Ella coloca a cabeça na porta aberta do meu quarto com cara de preocupação.

Abro um sorriso quando a vejo.

— Estou ótimo, maninha! Ótimo pra caralho!

— Ouvi um estrondo. Você caiu? Quebrou alguma coisa?

— Você está ouvindo coisas — digo para ela. — Porque eu não caí nem quebrei nada.

— Então, por que tem uma garrafa quebrada no chão?

Sigo o olhar de acusação até o pé da mesa de cabeceira. Há. Ela tem razão. Tem uma garrafa de uísque no tapete, em dois pedaços. Deve ter batido no canto da mesa de cabeceira e partido no meio ao cair. Mas uísque? Eu estava bebendo *bourbon*.

Meu olhar segue até a colcha, onde deixei a garrafa de *bourbon*. Ah. Acho que eu estava tomando os dois.

— Você vai a algum lugar?

— Não é da sua conta. — Afasto o olhar da garrafa e procuro a chave. Merda, não lembro onde está.

Remexo em uma pilha de roupas. Um tilintar no bolso de trás de uma calça jeans chama minha atenção.

— Ahá — anuncio, e puxo a chave. — Aí está.

— Você não vai a lugar nenhum. — Ella pega a chave. — Você não está em condição de dirigir.

— Tudo bem. — Deixo que ela pegue a chave e alcanço o celular no outro bolso da mesma calça jeans. Digito algumas coisas e sorrio para a tela com satisfação. — Pronto. Tem um carro vindo.

O mapinha nos informa de que meu motorista está a cinquenta e cinco minutos de distância. Ou... espera, talvez sejam *cinco* minutos. Eu juro que vi dois cincos. É melhor que não sejam dois cincos, porque preciso alcançar o pai de Hartley antes que ele saia para levá-la ao aeroporto.

— Que bom — diz Ella, parecendo aliviada. — Mas, só por garantia, quero a chave da moto.

— Está no armário de casacos. Juro que não vou levar comigo, prometo.

Ela sai atrás de mim mesmo assim, como se precisasse ver com os próprios olhos que minha chave vai ficar em casa. Facilito as coisas e a jogo para ela quando chegamos ao armário.

— Por garantia — eu provoco.

— Mande um oi meu à Hartley — diz ela com sarcasmo.

Dou uma corridinha até o portão e chego lá na hora que a motorista do Uber está parando. Confirmo o endereço que coloquei no aplicativo e me acomodo no banco de trás para ligar para Hartley.

— O que você quer, Easton? — Acho que essa é a versão dela de *alô*.

— Oi, gata. Eu só queria dizer pra você não ir com seu pai quando ele for te buscar hoje à noite. — Um pensamento surge na minha cabeça. — *Se* ele for te buscar. Talvez ele não vá mais.

— Por que ele não viria?

— Não estou dizendo se ele vai ou não — continuo. — Mas, se ele for, não vai com ele. Tá?

— Não estou entendendo o que você está dizendo, mas tenho que entrar no carro, senão Dylan vai pro colégio interno. Meu pai não faz ameaças vazias Se ele diz uma coisa, vai até o fim.

— Não se preocupe. Vou cuidar de tudo.

Há uma breve pausa.

— O que você quer dizer?

— Eu vou cuidar de tudo — repito, sorrindo para mim mesmo.

— Ah, meu Deus, Easton. O que você está aprontando? O que está acontecendo? Na verdade, quer saber? Não responda. Não ligo pro que está acontecendo, só pare. Você precisa parar agora.

— Não posso. Já estou indo.

— Indo aonde?

— Pra casa do seu pai. Vou ter uma conversa com ele.

— O quê? Easton, não!

— Não se preocupe, gata, eu cuido disso. Eu cuido.

— Easton...

Desligo, porque toda a gritaria está fazendo minhas têmporas latejarem. Tudo bem ela estar com raiva de mim. Ela não vai ficar mais depois que eu convencer o pai dela a deixar que ela fique em Bayview. Eu tenho um plano. O senhor Wright aceita suborno. Então, vou suborná-lo.

Sou Easton Royal. Tenho dinheiro saindo do cu. Só tenho que dar uma grana para o pai de Hartley e ele vai nos deixar em paz. O dinheiro resolveu todos os problemas no passado. O dinheiro e um soco na cara. Fico feliz de acrescentar a segunda parte, se precisar. Não sei bem como vou fazer com que ele deixe a irmã de Hartley em paz, mas estou planejando improvisar essa parte.

O motorista para perto do meio-fio. Começo a sair, mas percebo que a entrada de carros até a casa parece bem longa. Longa demais para andar, principalmente tendo rodas.

Bato no ombro da motorista.

— Vai até a porta.

— Nós não podemos entrar em propriedade particular — diz a garota.

Tiro algumas notas da carteira e balanço para ela.

— Estão me esperando.

Ela hesita, mas vai. Viu? Problemas mais dinheiro resulta em zero problemas. É.

Cambaleio até a porta da frente e me penduro na campainha. Lá dentro, ouço o toque se repetir sem parar. É irritante. Alguém devia vir atender a porta logo.

Quando vejo movimento, começo a apertar a campainha repetidamente para chamar atenção da pessoa.

Funciona. A porta se abre e um homem olha para mim. Ele tem mais ou menos a idade do meu pai, mas o cabelo é mais grisalho.

— Como vai? — Eu o cumprimento com um movimento de cabeça. — Tem um minuto?

— Quem é você? — pergunta o senhor Wright.

Eu me empertigo totalmente e olho para ele do alto. Ele é mais baixo do que eu esperava. Pareceu mais alto quando o vi na porta de Hartley mais cedo.

— Easton Royal. — Devo bater continência? Não. Vamos acabar logo com o show. Enfio a mão no bolso de trás e tiro o talão de cheques do meu pai. — Quanto vai custar, John? — Sorrio pelo meu gesto ousado de acrescentar o primeiro nome dele.

— Quem é você? — repete ele.

— Cara, eu já falei. — Esse cara é lento. Ele é mesmo advogado? — Sou Easton Royal. Vim fazer um acordo com você.

— Sai da minha varanda e vai embora.

A porta começa a se fechar, mas sou rápido e entro no saguão antes que ele possa me bloquear.

— Não é assim que se faz um acordo, John. — Balanço o talão de cheque. — Tenho muito aqui. Me diga seu preço.

— Easton Royal, você disse? — Wright cruza os braços e aperta os olhos para mim. — Vamos ver. Seu irmão mais velho teve problemas por distribuição de pornografia infantil. Seu segundo irmão mais velho foi o principal suspeito no assassinato da amante do pai porque ele também teve um relacionamento sexual com essa amante. Seu pai quase quebrou um negócio de família de um século e sua mãe era uma viciada em drogas que tirou a própria vida. E você veio fazer um acordo comigo?

Meu queixo cai.

— O que você acabou de dizer? — Não consigo acreditar nesse babaca. Eu vim com a melhor das intenções e ele tem a coragem de insultar minha família toda?

— Você me ouviu. — Ele abre a porta. — Cai fora, seu Royal falso de merda.

— Falso? Eu sou falso? Você é que é a fraude. Você não tem honra. Está fraudando casos. Aceitando dinheiro, sumindo com provas. Você é mais sujo do que qualquer criminoso que já tenha colocado atrás das grades. — Chego perto da cara dele. Tem saliva voando da minha boca.

Wright ri de mim.

— Você nem sabe, né?

— Que você é um babaca? — Empurro os ombros dele. Ele cambaleia para trás, e o sorriso some. — Na verdade, você é pior do que um babaca. Babacas ficariam insultados de serem associados com você. Você é um abusador de crianças. O pior dos piores. Até prisioneiros cuspiriam em você.

Com o rosto vermelho, ele parte para cima de mim.

— Você não seria tão corajoso se não tivesse o nome Royal, seria?

— Eu tenho, então nunca vamos saber, vamos?

— Assim como nunca vamos saber se você é bastardo de Steve O'Halloran ou semente de Callum Royal, não é?

O quê?

Eu tropeço e quase não consigo me segurar de cair de cabeça no chão.

Ele ri.

— Mas nós sabemos, não sabemos?

— S-sabemos o quê? — murmuro.

— Que a prostituta da sua mãe abriu as pernas pro sócio do seu pai falso.

Sinto um empurrão na minha lateral, perco o equilíbrio e caio de joelhos.

Balanço a cabeça e olho para cima. Que porra ele está dizendo? Não sou bastardo de Steve. Sou filho de Callum Royal. Sou um *Royal*.

— Você tem cinco segundos pra estar fora da minha propriedade antes de eu chamar a polícia — diz Wright, furioso.

De alguma forma, vou parar do outro lado da porta batida. Olho para ela. O que acabou de acontecer? Ele realmente...

Respirando fundo, levanto o pulso até a porta e bato. Por algum motivo, a batida soa como uma porta de carro batendo.

— O que você está fazendo, Easton?

Eu me viro com surpresa. Hartley está correndo pelo gramado bem-cuidado na minha direção. Um Volvo velho está parado na entrada de carros. Acho que a porta do carro que ouvi era dele.

— De quem é aquele carro? — pergunto, confuso. Nada faz sentido para mim agora. Minha cabeça está uma confusão. Tem álcool demais no meu organismo. E a acusação de Wright me deixou abalado e gelado.

Eu não sou bastardo de Steve.

Não sou.

— O carro é de José — diz ela quando chega em mim. Ela segura meu antebraço e, puta merda, o aperto dela é letal. — Vamos.

Massageio a nuca e tento me concentrar.

— Quem é José?

— O proprietário do meu apartamento. Agora, sai de perto da *porra* da porta e *vamos*.

Meu queixo cai.

— Você disse *porra*. Você nunca fala palavrão. Por que você falou palavrão?

— *Porque estou muito puta da vida agora!*

Quase caio com a força da resposta. É nessa hora que reparo que o rosto dela está vermelho como uma beterraba. As mãos estão apertadas e ela está usando uma para socar meu ombro. Hartley está furiosa.

— Você está pistola.

— Pistola? Claro que estou pistola. Quero *matar* você agora! Como você tem a *cara de pau* de aparecer na casa dos meus pais e... e o quê? — Ela volta o olhar enlouquecido para a porta. — Me diz que você não falou com eles ainda!

Eu posso mentir. Claro que posso mentir. Não preciso contar que ameacei o pai dela e ele me ameaçou e que eu tentei bater nele e ele me disse que eu não era um Royal e bateu a porta na minha cara. Ele não está aqui pra me contradizer. Eu posso mentir.

Mas não minto, porque estou confuso demais, perturbado demais para elaborar uma história para ela.

Eu não sou bastardo de Steve.

Não sou.

— Eu tentei subornar seu pai.

A boca dela se abre. E se fecha. E se abre. E se fecha. E ela está respirando com dificuldade, como se tivesse acabado de terminar uma maratona.

— Você tentou subornar meu pai. — Ela faz uma pausa, sem acreditar. — Você. Tentou. Subornar. Um. Promotor. Público.

— Ei, nós dois sabemos que ele curte suborno — protesto.

Hartley me encara. Por um longo tempo. Ah, merda. Ela vai explodir. Consigo ver as nuvens de tempestade nos olhos dela. Os trovões vão começar a qualquer segundo.

Antes que ela consiga dizer qualquer palavra, a porta da frente se abre e o senhor Wright aparece com Dylan ao lado. A garota parece assustada, mas o choque substitui o medo quando ela vê a irmã.

Seus olhos cinzentos se arregalam.

— Hartley?

— Dê uma boa olhada na sua irmã — grita Wright, apontando para Hartley. — Ela é o motivo de você ter que abandonar a família.

Hartley ofega.

Eu parto para cima do babaca, mas sou impedido pela voz confusa de Dylan.

— Hartley? — repete ela. — O que está acontecendo?

— Dylan, vem cá. — Hartley faz sinal para a irmã sair de perto do pai. — Você não vai ser enviada pra longe. Vem comigo e eu…

— Você não vai fazer nada além de ir embora, Hartley. Você não é mais parte desta família. Dylan, entre e vá fazer as malas. — A voz de Wright soa fria e seca.

— Não. Por favor, papai — implora Hartley. — Não faça isso. Vou fazer o que você quiser. Qualquer coisa. — Ela se aproxima, mas o pai levanta a mão, e ela para.

— Entre, Dylan — ordena ele.

O olhar frenético de Dylan se desvia da irmã para o pai.

Faço uma última tentativa de acabar com essa loucura.

— Ei, eu estou dizendo, pago o preço que você quiser — suplico ao senhor Wright.

— Cala a boca! — grita Hartley. — Por favor, cala a boca. — Ela se vira para o pai. — *Por favor.*

— Se alguma coisa acontecer a Dylan, a culpa vai ser sua. Você devia pensar nisso antes de abrir sua boca idiota. — Com essa ameaça de despedida, Wright bate a porta.

Quando a madeira bate na moldura, parece que uma bala entrou no peito de Hartley. Ela desaba no gramado e começa a chorar.

Eu corro até ela.

— Gata, me desculpa. — A tontura na minha cabeça está passando, e a gravidade do que acabou de acontecer está ficando clara. A gravidade de tudo. Hartley. O pai dela. A irmã. Eu.

Steve.

— Por quê? Por que você veio aqui? — Lágrimas surgem nos olhos dela, mas não caem. A respiração está rápida e curta.

— Eu estava tentando ajudar. — Eu me inclino para perto dela. — Me diz o que fazer?

Ela respira fundo, trêmula.

— Você está bêbado — acusa ela. — Consigo sentir o cheiro. Você veio aqui bêbado e disse pro meu pai tudo que contei a você em segredo?

Minha garganta se aperta, fica entalada com culpa e ansiedade.

— Não. Quer dizer, eu bebi um pouco, mas não estava bêbado.

Ela procura meus olhos, vê minhas mentiras e se levanta lentamente. O lábio inferior está tremendo e a voz também, mas há uma seriedade na expressão dela que gera uma espiral de medo pela minha coluna.

— Você *está* bêbado. E quebrou sua promessa. Você piorou uma situação ruim. Pode ser que você tivesse boas intenções, mas agiu só pra se sentir melhor. Você pensou em você primeiro, e isto foi o que aconteceu. — As lágrimas caem, agora. Escorrem pelo rosto dela, um tsunami de infelicidade.

O constrangimento luta com o remorso dentro de mim. Não gosto do que ela está dizendo e do que essas palavras estão me fazendo sentir. Tentei fazer a coisa certa. É culpa minha o pai dela ser um cretino de primeira classe? É culpa minha ele não ter aceitado o dinheiro? É culpa minha ele ter inventado mentiras horríveis sobre minha mãe e meu pai e uma porra de um babaca que *não* é meu pai...

Começo a ficar com raiva de novo.

— Fui eu que tentei acertar as coisas pra você. Você só ia fugir pra evitar o problema. Pelo menos, eu o enfrentei. Você devia me agradecer.

— Agradecer? — berra ela. — *Agradecer?* Você está de brincadeira? Você não é o cavaleiro branco nesta imagem. Você é o vilão!

— O quê? Eu? — Estou puto agora.

— Sim, você. — Ela cambaleia para longe, o cabelo preto voando. — Fica longe de mim. Não quero falar nunca mais com você.

As palavras dela soam tão definitivas. Em pânico, eu grito:
— Espera. Hartley, para. Espera!

Ela me ignora.

Dou um passo para a frente e, apesar de ela estar de costas para mim, parece que sentiu que me mexi. Ela se vira e balança o dedo no ar.

— Não — ordena ela. — Não me siga. Não chegue perto de mim. Não faça nada.

Ela se vira de novo e praticamente se joga pela porta enferrujada do Volvo feio que veio dirigindo. O espelho retrovisor nem está preso no para-brisa; consigo ver que está pendurado em um ângulo estranho pela janela.

A visão do carro velho me deixa de estômago embrulhado. Visualizo Hartley batendo na porta do vizinho do andar de baixo, pedindo para pegar o carro horrível emprestado para poder vir impedir o amigo patético de estragar a vida dela mais do que já tinha estragado.

Mas ela não chegou a tempo. Como sempre, Easton Royal ferrou tudo.

Vejo com impotência quando ela sai de ré pela entrada. Quero gritar para ela voltar, mas sei que ela não vai me ouvir de lá. Além do mais, o motor do Volvo é alto pra cacete. E o cantar dos pneus do outro carro também, e... que outro carro?

Eu pisco algumas vezes.

Talvez seja porque estou bêbado que as peças não se encaixam na mesma hora. Meu cérebro registra as coisas separadamente.

Os faróis piscando.

O barulho de metal em metal.

O corpo caído na lateral da rua.

Minhas pernas começam a trabalhar. Eu corro e caio de joelhos ao lado de uma garota que minha mente registra brevemente como sendo Lauren. Por que ela está aqui? Ela nem mora aqui.

Não, mora, sim. Ela mora na mesma rua. Mas agora está agachada no chão tentando sacudir e despertar meu irmão. Ele está caído meio de lado, meio de bruços, como se tivesse mergulhado de uma altura grande. A camiseta branca está rasgada e manchada de sangue. Tem sangue no asfalto também.

Tanto sangue.

Fico enjoado, mas consigo segurar o vômito.

Alguma coisa aperta dolorosamente meus joelhos. É vidro. O para-brisa, eu percebo. O para-brisa do Rover já era.

— Sawyer — implora Lauren. — Sawyer.

— É Sebastian — eu digo, engasgado. Consigo saber qual gêmeo é qual até dormindo. Mesmo quando estou bêbado.

Lauren chora mais alto.

Com a pulsação disparada, olho para o Rover de novo para procurar meu outro irmão. Sawyer está caído sobre o volante, o *airbag* empurrando a cara dele. Uma linha de sangue escorre da têmpora direita até o queixo.

Eu me viro para o Volvo. Está praticamente intacto, exceto pela porta de trás e pelo para-choque, que estão completamente amassados. Meu coração entala na garganta quando a porta do motorista se abre.

Hartley tropeça para fora do carro. O rosto dela está branco, como era a camiseta de Seb. Os olhos estão arregalados, mas quase vazios. Como se ela estivesse completamente entorpecida.

O olhar dela pousa em Sebastian. Na forma terrivelmente imóvel. No corpo ensanguentado e torto. Ela só olha e olha, como se não conseguisse compreender o que está vendo.

Finalmente, ela abre a boca e solta um grito desesperado e estrangulado. E, misturadas nos gritos dela, estão as três palavras terríveis que deixam meu sangue gelado e meu corpo todo fraco.

— *Eu matei ele.*

Fique de olho

Não se preocupe! O próximo livro da saga dos Royal será publicado em breve. Curta a página do Facebook da autora e participe do Clube de Livros Essência para saber as novidades.

http://bit.ly/ClubeEssência
https://www.facebook.com/authorerinwatt

**Acreditamos
nos livros**

Este livro foi composto em Adobe Garamond Pro
e impresso pela Geográfica para a Editora Planeta
do Brasil em outubro de 2021